L'ÂGE BÊTE

DE LA MÊME AUTRICE

Un cancer pas si grave, Leduc, 2019 ; Pocket, 2020.

Géraldine Dormoy

L'ÂGE BÊTE

récit

Robert Laffont

Note de l'autrice : Par respect pour la vie privée de mon entourage, j'ai inventé certains noms de lieux et de personnes. Tout le reste est tel que dans mes souvenirs.

ISBN : 978-2-221-25350-2
Dépôt légal : octobre 2022
Éditions Robert Laffont – 92, avenue de France, 75013 Paris

À ma sœur

« On ne peut jamais se connaître mais seulement se raconter. »

Simone de Beauvoir, *La Force de l'âge*

« Tout peut arriver »

Août 1987

« Tu pues, va te mettre du déo. »

Hors d'haleine, j'ouvre la porte du réfrigérateur, en sors deux yaourts Velouté nature, attrape un verre dans le placard, une cuillère dans le tiroir.

« Tu m'entends, Géraldine ? Tu sens la transpiration. »

Je hausse les épaules, verse une rasade de sucre sur les yaourts, fais couler de l'eau du robinet dans le verre, monte l'escalier et claque la porte de ma chambre.

Qu'est-ce que ma mère peut m'agacer avec cette histoire de déodorant. Ces derniers temps, mes aisselles dégagent une drôle d'odeur quand j'ai chaud, c'est vrai, mais quelle importance ? Elle doit être la seule à s'en rendre compte. Il faut vraiment avoir le nez dessous pour sentir quelque chose.

Je m'assois à mon bureau, prête à plonger ma cuillère dans un des yaourts bien frais, recouverts de grains de sucre pas encore fondus. Il est 17 heures passées, jouer à chat avec mon amie Katia et ma sœur Véro dans la rue m'a donné faim, mais la petite phrase de ma mère ne cesse de tourner dans ma tête.

Je me lève, sors de ma chambre et m'enferme dans la salle de bains. J'ouvre la porte du meuble où l'on range les produits de beauté. La bombe d'Impulse est là, rouge et dorée, toute petite comparée au déodorant Narta et à la laque Elnett de ma mère. Je saisis l'aérosol et m'asperge copieusement le buste, comme j'ai vu la dame le faire dans les publicités à la télé. L'histoire commence toujours par une femme en ville, jolie, seule et active. Dans un spot, elle s'affaire sur un shooting photo, dans un autre elle est en grande discussion dans une cabine téléphonique, dans un troisième elle pousse la porte tambour d'un hôtel de luxe. Un homme la croise. Hypnotisé par son parfum, il court acheter un bouquet à une échoppe au coin de la rue sans même attendre sa monnaie et lui court après, échevelé et confus. « Tout à coup, un inconnu vous offre des fleurs », vante une voix masculine. À l'image, la femme joue la surprise, puis le ravissement. Elle a été repérée, choisie parmi toutes les passantes. Elle a déclenché ce geste fou que personne ne vit dans la vraie vie mais auquel j'ai très envie de croire. Elle ne le doit pas à son charme naturel, encore moins à son intelligence, mais à « l'effet magique d'Impulse ».

Moi aussi je veux en profiter. Moi aussi je veux être l'élue. Je lève les bras et envoie dans le creux une nouvelle rafale de pschitt. L'air chargé de parfum me fait tousser. Ce doit être le signe que j'en ai assez mis. « Quand vous le portez, tout peut arriver », assure aussi la voix. Je rebouche le spray, referme le meuble et me regarde dans la glace. La semaine prochaine, j'entrerai en sixième. Il va m'arriver des choses, mais lesquelles ? Dans le doute, je décide de suivre le conseil de ma mère. Je n'oublierai plus de m'asperger d'Impulse avant de quitter la maison.

Éclat d'encre

Septembre 1987

Ma prof d'anglais ressemble à une hôtesse de l'air. Debout sur l'estrade, le brushing impeccable, la taille bien prise dans sa jupe droite en flanelle, elle nous salue en balayant la classe de son regard bleu azur. Nous attendons patiemment ses instructions. Elle branche son magnétophone et lance la cassette enregistrée. « *Mr Hill's watching television. He can't see. He isn't wearing his glasses* », s'exclame une voix grésillante.

J'ai du mal à suivre. Sans que je puisse me l'expliquer, une majorité de mes nouveaux camarades semble au contraire déjà à l'aise avec la langue. En dépit de tous les week-ends passés en Angleterre avec mes parents, je n'y comprends rien. Aucun mot ne sort de ma bouche.

Assise à côté de moi, entre deux « *Can Mr Hill see ?* », Annabelle mâchouille une cartouche d'encre. Nous avons l'obligation d'écrire au stylo-plume. Nous ne sommes pas amies, mais le hasard nous a placées côte à côte. Nous nous sommes accommodées de la situation, tissant en cours une complicité qui se dissout à chaque récréation.

Soudain, je la sens se figer sur son siège. Elle se retourne vers moi, baisse la tête et s'enquiert à voix basse : « J'ai quelque chose ? » Son beau visage rond est recouvert d'encre bleu marine. Je ne distingue plus que le blanc de ses yeux et l'intérieur de sa bouche.

Je suis prise d'un immense fou rire. Un fou rire monstrueux, démesuré, irrépressible, nourri de toutes les tensions accumulées depuis la rentrée, de toutes les craintes de ne plus jamais avoir de bonnes notes, de ne plus jamais avoir d'amie, de ne plus jamais me sentir en classe comme chez moi. Durant mes dernières années à l'école primaire des Côteaux, l'établissement public de mon quartier, j'évoluais dans un espace sûr et protégé, où tout le monde me connaissait et m'appréciait. Je jouissais là-bas de la position confortable d'éternelle première de la classe. J'étais entourée, considérée, rien de grave ne pouvait m'arriver. Depuis mon arrivée en sixième à Notre-Dame, la perte de repères est totale. Très attentifs à ma réussite scolaire, mes parents ont refusé que j'aille au collège public de Chavières, la commune où nous habitons, dans la ville nouvelle de Cergy-Pontoise. Notre-Dame a une excellente réputation et n'est qu'à dix kilomètres de la maison, perché sur les hauteurs de Pontoise. J'ai passé une série de tests, on a jugé mon niveau suffisant, ce qui m'a paru naturel. Je suis la meilleure, non ?

Non, je ne le suis plus. Dès les premières interrogations écrites, j'ai compris que la situation avait changé. Non seulement mes résultats, plus que médiocres, ne me permettent plus de me distinguer aux yeux des profs et des élèves, mais l'environnement est différent.

Je ne connais personne. Tout est plus grand et plus intimidant. Sans compter l'uniforme et la blouse : les filles doivent être habillées en bleu marine des pieds à la tête à l'exception de la chemise et des chaussettes – blanches – ; elles doivent revêtir par-dessus une blouse bleu ciel ; les garçons sont en chemise blanche, cardigan marine, pantalon gris et blouse bleu foncé. Je regrette mon jean et mes robes légères.

Mon fou rire efface ce nouveau cadre oppressant, mais pas pour longtemps. La détente est telle que mes sphincters cèdent : je me mets à faire pipi dans ma culotte. Mon corps semble coupé en deux : en haut je m'esclaffe, je pleure, je me tiens les côtes ; en bas je cherche à stopper le flux de mon urine. Mais j'ai beau essayer de contracter mes muscles et me tortiller tant que je peux sur ma chaise, les vannes de ma vessie pleine sont ouvertes. Je ne peux plus m'arrêter. Tout cela ne serait jamais arrivé si j'étais passée aux toilettes à la récréation précédente, mais les cabinets réservés aux petites classes dégagent une odeur insupportable. Nous préférons nous retenir le plus longtemps possible plutôt que d'aller nous y soulager.

Pendant que j'inonde le sol, Annabelle a ses propres problèmes. Mon rire a alerté le reste de la classe : tout le monde se gondole, la prof comme les élèves. Elle demande l'autorisation d'aller se laver le visage. À son retour, je suis tétanisée : comment vais-je me sortir de là sans me couvrir de honte ? J'entends déjà les moqueries de mes camarades, à mon encontre cette fois. Il est hors de question de mettre Annabelle dans la confidence :

nous ne nous connaissons pas depuis assez longtemps pour que je lui fasse confiance.

J'opte pour l'unique stratégie de repli que je connais : faire comme si rien ne s'était passé. J'attends la fin du cours, je me lève, j'enfile ma gabardine – bleu marine elle aussi – pour cacher ma blouse trempée et je sors de la classe sans un regard pour la flaque sous mon siège.

Par chance, c'est le dernier cours de la matinée. Après le déjeuner, alors que nous jouons tous dans la cour, Élisabeth, une élève sage et dévouée, vient me raconter qu'elle et sœur Marthe, notre surveillante, ont dû nettoyer une mare de pipi par terre. C'est quand même bizarre, du pipi en pleine classe, tu ne trouves pas ? J'ouvre des yeux ronds. En effet, ça n'est pas banal. Puis je déguerpis, ma gabardine sur le dos.

Élisabeth en discuta-t-elle avec Annabelle ? D'autres élèves furent-ils mis au courant ? Personne ne vint m'en parler. J'échappai à l'humiliation publique, mais en la frôlant de si près qu'encore aujourd'hui, quand je me sens isolée au sein d'un groupe, l'angoisse d'une honte imminente m'effleure parfois.

« Très bon, Loulette »

Septembre 1987

Le samedi, nous quittons Chavières-sur-Oise vers sept heures du soir, chacun dans une tenue soignée : Papa en pantalon de velours, Maman en tailleur, nous en robe. Il y a de l'excitation dans l'air : nous allons dîner chez Grand-Père et Grand-Mère. Dans la voiture, Papa lance les pronostics du menu : il y aura à coup sûr un rôti aux flageolets, un plateau de fromages et un gâteau décongelé. Sa mère n'aime guère faire la cuisine. Cela ne gêne personne : nous ne lui rendons pas visite pour ses bons petits plats mais pour être ensemble.

La Ford Sierra file sur l'A15 au son de *Besoin de personne* – mon père passe une bonne partie de son temps libre à constituer des cassettes audio mêlant Véronique Sanson, rockabilly et country music. Puis nous traversons Clichy-la-Garenne, passons le périph' et nous garons Porte d'Asnières, près du boulevard Berthier. « Attention aux crottes de chien en sortant de la voiture », avertit mon père en tirant le frein à main. Nous remontons le square du Rhône entouré de bâtiments de briques rouges, Papa et Véro devant, Maman et moi derrière, bras dessus bras dessous, heureux, le meilleur moment de la semaine.

Véro et moi nous jetons dans l'ascenseur, uniquement pour nous amuser : il n'y a qu'un étage à franchir mais la cabine est si belle, si vieille, si grinçante avec ses parois en bois et sa grille à ressorts qu'il serait dommage de se priver du plaisir de se faire peur. Les parents en rajoutent dans les appels à la prudence, se relayant pour nous rappeler qu'un enfant est mort écrasé dans un ascenseur semblable. Où ? Comment ? Nul ne le sait, seul compte le frisson du danger supposé.

Mes grands-parents paternels sont des bourgeois. Ils n'habitent pas dans la plus belle partie du 17e arrondissement et leur appartement – un quatre-pièces sombre et étroit – n'a rien de luxueux, mais tout dans son aménagement reflète un style de vie différent du nôtre. Les meubles anciens – un secrétaire en marqueterie, une commode à plateau de marbre, des fauteuils Louis XVI – ont été légués par les générations précédentes. Des gravures de courses de chevaux décorent les murs de la salle à manger. À table, l'argenterie est de mise, mais la cuisine n'a pas été refaite depuis leur installation en 1953. Dans leur milieu, il est de bon ton de marquer son mépris pour une pièce traditionnellement dévolue aux domestiques, même quand on n'en a plus depuis longtemps. Mon grand-père, Marcel, feint de ne pas savoir y trouver le frigo.

De là, un minuscule balcon donne sur une cour. Ma grand-mère la trouve lugubre, mais j'aime y prendre l'air et essayer de deviner la vie des habitants alentour. J'entends les poubelles tomber dans la colonne du vide-ordures attenante. Je me crois dans *Pot-Bouille*, d'Émile Zola. Depuis que mon père m'a conseillé de lire *Au bonheur des dames*, j'ai développé une passion pour Octave Mouret qui, dans *Pot-Bouille*, séduit une femme à chaque étage de l'immeuble qu'il habite. L'occasion pour Zola de dépeindre jusqu'aux arrière-cours le quotidien de Parisiens bien nés. Leurs domestiques y cancanent accoudés aux fenêtres, pendant qu'eux-mêmes tiennent salon à l'autre bout de l'appartement. Celle de mes grands-parents est silencieuse et ne date que des années 1930, mais mon imagination s'en accommode.

L'appartement fait partie des nombreux logements « économiques » construits sur l'ancien emplacement des fortifications, en bordure des boulevards des Maréchaux. Ces bâtiments ne sont pas des HLM mais ont une vocation purement locative, avec des loyers « intermédiaires » plafonnés à partir de la fin de la guerre grâce à la loi de 1948. Ils n'ont pas la grandeur de l'architecture haussmannienne, mais je trouve beaucoup de charme à l'allure Art déco de leurs façades.

Dans la salle de bains, une baignoire en fonte à pattes de lion prend toute la place. Mon père peste à mots couverts contre les robinets du lavabo : à gauche l'eau nous brûle les doigts, à droite elle nous les glace. Un système peu pratique mais autrement plus beau que les mitigeurs que l'on trouve chez nous. À mes yeux de jeune fille grandie en ville nouvelle, cet appartement représente la quintessence d'un style de vie parisien.

Après les embrassades, nous nous installons dans le salon pour l'apéritif. Ma mère et ma grand-mère prennent un americano, mon père prépare des punchs. Véro et moi nous servons du jus d'orange, faisons tourner les bols de

Tuc et d'Apéricube – « Les filles, faites le service » –, puis je m'enfonce dans le canapé en velours pour lire les *Madame Figaro* en commençant par la page des Triplés.

La conversation roule sur la famille. Alice, la sœur cadette de mon père, a épousé Paul, un brillant militaire. Ensemble, ils ont eu trois enfants : Victor et Cécile, plus âgés que nous, et Anne, un an plus jeune que Véro. Ils déménagent souvent, au gré des affectations de Paul. Nous les voyons à Noël et passons un mois ensemble l'été, dans une villa des Issambres, sur la Côte d'Azur, que mes grands-parents louent pour tous nous accueillir. Alice, Paul et leurs enfants représentent l'archétype de la famille BCBG : polie, unie, qui s'habille chez Cyrillus et va à la messe le dimanche. Mon père éprouve à la fois beaucoup d'affection pour sa sœur et une forme d'agacement : elle représente une voie qu'il a refusé de suivre. Lui a rejeté son éducation religieuse, qu'il juge culpabilisante, et est tombé amoureux d'une femme d'un milieu ouvrier, très éloigné du sien.

L'union de mes parents n'allait pas de soi. Mon père a mis du temps à dépasser ses préjugés. Ma mère ne l'a pas brusqué. Les premiers mois, elle disait que sa tante Juliette – la sœur de sa mère – habitait le 16e, mais elle se gardait bien de préciser qu'elle y était concierge. Ils ont vécu cinq ans ensemble avant de se marier. Dans les années 1970, c'était moins banal qu'aujourd'hui. Portée par son intuition, ses lectures et son goût très sûr, ma mère s'est adaptée. Mes grands-parents l'ont adoptée.

Mon père se sent encore profondément bourgeois par certains aspects – rien n'est pire pour lui que de lécher son couteau, il peut discuter une demi-heure des règles à suivre pour couper un morceau de fromage et se montre très pointilleux sur l'usage de la langue française. Mais il a pris ses distances avec d'autres codes de sa classe sociale. Même si ses amis parisiens acceptent de faire une heure de route pour lui rendre visite au fin fond du Val-d'Oise, il a conscience de ne pas habiter au bon endroit. Il tire une grande fierté du fait de connaître des gens de toutes sortes, loin de l'entre-soi de son milieu d'origine. Il prétend se moquer de ce que les autres peuvent penser de lui et, dans bien des cas, c'est vrai.

Une fois que mes grands-parents nous ont donné des nouvelles de chacun et que l'on a commenté les événements de la semaine, nous passons à table. Grand-Père ouvre une bouteille de côtes-du-rhône, Grand-Mère sort son rôti du four – du veau Orloff accompagné d'une boîte de petits pois-carottes, Papa y était presque – et le dîner commence. Au bout de quelques bouchées, quelqu'un lance un « Très bon, Loulette » à l'attention de ma grand-mère, prénommée Louise mais qui préfère se faire appeler Loulette. Ce compliment, compris et attendu de tous, a valeur de bénédiction familiale. Il signifie autant « Je sais que la préparation de ce dîner t'a barbée et te suis reconnaissant des efforts fournis » que « Tu nous sers toujours le même plat mais pour rien au monde nous n'aurions envie d'autre chose ».

Ma grand-mère est une femme d'intérieur qui déteste être une femme d'intérieur. Elle ne vit que pour ses parties de bridge, ses ventes de charité et ses mots croisés. Elle collectionne les bibelots en cristal, s'habille chez Marcelle Griffon, bat tout le monde au Scrabble mais voit chaque lessive, chaque repas à préparer comme une corvée. Ce n'est pas mon grand-père qui aurait l'idée de l'en décharger : il a passé sa vie à se faire servir par sa femme, c'est dans l'ordre des choses, rien ni personne ne pourrait le faire changer d'avis.

Mes grands-parents cohabitent. Leur éducation leur a appris à prendre sur eux, mais ils ne sont pas très heureux ensemble. Née à Lyon en 1918, Loulette a grandi à Neuilly-sur-Seine. Son père, Camille, était propriétaire de forêts sur le plateau de Chambaran, dans l'Isère. Sa mère, Antoinette de Logères, est morte de la grippe espagnole peu de temps après sa naissance. Dans les années 1920, Camille, mal conseillé, s'est retrouvé ruiné. Au début de la guerre, Loulette est tombée amoureuse d'un jeune homme. Ils s'envoyaient des lettres enflammées et voulaient se marier, mais il est mort au front en mai 1940, peu après avoir été blessé par un obus. Elle avait vingt-deux ans. Le drame a plongé Loulette dans une telle dépression qu'une tante s'est démenée pour lui dénicher un soupirant. Elle lui a trouvé Marcel, que Loulette a épousé en 1942. Mon père est né en août 1944.

Mon grand-père vient du même milieu. Sa mère n'était pas noble, mais son père, Abel, était banquier jusqu'à ce que la crise de 1929 ne le ruine lui aussi. Marcel avait « une situation » : il travaillait à la chambre syndicale de l'électrométallurgie, l'une des branches industrielles de l'ancêtre du Medef. Il gagnait bien sa vie. À la fin de sa carrière, il aurait pu choisir d'afficher sa réussite en déménageant dans le 16e arrondissement, mais il se moquait de « tenir son rang social ». Il a préféré économiser et vivre simplement.

Marcel et Loulette semblent bien s'entendre, jamais un mot plus haut que l'autre, mais ils n'échangent pas non plus de gestes tendres. Mon grand-père est aussi distant avec sa femme qu'avec son fils. Enfant, mon père en a souffert. Avec nous, ses petits-enfants, les choses sont différentes : il est à l'aise, nous parle gentiment, fait des blagues – souvent aux dépens de ma grand-mère. À table, lors des dîners familiaux, il n'est pas rare de l'entendre annoncer : « À trois je lâche », lorsqu'il tend le plat à Loulette et qu'elle est trop occupée pour l'entendre. Il n'a jamais lâché, mais nous savons tous qu'il en est capable.

Ma grand-mère donne le change. Elle subit cette absence de chaleur sans se plaindre ni même perdre sa bonne humeur. Un divorce n'est pas envisageable, ça ne se fait pas dans son milieu et elle n'est pas indépendante financièrement. Au début de leur mariage, elle avait exprimé l'envie de travailler. Mon grand-père s'y est toujours opposé. Elle doit quémander chaque billet.

Après le dîner, Véro et moi allons jouer au fond de l'appartement. Enfants, nous nous amusions à faire des glissades sur le parquet du couloir, ce qui se terminait par des séances d'épilation d'échardes fichées dans nos plantes de pied. Mais je suis en sixième maintenant, j'aspire à des jeux plus calmes.

Je passe des heures à contempler les bibelots de ma grand-mère posés dans la bibliothèque, près de son lit – mon grand-père ronfle, ils font chambre à part. Un jour, parmi les nombreux volumes France Loisirs qu'elle conserve, je découvre *Emmanuelle*. Je me mets à le lire en cachette, vaguement émoustillée. Plus j'avance dans le récit initiatique d'Emmanuelle Arsan, plus l'image lisse de ma grand-mère se brouille. Je finis par aborder le sujet avec mes parents, un soir dans la voiture, sur le chemin du retour. Mon père ne paraît pas surpris. La vie auprès de mon grand-père ne doit pas être excitante tous les jours. Si elle peut s'évader par les livres, c'est toujours ça de pris.

Le sens de la fête

Octobre 1987

Certains samedis soir, nous sommes invités chez ma grand-tante. L'ambiance n'y est pas la même que chez mes grands-parents. Juliette et son mari Eugène habitent rue Piccini, près de la Porte Maillot, une loge de concierge remplie de photos de mariage de leurs enfants et de leurs petits-enfants.

À près de soixante-dix ans, ma tante est ce qu'on appelle dans la famille « un sacré numéro ». Extrêmement coquette, elle se fait teindre les cheveux dans un blond presque blanc, maquille ses grands yeux pervenche en crachant dans un mascara en forme de pain solide et voit encore assez clair pour peindre en rouge ses ongles très longs, limés en amande. Toujours chic, elle habille sa silhouette trapue de robes saphir à boutons dorés. Mes cousins l'appellent Mamie bleue. Elle marche avec difficulté depuis qu'une opération lui a abîmé les pieds. Cela ne l'empêche pas de s'activer chez elle dès qu'elle a de la visite, et elle en a souvent. Sa joie de vivre légendaire recharge les batteries de tout le monde, à commencer par celles de son mari Eugène, Breton placide à la diction hésitante, ancien ouvrier soudeur à la régie Renault de Boulogne-Billancourt.

Notre appel à l'interphone de leur immeuble Art déco est accueilli par un long aboiement de Gamin, leur boxer baveux. Il jappe autour de nous, puis va se rendormir dans la cour au pied des massifs de géraniums. La loge est encombrée de meubles conçus pour un grand appartement : d'un côté, un monumental lit deux places prend la moitié de la pièce – mon oncle et ma tante sont trop âgés pour déplier chaque jour un clic-clac – ; de l'autre, une armoire à glace occupe toute la longueur d'un mur ; au milieu, une table en bois massif peut accueillir jusqu'à douze personnes. La cuisine est minuscule, le cabinet de toilette et les WC se trouvent dans la cour, face au local à poubelles. Il flotte dans la pièce principale une odeur douceâtre, mélange de gigot d'agneau en train de cuire, d'Arpège de Lanvin – ma tante s'en asperge – et de chien mal lavé. Nous la remarquons à peine : l'ambiance est trop festive pour s'arrêter à de tels détails.

Gaie et généreuse, ma tante ne sait pas quoi inventer pour nous faire plaisir. Elle nous accueille avec un saladier de fraises Tagada car elle sait que ma mère ne peut y résister, puis elle va chercher dans un placard ce qui s'apparente pour moi à un inestimable trésor : un sac plastique rempli de miniatures de parfums. Avant de devenir gardienne, alors que je n'étais pas encore née, elle a été démonstratrice au stand des parfums Schiaparelli du Printemps. Depuis, elle dépense des sommes considérables dans sa parfumerie de quartier, offrant une eau de toilette à chaque membre de la famille au moment de son anniversaire. La vendeuse la remercie en l'inondant d'échantillons. Nourrie de ces arrivages réguliers, ma collection ne cesse de s'agrandir. Une fois rentrée à la maison, je déballe les flacons, puis les range dans les cases d'une maison de bois, fière de mon butin. Des années plus tard, je découvrirai que nous étions des tas d'ados à faire la même chose.

Juliette a dressé la table avant notre arrivée. Sur une nappe en dentelle, les verres en cristal sont prêts pour l'apéritif. Mon oncle se verse un Ricard, mes parents un Martini pendant que ma tante s'active dans la cuisine. Elle nous interdit d'aller l'aider. Nous sommes ses invités, notre place est à table. Ça tombe bien : une fois assis, nous ne pouvons plus nous déplacer tant l'espace manque.

Les premières assiettes arrivent, chargées de grosses crevettes roses et de saumon fumé. Ma tante, excessive en tout, exprime son amour par la nourriture. Chez elle, bien manger, c'est trop manger. Sûrement aussi rattrape-t-elle par ces agapes des années de disette. Nous servir une pizza ou un poulet rôti est inimaginable. Son plaisir est de nous offrir des choses chères. D'une nature impatiente, elle ne veut pas non plus passer des heures derrière les fourneaux, les discussions à table l'intéressent trop. D'où son traditionnel gigot d'agneau, qu'il lui suffit de mettre au four ou, si nous sommes peu nombreux, des gambas, des tournedos ou des filets de sole. Mais les repas en petit comité sont rares.

Juliette aime rassembler les gens. Plus nous sommes nombreux, plus elle est heureuse. Autour de la table, nous retrouvons donc souvent ses enfants et ses petits-enfants.

Juliette est la sœur de Feliciana, ma grand-mère maternelle, morte quelques années plus tôt. Même si le mot de matriarche m'est alors inconnu, c'est ce qu'elle représente pour moi. Du côté de ma mère, ma famille, c'est Juliette.

Elle est née en France en 1918, la même année que ma grand-mère Loulette, de deux parents immigrés espagnols. Passionnée de chant, de danse et de gymnastique, elle aurait aimé poursuivre dans l'une de ces voies, mais la famille était pauvre et voyait d'un mauvais œil de telles frivolités. Elle s'est mariée, a eu un premier enfant à dix-neuf ans, un second à vingt, ne s'est occupée d'aucun. Elle nous le répète souvent : « Quand j'étais jeune, je ne pensais qu'à m'amuser. » Elle a été à Baden-Baden peu après la guerre, mais refuse de nous en dire plus à ce sujet. Elle a divorcé du père de ses enfants à une époque où ça ne se faisait pas, puis a rencontré Eugène à un bal du 14 Juillet. Dans les années 1950, ils habitaient une petite chambre d'hôtel à Levallois. C'était la crise du logement, un appartement ne se trouvait pas comme ça.

Rien ni personne ne semblait pouvoir entamer sa prodigieuse énergie vitale, jusqu'à ce qu'une opération d'hallux valgus ratée ne vienne briser son élan. Devenue handicapée, ma tante a vu du jour au lendemain son univers se rétrécir. Elle a quitté sa place de vendeuse en parfumerie et est devenue gardienne, un emploi plus sédentaire, qui avait l'avantage de lui assurer un logement de fonction.

Le surpoids est venu plus tard, accompagné de problèmes de santé sur lesquels elle ne s'attarde pas mais qui la mènent à de fréquents séjours à l'hôpital. Elle en ressort gaie comme un pinson, de nouveau affamée de fêtes et de sorties. Si ma mère veut lui faire plaisir, elle l'emmène au café du Lido, sur les Champs-Élysées : une amie lui a fait découvrir cet endroit saturé de lumière, des gâteaux à la crème leur sont servis sur un chariot, Juliette en parle ensuite pendant des mois avec des étoiles dans les yeux.

Chaque été, un cousin qui a fait fortune dans le champagne leur prête un appartement à Calvi, en Corse. Ces vacances représentent la fenêtre sur le monde qu'elle attend toute l'année. Là-bas, elle n'est plus gardienne, elle passe son temps à la plage ou au restaurant, c'est la vie qu'elle préfère. Le reste de l'année, l'enfermement dans sa loge lui pèse, mais les habitants de l'immeuble lui témoignent beaucoup d'attachement. Il est difficile de ne pas aimer Juliette.

Entre les plats, Véro, nos petits-cousins et moi courons nous dégourdir les jambes dans la cour, nettement plus vaste que celle du square du Rhône. Nous jouons à chat ou à cache-cache en essayant de ne pas trop exciter Gamin – le vieux boxer me fait une peur bleue. Frédéric, mon cousin préféré, un enfant hyperactif un peu plus jeune que moi, nous entraîne dans un abri encombré de vieux meubles et de détergents, qu'il explore en veillant à « ne pas se casser la binette ». Il nous promet de nous montrer « sa bistouquette » si nous lui montrons « notre kiki ». Ça nous fait hurler de rire mais personne n'ose jamais rien montrer aux autres.

Puis nous rentrons, hors d'haleine, nous bâfrer de fraisier. « Vous ne voulez pas aussi une mangue ? nous presse Juliette. Elle est bonne, on dirait du miel. » Un seul dessert ne suffit pas, il lui faut recouvrir la table de fruits succulents, son péché mignon. « J'en mangerais sur la tête d'un pouilleux », assure-t-elle, gouailleuse, en nous donnant des coups de coude. Je décline la mangue – trop inhabituelle pour moi – mais accepte de me régaler de melon, qu'elle achète à prix d'or au primeur de son quartier, même en plein mois de décembre. Et gare au commerçant si sa marchandise n'est pas assez sucrée : « C'est pas parce que je suis gardienne que je ne peux pas avoir de beaux fruits ! » s'emporte-t-elle.

Parfois, pendant le dîner, un habitant de l'immeuble vient frapper à la vitre de la porte d'entrée pour déposer une clé ou récupérer une lettre. On le voit alors tendre le cou pour mieux contempler, derrière ma tante, la table chargée de victuailles. « A-t-on jamais vu une concierge donner de tels festins ? » lit-on dans ses yeux. Avec ses coupes de champagne et sa bonne chère, Juliette détonne. Dans la voiture, sur le chemin du retour, on rit en repensant à l'air ahuri du voisin du dessus.

Les habitants de l'immeuble forment un monde à part : celui des riches. Industriels, médecins ou magistrats, ils semblent toujours entre deux voyages, deux pays, deux appartements. Dans la cour, je ne peux pas jouer à *Pot-Bouille* comme chez mes grands-parents. L'environnement est trop international pour m'évoquer Zola. Nous ne connaissons personne à l'exception de Pilar, une Espagnole fantasque d'un certain âge, fille de deux prestigieux cardiologues, qui habite au cinquième étage un appartement contenant plusieurs tableaux de maître, ce qui donne des sueurs froides à ma tante : « Elle laisse toujours la porte ouverte pour qu'on lui vole son Utrillo et toucher l'argent de l'assurance ! »

se plaint-elle en roulant des yeux. Pilar a une profonde affection pour Juliette, qu'elle considère davantage comme son amie que comme sa gardienne. Elle descend souvent discuter avec elle, lui fait ses courses et l'emmène en balade dans sa Porsche, si basse que ma tante a le plus grand mal à s'en extraire.

À la fin du repas, Juliette sort les tasses à café, un bocal de pruneaux à l'eau-de-vie et une boîte de Ferrero Rocher. C'est le moment où, si on le lui demande, elle ne se fait pas prier pour chanter *Le Dénicheur*, java sur laquelle elle adorait danser avec Eugène du temps où ils fréquentaient les bals musette. Le ventre plein, j'ai tendance à m'endormir sur leur couvre-lit. Je passe la fin de la soirée dans un demi-sommeil, bercée par les rires et les éclats de voix.

Ouvriers, bourgeois et paysans

Octobre 2020

J'ai fait lire les premiers chapitres à mes parents. Un détail a fait réagir Papa. « Ça me va très bien, a-t-il commencé, un soir alors que nous dînions chez eux. Une seule chose m'embête : tu dis que je suis tombé amoureux d'une femme d'un milieu ouvrier. » Je ne voyais pas où était le problème. « "Milieu ouvrier", ça me renvoie à des images de l'immédiat après-guerre, du temps de Maurice Thorez et de Staline. Ça m'évoque *Ma Môme* de Jean Ferrat, une chanson dans laquelle il parle de sa compagne qui "travaille en usine à Créteil", "joue pas les starlettes" et "met pas des lunettes de soleil". Quand j'ai rencontré ta mère en 1969, elle n'avait rien à voir avec cette ouvrière fière de ne pas faire appel à des artifices bourgeois tels que le maquillage. »

Mon père a beau être quelqu'un d'ouvert, certains mots le crispent. D'habitude, il s'agit plutôt de « communiste » et de « CGT ». Éternellement reconnaissant aux États-Unis d'avoir sauvé la France au moment de la

Seconde Guerre mondiale, élevé dans le culte du gaullisme, il considère les communistes comme l'ennemi juré. Quand, enfant, il demandait à ses grands-parents ce que c'était que les communistes, on lui répondait : « Des gens très vilains. » À soixante-seize ans, on pourrait croire qu'il aurait eu le temps de relativiser un tel jugement. Il n'en est rien. Ses filles et sa femme ont beau se moquer de lui, il s'entête, incontrôlable : dès qu'il est fait mention d'un cégétiste dans la conversation, il voit rouge, littéralement.

Pourtant, Maman venait de Blanc-Mesnil – je ne l'ai jamais entendue dire *Le* Blanc-Mesnil –, une banlieue « rouge betterave » selon mon père. Ses parents n'étaient pas engagés politiquement, mais Maria, l'une des meilleures amies de Maman, avait grandi dans une famille de fervents communistes et l'était elle-même ouvertement.

Des communistes aux ouvriers, il n'y a qu'un pas. « Avec ses "bleus de travail" et son litron de vin rouge qui tache, la "classe ouvrière" a presque disparu de nos jours, a poursuivi mon père. À part les Arlette Laguiller et ses successeurs, personne ne s'y réfère plus en employant ce terme, lourd d'images des années 1950 et avant. Je préférerais que tu dises "milieu populaire". »

Je ne voulais pas. J'ai grandi avec les discours d'Arlette Laguiller scandés aux « Guignols de l'Info » et moqués par mon père. Ses ricanements au son de « Travailleurs, travailleuses, on vous spolie, on vous ment » se sont ancrés dans mon imaginaire. J'ai été élevée dans l'idée que nous étions dans le camp d'en face – mon père a toujours vu le monde à travers les lunettes du patronat, comme son père avant lui –, mais ce que je perçois de Maman m'indique qu'elle était plutôt de l'autre côté avant d'épouser Papa.

J'écris tout cela sans savoir s'ils m'autoriseront à laisser cette partie dans mon manuscrit. Je suis heureuse d'écrire sur leur passé à un moment où ils sont encore là pour m'aider à le revisiter. Heureuse aussi que nos relations soient suffisamment bonnes pour que nous en discutions de manière détendue autour d'un verre de vin. Mais je crains leur jugement. Avant de signer mon contrat avec ma maison d'édition, j'ai réussi à écrire plusieurs textes sur mon enfance sans la moindre arrière-pensée. Je me disais que je ne les ferais lire à personne, qu'il s'agissait uniquement d'explorer des souvenirs, d'identifier les croyances que j'en avais tirées, les blocages que cela avait provoqués. Depuis que j'ai un manuscrit à rendre, j'écris de nouveau pour être lue. L'autocensure a repris ses droits, en prévision des réactions de mon entourage. Il me faut pourtant continuer d'aller voir ce qui est tapi dans les recoins de ma mémoire, quitte à froisser.

« Vous ne pourrez écrire sur votre famille sans dommages, m'avait averti Vivien, mon psy, quand, il y a des années de cela, j'avais commencé à évoquer mon envie et mes craintes à l'idée d'écrire sur mon enfance. Vos souvenirs seront forcément différents de ceux de vos parents ou de votre sœur. » J'ai mis un terme à nos séances l'année dernière, mais ces derniers temps je repense beaucoup à lui. Son regard me manque. Je rêve souvent que je retourne le voir. Ses analyses ont nourri l'écriture de mon premier livre. Je me dis que, sans son aide, le second sera moins riche. À moins qu'au contraire, j'aie besoin de savoir où mes pas me mènent sans qu'il me guide ?

Je veux bien reconnaître que Maman n'était pas elle-même d'un milieu ouvrier quand elle a rencontré Papa – elle était secrétaire –, mais ses parents, eux, l'étaient. Sa mère, Feliciana, travaillait dans une usine de landaus. Son père, Pedro, était maçon. Maman vient de me confirmer que, le matin, il partait travailler avec sa gamelle en émail gris piqué de points blancs, vêtu d'un des bleus de travail que Mamie lui achetait au marché. Papa n'a pas pu connaître ces détails : Pedro est mort d'une attaque avant que Maman n'ait eu le temps de le lui présenter.

Ce matin au téléphone, j'ai demandé à Maman si elle se pensait d'origine ouvrière. « À l'époque, je ne me posais pas la question, a-t-elle tempéré. Je ne me sentais pas fille de bourgeois, mais la classe sociale n'avait pas d'importance car on ne se mélangeait pas. » Dans le quartier où elle habitait, rue Victor-Hugo, loin du centre-ville, ses voisins étaient des immigrés polonais, espagnols, italiens ou russes. Personne n'était vraiment au-dessus des autres. Le père de son amie Maria emmenait Maman et elle à la fête de l'Huma, mais les parents de Maman, eux, n'y mettaient pas les pieds.

Pedro, en bon catalan, se contentait de se méfier des gens qui entravaient sa liberté. Anticlérical, anarchiste, il refusait de se laisser enfermer dans la case du trotskisme ou du communisme. Il avait un esprit très ouvert, ce qui explique sûrement que ma mère se soit sentie autorisée à fréquenter quelqu'un d'une classe sociale différente.

Quant à Mamie – Feliciana –, elle n'avait pas d'avis. Née en 1906 près de Cáceres, dans un village pauvre d'Estrémadure, dans l'ouest de l'Espagne, aînée de huit enfants dont quatre garçons morts en bas âge, elle avait dû très tôt aider sa mère et n'était pas allée à l'école. Arrivée en France en 1918 avec ses parents sans savoir ni lire ni écrire, elle habitait un bidonville de Saint-Ouen avant son mariage. La politique lui passait au-dessus de la tête.

« Mes parents étaient plus des paysans que des ouvriers », a fini par trancher Maman. Elle m'a rappelé qu'en Espagne, son grand-père maternel – « *Abuelo* » – était bûcheron. Il partait en forêt fabriquer du charbon de bois. Durant ces expéditions, il dormait sur place. Un matin, au réveil, son âne avait disparu, dévoré par les loups. C'est en tout cas ce que raconte la légende familiale. Pedro, né en 1901, était agriculteur à Valls, en Catalogne, avant d'émigrer en France en 1920. « Il a traversé la frontière à pied, a poursuivi ma mère. Il s'arrêtait en chemin pour proposer ses services comme ouvrier agricole dans des fermes. C'est lui qui a voulu s'installer à Blanc-Mesnil après son mariage. Il a acheté une parcelle de terrain et a construit lui-même sa maison, pièce après pièce. Sur une autre parcelle, il cultivait ses légumes. » J'ai visualisé mon grand-père en train de couvrir ses endives de terre, dans sa banlieue encore rurale. La scène correspond à l'image que je me fais d'un jardin ouvrier.

Maman n'avait pas fini de préciser ses souvenirs. « La conscience de mon milieu est venue à l'adolescence. Quand j'ai commencé à lire Zola, j'ai compris que des gens vivaient d'une autre façon que nous. »

À quatorze ans, son horizon s'est encore élargi lors d'un voyage en Angleterre, avec Maria et une autre amie. « La famille chez qui nous habitions n'était pas d'une classe très élevée, mais leur maison était plus moderne que la nôtre. Ils avaient une salle de bains, une voiture, tout ce que nous n'avions pas. Ce n'étaient pas des ouvriers comme nous. »

Je lui ai dit que le terme d'ouvrier me paraissait de plus en plus vague. Elle a marqué une pause avant de se remémorer : « Tu sais, quand j'étais jeune, il n'y avait pas la télévision à la maison. Plein de choses n'étaient pas vulgarisées. Ce mot, je l'ai surtout entendu à partir des années 1960. Sartre, Montand, Signoret allaient en URSS et en revenaient en disant que le communisme était merveilleux. La plupart ont fini par faire volte-face, mais les milieux intellectuels parlaient alors beaucoup de lutte des classes. Puis est venue la grande époque de la fin de l'industrialisation, dans les années 1970. Des usines étaient menacées. Des figures politiques telles que Georges Marchais et les mouvements syndicaux ont entraîné toute une population qui adhérait à leurs idées. »

Je dois bien reconnaître que « milieu populaire » est à la fois plus flou et plus exact, même si ce n'est pas l'expression que j'aurais utilisée lorsque je suis arrivée au collège. Mais étais-je seulement capable, en sixième, de nommer les classes sociales de mes parents ?

Katia

Décembre 1987

Katia est ma meilleure amie. Un carré blond, des yeux bleu myosotis, un air réservé qui s'efface une fois qu'elle est à l'aise. Nous nous connaissons depuis le CE1, qu'elle a redoublé en arrivant à Chavières. Avant, elle habitait à Cergy. Dès le départ, son année de plus et son assurance lui ont donné de l'ascendant sur moi.

Un jour, nous devions être en CE2, la maîtresse nous a demandé d'apporter nos patins à roulettes à l'école. Le lendemain, Katia avait oublié les siens chez elle. Elle m'a demandé d'aller les chercher à sa place. « Ils sont dans le meuble de l'entrée, il n'y a personne à cette heure, le chien te reconnaîtra », m'a-t-elle assuré. Je connaissais les lieux, je n'ai pas discuté. J'avais pourtant un tempérament d'aînée, volontaire et meneur, mais face à Katia, d'emblée, je me suis inclinée. Je l'ai laissée me diriger. Pourquoi une telle distribution des rôles ? Peut-être que cela m'arrangeait bien de ne plus avoir à décider.

À l'heure du déjeuner, je me suis échappée par un trou dans le grillage au fond de la cour, ses clés à la main. Sa maison se trouvait de l'autre côté de la route. Tout s'est passé comme prévu, du moins jusqu'à mon retour : mon absence n'est pas passée inaperçue. La directrice, Danièle, a voulu me voir. C'était une dame immense, aux cheveux courts, blonds et filasses, à la démarche de déménageur. Ses yeux bleus très maquillés, cerclés de lunettes métalliques, m'ont accueillie avec perplexité. Des enfants qui faisaient des bêtises, elle en voyait défiler, mais moi, d'habitude si sage, qu'est-ce qui avait bien pu me passer par la tête pour me faire manipuler de la sorte ? Sa question m'a dessillé les yeux. Je m'étais fait avoir. Katia avait abusé de ma naïveté et de mon dévouement. Comment avais-je pu être aussi cruche ? Je suis restée muette : je n'avais rien à dire pour ma défense. « Ça va pour cette fois, a finalement déclaré Danièle, la bouche marquée d'un pli sévère mais le regard tendre. Je ne préviens pas tes parents, mais veille à ce que ça ne se reproduise pas. » Je suis sortie de son bureau honteuse et furieuse. « La prochaine fois, t'iras les chercher toi-même, tes patins », ai-je lancé à Katia avant d'aller jouer avec les autres filles de la classe.

Nous nous sommes réconciliées peu après. Je suis incapable de lui en vouloir très longtemps. Katia m'impressionne jusqu'à l'aveuglement. J'ai besoin d'elle. Sa maturité, sa grâce, ses goûts me rassurent : si je ne sais pas quoi faire, je n'ai qu'à la suivre et l'imiter. Elle est mon initiatrice. Je l'admire jusqu'à la béatitude.

Avec les années, nous sommes devenues inséparables, toujours dans la même classe, jusqu'au collège. Depuis septembre, elle va à Jean-Jaurès, le collège public pas loin de chez nous. Mais même cette séparation n'a pu entamer en profondeur notre relation. Je peine à tisser des liens d'amitié avec les élèves de Notre-Dame. Avec Katia, tout est simple et familier. Nous continuons de passer nos mercredis après-midi ensemble, négligeant nos devoirs. Le week-end, quand ses grands-parents ne m'invitent pas dans leur maison de campagne, on dort chez l'une ou chez l'autre. Elle m'apprend à grandir.

« J'ai trop mangé »

Janvier 1988

« Ses cuisses font la taille de mes mollets », se lamente Katia, debout, les mains sur son pantalon de jogging rose pâle, les doigts pressés dans le vain espoir de contracter sa chair comme on essore une serpillère. La fille dont elle admire la minceur, c'est Mélanie, la nouvelle chouchoute de notre prof de gymnastique rythmique et sportive. Je la connais bien : nous avons été dans la même classe en CM2. Elle et ses parents ont emménagé à Chavières il y a moins d'un an. Ils arrivent d'Afrique du Sud, où son père était ingénieur pour un grand groupe international. Elle bégaye, mais aucun enfant n'aurait l'idée de se moquer d'elle tant elle est gentille, jolie, gracieuse.

Depuis septembre, sa présence dans notre cours de GRS a modifié la dynamique du groupe. Elle débute, mais ses années de danse classique et ses dons naturels enthousiasment la prof, qui parle déjà de l'envoyer en compétition. Quand elle fait du ruban, la bande de tissu entière s'anime sans jamais toucher le sol, pas comme moi qui m'emmêle les pieds dedans.

Je n'avais pas remarqué qu'elle avait les jambes fines. Je n'ai pas plus conscience du corps de Mélanie que de celui de Katia ou du mien. Je me regarde peu dans la glace. Je mesure déjà 1,70 mètre, ce qui fait de moi la plus grande de ma classe et j'en suis fière, mais mes cuisses, je n'ai pas d'avis dessus, elles vivent leur vie de cuisses.

Katia se rassied à la table de la salle à manger, l'air buté. Nous sommes chez elle, c'est l'heure du goûter mais elle ne semble pas pressée de m'offrir à manger. À côté de nous, Frédéric, son petit frère, regarde *Les Maîtres de l'univers* à la télé, une tartine de Nutella à la main. « Par le pouvoir du Crâne ancestral, je détiens la Force toute puissante », déclare le prince Adam, son glaive à la main. Auréolé d'éclairs, il se transforme en Musclor. Je scrute l'écran, c'est mon passage préféré du générique : Kringer, son tigre domestique, tremble de tous ses membres et claque des dents avant d'être à son tour transformé en Tigre de combat. Sa peur me trouble : pourquoi craindre ce qui va le rendre plus fort ? Je devine que son changement d'état ne se fait pas sans douleur. Ce pressentiment me brûle le bas du ventre. Je rêve de me transformer à mon tour, de devenir moi-même en mieux, d'être dotée de superpouvoirs. Je suis prête à souffrir pour cela. Mais personne ne pointe son glaive magique sur moi, personne ne vient m'aider à décupler mes forces. Je reste où je suis, craintive et inhibée.

N'y tenant plus, je me sers une grande cuillerée de pâte à tartiner. Je la fourre dans ma bouche sans pain, sans rien, afin d'en savourer pleinement l'onctuosité. Il n'y a jamais de Nutella à la maison, Maman trouve que ce sont « des cochonneries ».

Katia me regarde, une expression indéchiffrable sur le visage. Je lui tends le pot d'un air interrogateur. « Je n'ai pas faim », réplique-t-elle d'un ton maussade avant de quitter la pièce.

Un autre jour, après un autre goûter, Katia et moi sommes dans sa chambre, assises sur le parquet acajou à côté de la chaîne hi-fi Mitsubishi qu'elle vient de recevoir pour Noël. J'envie son double lecteur de cassettes, qui lui permet de se faire ses propres compil'. Même Papa n'en a pas. « J'ai trop mangé », regrette-t-elle en déboutonnant son jean. Elle se lève et va se regarder dans le miroir en pied accroché au mur. « Je me sens grosse », se plaint-elle, la main à plat sur le ventre. Elle se tourne de profil, soulève son tee-shirt pour mieux voir la forme de son abdomen dans le reflet. « Non mais regarde ce bide ! » s'écrie-t-elle épouvantée.

« Moi aussi je me sens grosse », dis-je avant de me lever et de me placer à côté d'elle, également de profil. J'ai prononcé ces mots par pur mimétisme, pour compatir au désarroi de mon amie, mais dans le miroir, le contraste entre nos deux silhouettes est saisissant. Katia me paraît soudain incroyablement petite et potelée à côté de ma silhouette élancée. L'effet comique me prend par surprise. Je me mords l'intérieur des joues pour ne pas rire, prétexte une envie pressante pour couper court à cette situation gênante, mais le mal est fait : Katia se déteste encore plus.

C'est mon dernier souvenir d'elle avec un corps plein. Peu après, elle se lance dans son premier régime, à la règle lapidaire : ne plus rien manger. Une force hors du commun s'empare d'elle. Elle m'assure qu'elle grignote à la cantine de son collège et au dîner avec ses parents, ce qui doit être vrai puisqu'elle continue de tenir debout, mais avec moi, le mercredi et les week-ends, je ne la vois plus rien avaler. Avant même d'en constater les effets sur sa ligne, cette attitude me plonge dans un bouillon d'émotions complexes. L'admiration de sa volonté sans faille se mêle à la honte d'être incapable de lui emboîter le pas. Chacune de mes bouchées m'éloigne un peu plus de son code de conduite. Plus j'essaie de lui ressembler, plus ma gourmandise devient irrépressible. L'une dans le contrôle, l'autre dans la culpabilité, nous devenons les deux faces d'une même médaille. Nous nous sommes bien trouvées.

Au bout de quelques semaines, Katia a beau répéter comme une litanie qu'elle est grosse, ça ne se voit plus. Son petit ventre rond a disparu sous les diètes et les vêtements larges. Ses jambes sont devenues d'une minceur hypnotique, si fuselées par le vélo, qu'elle pratique comme une forcenée le week-end chez ses grands-parents, que les garçons de sa classe les commentent entre eux. Je le sais car elle s'empresse de me le rapporter. Je ne suis pas dans le même établissement, mais elle me parle tous les jours des gens de sa classe. Ils me sont devenus aussi familiers que mes propres camarades d'école. Alors que je passe mes journées en jupe plissée bleu marine, elle porte des minijupes en jersey qu'elle recouvre de pulls amples, à emmanchures chauve-souris. J'admire ses genoux pointus, ses mollets galbés, ses attaches graciles. Elle a besoin de mon regard pour se rassurer.

J'ai absorbé comme un buvard son obsession des formes. Désormais, lorsque Mélanie fait un enchaînement devant nous au cours de GRS, j'étudie ses cuisses avec envie. Les miennes sont bien plus enrobées, mais Katia m'a prouvé que l'on a prise sur son corps. Le mien aussi est capable de s'affiner. J'ai juste besoin de faire quelques efforts.

Idoles

Février 1988

La maison de Katia est plus belle que la nôtre. Les pièces y sont plus spacieuses, le jardin quatre fois plus grand, sans compter le magasin attenant, un bazar que ses parents ont ouvert quelques mois après leur arrivée, au début des années 1980. Ils ont voulu tout aménager eux-mêmes et ont calé en cours de route, laissant des escaliers et une partie du salon inachevés, mais le résultat en impose quand même. Il s'agit d'un pavillon, pas d'une petite maison mitoyenne comme chez nous. Il n'y a ni voisins à ménager, ni vis-à-vis à subir quand on ouvre une fenêtre. On ne frappe pas à la porte, on sonne au portail. Leur berger allemand me renifle les mains, puis quelqu'un vient m'ouvrir.

La chambre du dernier étage, majestueuse et isolée, a été attribuée à Katia. Avec sa salle de bains attenante, ses meubles blancs de bonne facture, son lit deux places, elle a tout de la suite parentale, mais, pour une raison qui m'échappe, ses parents ont préféré s'installer dans une chambre au sous-sol, à côté de celle de Frédéric, le petit frère de Katia. Le mercredi, après la GRS, nous y passons des heures. Il flotte dans l'air une odeur de linge propre et de lavande. Tout y est parfaitement rangé : Katia a l'obsession de l'ordre. Nos parents travaillent, Fred est au centre aéré, le monde extérieur n'existe plus.

Katia adore danser. Elle met un 45-tours, attrape sa brosse à cheveux et se prend pour Paula Abdul ou les chanteuses de Bananarama. Elle esquisse les chorégraphies qu'elle a aperçues au Top 50, chante en yaourt devant la glace pendant que je la contemple, fascinée. Je me sens trop gauche pour l'accompagner. Je n'en ai d'ailleurs aucune envie. Mon admiration la flatte, mais elle finit par m'oublier moi aussi. Elle ferme les yeux et n'est plus qu'un corps ondoyant. J'envie autant son aisance que l'espace mental dans lequel elle se réfugie et où je ne peux la suivre.

Danser me pose un problème depuis plusieurs années déjà. Dès les premières boums, je me suis sentie différente. Alors que, sur une chanson, beaucoup d'enfants parviennent à se mouvoir en rythme sans effort apparent, tirant leur grâce du fait qu'ils se laissent aller, mon corps ne répond pas. Je me fais l'effet d'un morceau de bois. J'ai tellement honte de ma raideur, je prends si peu de plaisir à essayer en vain de suivre le tempo que je ne veux plus que quiconque soit le témoin d'un tel spectacle. Aux fêtes, je déclare que je ne sais pas danser. Quand la musique démarre, je m'assois et étudie la façon de bouger des autres filles. Je m'extrais du groupe. J'observe, à la lisière des gens. Il y a celles que l'on regarde et celles qui regardent. J'ai choisi mon camp.

C'est du moins ce que je crois. Un épisode plus ancien me revient toutefois en mémoire. Je suis en CP. Katia n'est pas encore arrivée à Chavières. La maîtresse a organisé une pièce de théâtre. Lors de la distribution des rôles, mon amie de l'époque, Angélique, d'un caractère très volontaire, a pris le premier rôle. Je n'ai pas voulu jouer dans la pièce, mais Angélique est tombée malade peu après et la maîtresse m'a proposé de la remplacer, pour quelques répétitions seulement, le temps qu'Angélique revienne. Débarrassée de l'enjeu d'être choisie et d'avoir à jouer devant un public, je participe avec plaisir. Le jour du spectacle devant les parents, Angélique reprend sa place comme prévu. Pour me remercier de mon implication, on m'a trouvé un rôle de figurante : je joue une prisonnière, debout et muette au fond de la scène. Je ne dois pas avoir plus de six ans et déjà le tiraillement est là : participer ou m'abstenir, être dans la lumière ou rester dans l'ombre, m'exposer ou me protéger, prendre ma place ou la céder. Je choisis le repli intérieur, laissant aux copines le champ libre pour briller.

Au bout d'un moment, Katia abandonne sa danse enfiévrée et s'affale sur le parquet de la chambre, haletante. Assises par terre à côté de sa chaîne hi-fi, nous nous mettons en quête d'une chanson plus calme parmi sa collection de 45-tours. Chez moi, j'ai ceux de la Compagnie créole et du générique de Bibifoc, mais Katia ne veut pas en entendre parler. Branchée sur NRJ, lectrice de *Salut !* et d'*OK Magazine*, elle est déjà passée à la pop anglo-saxonne. Elle me fait écouter Kim Wilde, Sandra, Eurythmics, George Michael. Je ne visualise aucun chanteur, ne comprends pas les paroles, tout m'indiffère.

Nous nous rejoignons sur la chanson française, entonnant ensemble *Comme un ouragan*, de Stéphanie de Monaco et *Les Bêtises*, de Sabine Paturel. Nous connaissons par cœur tous les tubes de Daniel Balavoine. Sa mort un an plus tôt, dans un accident d'hélicoptère contre une dune, en marge du Paris-Dakar, nous a sidérées. Même une star jeune, riche et célèbre peut donc s'éteindre en pleine gloire ? C'est absurde. Ma mère ne comprend pas non plus ce coup du destin : à chaque fois que l'on tombe sur une émission de télé qui lui rend hommage, elle pousse un soupir et répète que c'était quelqu'un de bien.

Et puis il y a Elsa. *T'en va pas*, le tube par lequel elle s'est fait connaître quelques mois plus tôt, nous donne des frissons. Quelle tristesse, ce divorce qui sépare ses parents ! Les paroles de la chanson nous bouleversent, mais il y a autre chose : Elsa, par son jeune âge et sa douceur, représente un modèle inédit. Pour la première fois, nous avons la possibilité de nous identifier à une chanteuse qui pourrait être notre copine. Katia a collé des posters d'elle sur les murs roses de sa chambre. Elle envie ses cheveux bouclés. Mon regard est plus distancié. La musique n'est pas mon monde.

Les poupées Barbie, en revanche, occupent encore une place considérable dans ma vie. Je n'en parle pas au collège de peur d'être moquée, mais j'y joue continuellement avec Katia. Elle les chérit et m'a transmis son goût pour leur sourire éclatant, leur chevelure blonde, leur poitrine sculpturale, leur taille de guêpe, leurs jambes interminables. Elle n'éprouve aucune honte à continuer d'y jouer à douze ans passés. Elles représentent pour elle un monde à part, sophistiqué et digne de la plus haute estime. J'adhère sans réserve à cette vénération.

Des semaines avant Noël, j'épluche les catalogues de jouets et scrute leurs robes de tulle et de mousseline. Plus elles ont du volume, plus elles me font rêver. Bien rangées dans leur boîte transparente, le sourire énigmatique et le regard agrandi par le maquillage, elles évoquent un monde féerique de princesses lointaines. Mon goût pour la mode s'enracine là, dans ces volants miniatures et ces mules minuscules en plastique fuchsia que je perds dès le lendemain du réveillon.

Je voudrais une Barbie noire comme celle que j'ai vue dans une publicité. Je ne la trouve nulle part, ne m'en offusque pas. Barbie est américaine, elle vient du même pays que *Santa Barbara*, la série que Katia regarde chaque soir à la télé. Robin Wright, une autre de ses idoles, y a les cheveux peroxydés. Tout est raccord.

Nous passons du temps à les vêtir et à les coiffer. Un déshabillé transparent, en particulier, me paraît d'une folle extravagance : dans quel autre monde que celui de Barbie dort-on dans une telle tenue ? Mes poupées m'emmènent ailleurs, à des années-lumière des devoirs à faire, des cours à réviser et des chamailleries de cour de récré.

Leur environnement est tout aussi fantaisiste. Katia possède le camping-car, son grand-père menuisier lui a fabriqué une table, des chaises et un canapé en bois, sa mère lui a transmis une chambre avec laquelle elle jouait dans les années 1960. On se sert aussi du cheval que ma sœur m'a donné, il lui manque une patte mais on s'en fiche.

De toute façon, ce ne sont ni les meubles ni les moyens de locomotion de nos Barbies qui nous intéressent le plus.

Ce qui nous tient en haleine des après-midis entiers, ce sont les histoires que nous nous racontons avec elles. Nous leur choisissions un prénom, puis les jetons dans de spectaculaires accidents de la route, des incendies mortels, des disputes atroces. Notre bataillon de blondes siliconées n'en finit pas d'affronter des drames. Autour des deux héroïnes que nous nous sommes choisies, le monde meurt ou plonge dans des comas sans fin. Nos rescapées doivent faire face à des blessures monstrueuses, symbolisées par une bille coincée sous leur legging. Nos pulsions sadiques n'ont pas de limites. Ken est le premier à sauter, personnage secondaire dont nous faisons peu de cas. Je n'ai d'ailleurs jamais voulu en posséder un. Je me contente de jouer avec celui de Katia ou de Véro. Son cou de taureau, ses formes musculeuses et son slip intégré me mettent mal à l'aise. Nous nous empressons de le tuer, ce qui a pour avantage de plonger sa femme dans une douleur sans fond.

Tout l'enjeu est de voir nos doubles souffrir. Derrière leurs sourires bardés de fossettes, nos poupées doivent en baver. Notre imagination se nourrit de nos peurs – perdre nos parents, être amputée d'une jambe, mourir de maladie –, elles-mêmes alimentées par les films catastrophes et les reportages à la télé.

Leur détresse m'électrise. Plus les malheurs s'abattent sur elles, plus mon bas-ventre me brûle. Je ne sais pas ce qui m'arrive, je n'évoque jamais ce trouble physique avec Katia, je veux seulement que la sensation continue. Avec une Barbie dans une main et mon amie en face de moi, je suis à la fois actrice et spectatrice des vies que j'invente, et cela m'excite au plus haut point.

« Tu te crois où ? »

Mars 1988

En primaire, j'aimais jouer à ce qu'on appelait la Clé. Il s'agissait de raconter l'histoire d'une princesse en dessinant à la craie, sur le sol de la cour, son portrait dans un médaillon, puis de le relier par un chemin à un château fort. La princesse avait perdu la clé de son château, où pouvait-elle être ? Mon auditoire donnait sa langue au chat, je lui révélais que mon dessin formait une clé géante.

Dans ma classe de sixième, personne n'a entendu parler de ce jeu. Un jour à la récréation, je décide de dérouler mon histoire à une copine. Faute de craie, je choisis une pierre blanche dans un massif et me mets à tracer des traits sur un muret. Je n'ai pas achevé mon dessin depuis cinq minutes que Virginie, une élève avec qui je n'ai pas encore échangé un mot depuis mon entrée au collège, m'accoste. Elle ne comprend pas comment on peut avoir l'idée de faire des « graffitis » dans l'enceinte de l'école. « Tu te crois où ? me lance-t-elle, furieuse. On n'est pas dans le public ici. »

Sa remarque me fait l'effet d'une gifle. Je lâche la pierre, mortifiée mais confuse. Quel mal y a-t-il à dessiner une clé sur un muret ? Ce n'est pas comme si je l'ai fait à la bombe aérosol, à la manière des graffs que l'on voit sur les murs de la gare de RER de Cergy-Préfecture. À la prochaine averse, mon gribouillis disparaîtra. J'ai commis une faute, mais laquelle ? Les règles m'échappent.

Plus tard dans la journée, on me rapporte que sœur Marthe, notre surveillante, a été consternée par mon dessin. On me dit que si elle apprend que j'en suis l'autrice, je serais « collée ». Ma perplexité grandit. Collée ? À mon dessin ? Personne ne me dénonce et je n'apprends la signification du mot – les élèves désobéissants sont contraints de rester à l'école le mercredi après-midi, « en retenue » – que des mois plus tard, mais ce jour-là, je n'ai pas besoin d'être collée pour me sentir punie. Ce « Tu te crois où ? » clamé devant témoins, amplifié par la condamnation de notre surveillante, est la plus cuisante des humiliations. En une phrase, on me renvoie chez moi, un endroit différent, où les gens sont malpolis et ne respectent pas leur environnement.

Je repense à mes voisins Michaël et Abdel, avec qui, plus jeune, j'avais l'habitude de jouer dans le quartier. Un jour, alors que l'on discutait près du mur de notre garage, Abdel sortit un marqueur neuf de sa poche et se mit à écrire son prénom sur le mur. « ABDEL » claqua sur la surface plâtreuse, bien visible aux yeux des passants. Il passa son feutre à Michaël, qui s'exécuta. Ils devaient avoir dix ans et moi neuf. Je voulus faire comme eux, mais Abdel refusa. Peu après, je rentrai chez moi et racontai ce qui venait de se passer à ma mère. Elle bondit hors de la maison, découvrit horrifiée les inscriptions sur le mur de son garage et partit sonner chez Michaël et Abdel. Dix minutes plus tard, ils frottaient le mur, penauds, une bassine d'eau devant eux, dans une vaine tentative d'effacement de leur prénom.

Cette mésaventure ne m'a-t-elle donc rien appris ? La remarque cinglante de Virginie m'indique que je ne sais pas mieux me tenir, même si, en mon for intérieur, la honte le dispute à l'incompréhension. Je me suis servie d'une pierre, pas d'un feutre indélébile. Où est le mal ? Dans la cour de l'école primaire des Côteaux, on dessinait ce que l'on voulait sur le bitume, on creusait des trous sous les arbustes pour jouer aux billes, on tirait sur le grillage du fond pour s'échapper et rentrer plus vite chez soi. L'école des Côteaux me paraît soudain très loin, d'un autre monde, plus indulgent et moins agressif. L'idée que l'on puisse exiger davantage d'une préadolescente que d'une petite fille ne me traverse pas l'esprit. Non, si je suis mise à l'index, ce ne peut être que parce que, comme me le signifie Virginie, je me suis crue ailleurs que là où je suis.

Je ne sais pas encore où Virginie habite, mais elle ne vient certainement pas du même coin que moi. Dans ma classe, seule Céline habite Chavières-sur-Oise. Nos mères se relayent le matin pour nous emmener en voiture. Et encore, sa maison est située dans le Vieux Chavières, enclave préservée des coups de pioche de la ville nouvelle. Elle ne vit pas dans un lotissement comme nous, mais dans une grande bâtisse qui ressemble plutôt à une ancienne ferme. Quelques jours plus tôt, j'ai appris que Virginie, comme une dizaine d'autres élèves de la classe, était en CM2 à Saint-Jacques, l'école primaire privée voisine de Notre-Dame. En cours, leurs habitudes, leurs attitudes, leur allure donnent le *la*. Virginie arbore médaille autour du cou et carré raide, porte col Claudine et jupe plissée avec naturel. Ma mère la trouverait « très BCBG ». Ils se connaissent tous et forment un noyau dur dont elle vient de me rappeler la bonne éducation.

Je me sens exclue. Je connais les raisons pour lesquelles mes parents m'ont mise dans cette école mais je ne comprends plus leurs arguments. Ici, les cours et les regards sont trop durs. Je voudrais me télétransporter dans la classe de Katia.

Au fond pourtant, je devine que ma place n'est pas là-bas non plus. Le concept de classe sociale n'est pas encore très clair pour moi, mais je perçois des différences, quand mon père se moque de la vulgarité d'une voisine qui hurle à son enfant : « Touche pas, c'est caca », ou quand on nous signifie que nos manières détonnent. Un souvenir d'il y a plusieurs années me revient à l'esprit. Alors que ma sœur et moi venons de quitter la maison et que nous nous dirigeons vers l'école primaire au bout de la rue, deux jeunes filles que je ne connais pas nous accostent. Davantage mues par la curiosité que par l'agressivité, elles nous demandent si nous vouvoyons nos parents. Ce jour-là, je porte un long manteau bordeaux orné d'une cape, cousu par ma mère. En face de nous, les deux adolescentes sont en anoraks. Je fais non de la tête, avant de presser Véronique de poursuivre notre chemin. La question m'a paru si incongrue que je n'ai pas compris ce qu'elle sous-entendait. Ce n'est que le soir, lorsque je raconte l'anecdote à mes parents et qu'ils s'en amusent, que j'ai la confirmation de ce que je pressentais : nous venons d'ailleurs. Mais d'où ? Nous n'appartenons pas au monde bourgeois de mes grands-parents paternels puisque nous vivons dans un lotissement du Val-d'Oise. Nous ne sommes pas non plus du même milieu « populaire » – pour reprendre le mot de mon père – que ma tante Juliette. Nous naviguons quelque part entre les deux. La réprimande de Virginie me renvoie à cette zone indéterminée. L'espace d'une récréation, je me suis crue chez moi. Il n'en est rien.

Le bruit des ciseaux de couture

Avril 1988

Elle commence par plier en deux le coupon de tissu acheté au Marché Saint-Pierre ou chez Reine, puis l'étale sur la grande table en bois de la cuisine. Dans un bruissement de papier-calque, elle épingle ensuite sur l'étoffe les pièces découpées du patron. Ses gestes sont précis, son regard concentré, nous sommes priées d'aller jouer dans une autre pièce. Quand notre mère se met à coudre, nous savons qu'elle ne sera plus disponible avant plusieurs heures.

Le tissu prêt, elle tire de sa boîte à couture Curver une paire de ciseaux qui n'a rien à voir avec celle dont elle se sert pour nous couper les cheveux. Nous n'avons le droit d'y toucher sous aucun prétexte, moins par peur d'une blessure que par crainte de nous voir découper n'importe quoi avec. Il y a un antécédent : à quatre ans, alors que nous habitions encore à Créteil, Véronique s'en est emparée quand ma mère avait le dos tourné et n'a rien trouvé de mieux que d'entailler l'ourlet de la robe à smocks que Maman venait de terminer pour elle. Avant de commettre son méfait, du regard elle m'avait demandé mon approbation. Retenant ma respiration, je l'avais encouragée avec un sourire mauvais, puis l'avais regardée faire, avant de hurler avec une jubilation sadique : « Véro a coupé la robe ! » Je savais que la faute fâcherait ma mère. Par conséquent, son amour pour ma sœur diminuerait tandis que, par un système de vases communicants seulement connu des enfants, celui qu'elle me portait s'accroîtrait d'autant. Évidemment, ça ne se passa pas comme ça : la colère maternelle s'abattit sur nous deux et, jusqu'à aujourd'hui, je n'ai jamais plus touché ces fichus ciseaux.

Les entendre me suffit. Même assise dans ma chambre à l'étage, occupée à faire mes devoirs, le bruit des lames me parvient. Un cisaillement métallique, lourd et régulier, un crissement familier que rien ni personne ne peut venir perturber. Le son de l'enfance. Tant que je l'entends, tout va bien, l'équilibre des choses est maintenu.

Ma mère dépose au fur et à mesure les pièces de tissu sur un fauteuil du salon, dit au chat d'aller dormir ailleurs, lit une dernière fois les instructions du patron. Alors seulement elle va chercher sa machine, un modèle bleu et blanc datant des années 1970. Elle m'appelle pour vérifier que sa bobine de fil est bien de la même teinte que celle du tissu – elle est un peu daltonienne – puis prépare sa canette comme on s'échauffe avant de plonger. Les choses sérieuses peuvent commencer.

Elle travaille si vite qu'une journée lui suffit pour assembler les pièces. Les finitions lui prennent plus de temps : le col d'une veste, la ceinture d'une jupe, la fermeture éclair d'un pantalon. Une poche passepoilée ou l'ourlet d'une robe en biais lui donnent du fil à retordre. On l'entend râler : « Il faut vraiment avoir envie de s'embêter pour faire de la couture » ; « J'ai beau lire les explications, je ne comprends pas. » En général, c'est à ce moment qu'elle fait tomber sa boîte d'épingles. Le chat baisse les oreilles et file dans le jardin pendant que l'une d'entre nous se dévoue pour les récupérer par terre.

Quand elle coud pour nous, tôt ou tard vient le moment redouté de l'essayage. Nous devons enfiler le vêtement en cours de fabrication en prenant garde de ne pas arracher les fils de bâti. Elle nous demande de tourner sur nous-mêmes, scrute le tombé, resserre la taille – « Aïe, tu m'as piquée ! » – puis retourne à sa machine, satisfaite ou soucieuse selon que les choses avancent comme elle veut ou que le problème reste entier. Elle progresse ainsi jusqu'à l'essayage final. Devant la glace, nous pouvons alors nous approprier une nouvelle robe à bretelles, trouvant normal qu'elle soit parfaitement à nos mesures.

Je repère les modèles que je veux sur les tenues des copines ou dans les *Madame Figaro*. Nous passons ensuite des heures chez Bouchara à éplucher les croquis des énormes catalogues afin d'identifier le patron le plus approchant. La plupart du temps, le vêtement fini est très différent de ce que je m'étais imaginé, mais je m'en satisfais, jusqu'à parfois le préférer au modèle original.

Ma mère ne juge jamais mes goûts, elle ne pense qu'en termes de faisabilité. J'ai beau adorer le Liberty, c'est cher et ça n'a pas assez de tenue pour une robe droite. Je veux une minijupe portefeuille ? Le modèle est simple, elle m'en taille trois en une semaine, dans trois tissus différents. Sur une photo de défilé Roméo Gigli, une robe de velours grenat me fait rêver ? On va jusqu'à Montmartre pour passer au peigne fin le rayon velours des marchands de tissus de la Butte. Elle me fait la robe, je ne la porte qu'une fois, la jugeant trop habillée pour le collège. Elle ne s'en offusque pas : on s'est bien amusées à concevoir ensemble une robe de princesse médiévale, tant pis si la vraie vie me fournit trop peu d'occasions de la mettre.

Je lui demande de m'apprendre. Elle refuse toujours, répétant que ça l'ennuie, qu'elle n'est pas pédagogue, qu'elle manque de patience. Je pourrais ouvrir ses manuels et essayer de m'en sortir seule. Je ne le fais pas. Un jour, en cours d'Éducation manuelle et technique, on doit coudre un sac en tissu. Je ne comprends rien aux instructions, ne termine jamais l'ouvrage. Face à une machine à coudre, je reste l'enfant qui attend son vêtement neuf.

Premiers pornos

Mai 1988

Katia est tombée sur des cassettes VHS dans la chambre de ses parents. « C'est du porno », me déclare-t-elle d'un air entendu. Je ne connais pas le mot. Il y a plusieurs années de cela, j'ai découvert des magazines dans la table de nuit de mon père. Des filles nues en talons hauts y montraient leur sexe, jambes écartées. J'étais si épouvantée qu'il achète ça que j'en ai parlé à ma mère, en larmes. Tous deux m'ont expliqué que plein de gens achetaient ces magazines, que je n'avais pas à m'inquiéter, que ça ne faisait pas de mon père un pervers. J'en ai déduit que regarder de telles images était normal, mais je n'ai pas le souvenir qu'ils aient nommé ça du porno. « C'est pour que les adultes apprennent à faire l'amour », estime Katia à propos des films.

On a toutes les deux très envie de les regarder, alors un jour que sa maison est calme, ses parents sortis, son frère Dieu sait où, elle glisse une cassette dans le magnétoscope de la salle à manger et appuie sur Play. Le film est en costumes. Un frère et une sœur en blouses de batiste feignent de découvrir le plaisir en s'excitant mutuellement. La mise en scène est soignée, mais on n'est pas dans le registre érotique des téléfilms de charme du dimanche soir sur M6 : au bout de quelques minutes, un sexe d'homme en érection apparaît en gros plan. Je n'ai jamais vu ça, je suis hypnotisée.

Je n'ai pourtant pas été élevée dans un environnement très prude. Mes parents ferment rarement la porte quand ils prennent leur douche, j'ai maintes fois aperçu leur entrejambe. Trop même. La taille du zizi de mon père me choque. Lui met un point d'honneur à ce que ses filles sachent à quoi une bite ressemble. Il est d'une génération à qui on a tout caché de la sexualité, lui veut faire les choses autrement, nous élever de manière plus libre. Les années 1970 sont passées par là. En revanche, leurs ébats restent discrets. J'ai déjà entendu du bruit, la nuit dans un demi-sommeil, mais je me suis vite rendormie et n'ai pas cherché à en savoir plus.

Je n'ai aucun souvenir de mon père ou de ma mère m'expliquant comment on fait les bébés. Ils ne nous ont jamais parlé de roses ni de choux, n'ont pas voulu nous mentir mais ont composé avec leur pudeur. Ma mère a trouvé un compromis avec une collection de livres, l'*Encyclopédie de la vie sexuelle*. Le premier volume, adressé aux sept-neuf ans, a traîné à la maison dès que j'ai su lire. Je viens d'en retrouver la couverture en ligne. Un jeune garçon assis sur un fauteuil en rotin blanc y fait un bisou à la petite fille qui se tient à côté de lui. Tous deux sont nus, ils ne doivent pas avoir plus de huit ans. L'allusion au livre d'Emmanuelle Arsan est explicite. Peu après, ma mère nous a aussi acheté le volume adressé aux dix-treize ans. Le premier m'a permis de comprendre ce qui se passait dans le ventre d'une femme enceinte, le second, centré sur l'évolution du corps humain à la puberté, m'a appris qu'un jour, mes seins grossiraient et que des poils pousseraient sous mes bras et sur mon kiki. Mais de la description du coït, ma mémoire n'a gardé aucune trace.

Je n'ai compris que plus tard, autour de dix ans, ce que « faire l'amour » voulait vraiment dire. Le souvenir de cette révélation reste, lui, très net. Nous venions d'arriver en Angleterre pour le week-end, à Maidstone dans le Kent, chez Ralph, l'ami d'enfance de mon père. Nous jouions dans la chambre de sa fille, Jenny, un peu plus jeune que Véro. Nous nous amusions beaucoup toutes les trois. Nous ne parlions pas anglais, elle ne parlait pas français, mais nous nous comprenions fort bien par des signes et des mimiques. Nous étions ce jour-là si heureuses de nous retrouver que l'excitation est vite montée. Véro et moi explorions les tiroirs de Jenny, essayions chacun de ses jeux. Tout ce qui était anglais me paraissait plus gai, plus ludique, plus drôle que ce qu'on pouvait trouver chez nous. Jenny a ouvert un livre et nous a montré un schéma aussi simple qu'explicite. Un homme y était couché sur une femme et l'image, à la manière d'un dessin anatomique, montrait l'intérieur de leur corps : le sexe de l'homme, droit et long, était rentré dans celui de la femme. Je me suis mise à rire, croyant à une plaisanterie, mais Jenny ne semblait pas surprise, seulement émoustillée. Je suis restée interdite. Se pouvait-il que le dessin dise vrai ?

J'ai mis des semaines à intégrer cette nouvelle stupéfiante : mon corps avait un trou capable de s'ouvrir, un jour, à une chose aussi grosse que ce que j'avais vu chez mon père. Le tout sans douleur, puisque, d'après l'encyclopédie de ma mère, faire l'amour procurait du plaisir. Ça, je m'en souvenais.

Quand Katia met la première cassette en route, j'ai eu le temps de digérer la révélation. La vue d'un pénis turgescent embrase mes sens. Un endroit de mon sexe dont je n'avais jusque-là pas conscience se met à battre. Je ne comprends pas ce qui m'arrive. Je ne me suis jamais caressée. Mon kiki ne me sert encore qu'à faire pipi.

L'excitation est également interne : quelque chose au plus profond de mes entrailles me brûle au point d'en être presque douloureux. Encore cette même chaleur que lorsque je joue aux Barbies.

Les images nous rendent muettes. Nous nous contentons d'échanger des regards furtifs et des sourires nerveux.

L'actrice a-t-elle des seins siliconés ou naturels ? Son pubis a-t-il des poils ? Je me souviens uniquement de ses râles quand son frère la touche, debout, entre deux portes. Des doigts peuvent donc provoquer ça. Dans les scènes suivantes, le sexe de l'homme va et vient dans le corps de l'actrice en une chorégraphie parfaite. Je suis subjuguée, mais pas dupe : ce qu'ils font me paraît si incongru, leurs positions si acrobatiques, leur plaisir si exagéré que je ne peux imaginer mes parents s'y prendre de la même façon. Tout ça, c'est pour de faux.

Ça nous plaît tellement qu'on s'organise. Le mercredi, en principe, la maison de Katia est vide. En fin d'après-midi, quand on en a assez de jouer ou d'écouter de la musique, on va allumer le magnétoscope et la télé au rez-de-chaussée. Par sécurité, Katia surveille le portail de l'entrée depuis la fenêtre de la cuisine pendant que je me gorge d'images. Au bout de quelques minutes, les sens en émoi, je lui cède ma place et endosse le rôle de vigie, le cou tendu par-dessus les jardinières de bégonias. La possibilité de se faire pincer décuple notre excitation. Plusieurs fois, son père ou sa mère nous interrompent. Nous éteignons alors précipitamment les appareils, refermons en pouffant les battants du meuble où ils sont rangés et faisons semblant de goûter. Ils n'y voient que du feu.

« Tu ne peux pas écrire ça »

Décembre 2020

23 décembre

Je viens de terminer le chapitre sur le porno. Je crains que mon père refuse que j'évoque les magazines ou qu'il me demande des explications sur le fait que sa nudité m'ait choquée. Je vais laisser passer Noël avant de lui envoyer mon texte. Je n'ai pas envie que cela devienne un sujet de tension entre nous le soir du réveillon – même si, en cette période de Covid, nos réunions de famille se limitent à des apéros sur Skype.

Je n'écris pas pour régler mes comptes. Si un passage gêne mon père, ma mère ou ma sœur, on s'explique, on précise. C'est ce qu'on a fait sur la question des ouvriers. Mais j'ai aussi, avant tout, besoin d'exprimer mes souvenirs, mes ressentis, mes croyances. Je cherche à tâtons un espace de liberté entre mon respect pour eux et celui que j'ai pour moi.

Comment font les autres auteurs de récits autobiographiques vis-à-vis de leurs proches ? On entend des compagnes, des compagnons, des amis mécontents d'apparaître dans un livre sans avoir donné leur accord. On lit moins les écrivains eux-mêmes sur ces questions. Comment Annie Ernaux a-t-elle écrit sur son enfance et donc sur ses parents, parfois dans des termes très durs, en sachant que sa mère, encore vivante, la lirait ? Comment Simone de Beauvoir a-t-elle pu, dans ses mémoires, se permettre de porter autant de jugements sur les personnes qu'elle a côtoyées, au risque de les blesser, sans même prendre la peine de masquer leur identité ? Je m'étonne que cette thématique soit si peu abordée, comme s'il s'agissait d'échafaudages que le lecteur n'a pas besoin de voir. Moi, je veux savoir. En tant qu'autrice comme en tant que lectrice. J'ai envie d'être guidée par des personnes que j'admire et qui ont expérimenté avant moi cette situation. Je ne dois pas être la seule. S'agit-il d'un angle mort délaissé par la littérature ou ces écrits existent-ils, quelque part où je n'ai pas encore cherché ?

La question ne se pose pas que vis-à-vis de la famille. J'ai coupé les ponts avec mes amies d'enfance et d'adolescence. Ces derniers mois, je les ai cherchées sur Google et les réseaux sociaux, j'aurais aimé évoquer le passé avec elles, leur faire lire ce que j'écris. Je n'en ai retrouvé aucune. Tout le monde n'est pas sur Facebook. Ou alors elles se sont mariées et ont pris le nom de leur mari. En l'absence d'autorisation de leur part, j'ai changé les prénoms, des détails physiques, certaines circonstances. J'ai fait la même chose avec mes anciennes camarades de classe. Ce sont les seuls moments où je m'autorise à basculer dans le roman. Ma sœur aussi a un prénom différent. Elle accepte que je parle d'elle avec un enthousiasme teinté d'inquiétude. Un autre prénom, c'est l'assurance pour elle de maintenir un peu de distance avec son double de papier. Elle m'a aussi priée de changer le nom de la ville où nous avons grandi. « En plus, il est moche », a-t-elle argumenté. J'ai accepté.

« Tu ne peux pas laisser ça, me dit Mark, mon mari, quand il lit à son tour, dans le chapitre précédent, que je suis choquée par la taille du sexe de mon père.

— Pourquoi ? Tu trouves ça culpabilisant ? »

Sa remarque m'inquiète. Mark, lui-même journaliste et auteur de plusieurs livres, est mon premier lecteur. Je n'envoie aucun texte sans qu'il n'ait au préalable été validé par lui. Je lui soumets même mes posts Instagram. Son avis est déterminant.

« Peut-être », me répond-il, mal à l'aise.

Il est courant que le sexe des parents impressionne leur enfant, je l'ai lu chez Dolto. C'est la phrase du chapitre à laquelle je tiens le plus. Cette nudité exposée m'a pesé. Il m'a fallu de nombreuses séances de psy pour comprendre ce qu'elle avait provoqué en moi, pour savoir comment j'allais à mon tour me comporter devant mon fils, Gustave. Et encore, je n'ai pas écrit le fond de ma pensée de l'époque : que j'avais l'impression qu'il aimait être vu nu, ce qui me dérangeait plus que le fait de le voir nu.

« Envoie-lui le chapitre, tu verras bien ce qu'il te dira. »

« Les personnes qui nous posent le plus de problèmes sont nos plus grands enseignants », me dit souvent mon amie Lili. J'ai avec mon père une relation riche et tumultueuse. Je l'aime, il m'aime, nous nous entendons de mieux en mieux, mais c'est au prix d'efforts mutuels constants. À table, il a longtemps suffi que l'un s'oppose à l'autre sur un sujet d'actualité pour que la conversation s'enflamme. Aujourd'hui nos débats sont moins vifs. Je ne partage pas son goût pour la polémique, j'ai appris à ne plus me laisser entraîner sur sa pente naturelle. Mais avec le livre, c'est moi qui vais le chercher. Je n'avais pas prévu qu'il y prendrait une telle place, sans quoi je ne me serais peut-être pas lancée. Il était pourtant évident que j'allais avoir des fils à dénouer avec lui. Je ne suis même plus loin de penser que c'est précisément pour cela que j'ai entrepris la rédaction de ce livre, que mes innombrables séances avec Vivien ont préparé le terrain à cette étape de remise à plat, de discussions par écriture interposée.

26 décembre

J'envoie mon mail à neuf heures du matin, à onze heures mon père m'écrit qu'il trouve le chapitre « très amusant » et qu'il n'y voit rien de gênant. Soulagement. Je suis très forte pour me poser des problèmes toute seule.

À la lecture de sa réponse, je comprends qu'il assume totalement ce qu'il est. Pourvu que les faits rapportés lui paraissent vrais, il me laissera écrire ce que je veux. Une attitude dans la droite ligne d'un principe majeur de l'éducation donnée par nos parents : il y avait des règles à respecter, mais ils ne nous interdisaient presque rien. Ils n'avaient pas fait Mai 68 – à l'époque ils avaient vingt-deux et vingt-trois ans, travaillaient déjà et se sentaient assez éloignés de la jeunesse étudiante qui lançait des pavés dans la rue – mais ils adhéraient à la révolution des mœurs que le mouvement avait provoquée. Même si je n'ai jamais entendu mon père dire qu'il était

« interdit d'interdire », dans les faits c'est le précepte qu'il appliquait avec nous.

Alors que Katia prenait un malin plaisir à défier son père en enfreignant les règles arbitraires qu'il lui fixait, j'avais peu d'occasions de désobéir. Plutôt que de nous empêcher de faire les choses, nos parents préféraient nous expliquer leurs choix et nous « responsabiliser ». Ils avaient compris que, de même que dans la religion catholique l'interdit peut susciter l'envie de se jeter dans le péché, dans la vie courante il attise l'envie de transgresser. Leur libéralisme explique sûrement pourquoi je suis si peu portée sur la révolte.

27 décembre

J'appelle mon père pour vérifier qu'il est d'accord avec l'affirmation de Mai 68 selon laquelle il est interdit d'interdire. « Je suis totalement contre, me rétorque-t-il. Il s'agissait d'un principe anarchiste. Des règles, il en faut. Celles de l'époque étaient trop strictes, mais il n'était pas pour autant nécessaire d'appeler Mao Tsé-toung et Léon Trotski à la rescousse. » Je l'interromps avant qu'il ne reparte en guerre contre les communistes. « Mais quand même, vous ne nous interdisiez pas grand-chose à la maison…

— Je suis contre le système des interdictions, tempère-t-il. Vous aviez des règles, ce qui est différent. Vous les avez comprises sans qu'on ait eu à vous les imposer. »

Il a raison. Comme souvent depuis que j'écris ce livre, explorer un souvenir avec lui m'amène à le corriger. Je repense aux auteurs de récits autobiographiques qui écrivent sans consulter leur entourage. Ai-je tort de me préoccuper de l'avis de mes proches ? De me laisser influencer par leur version des choses ? Cela dénote-t-il une faiblesse de caractère de ma part ? Un auteur doit-il être égoïste pour dire ce qu'il a à dire ? Est-ce que je fais fausse route quand je crois qu'une conciliation est possible, que c'est même par le dialogue avec mes parents et ma sœur que je peux espérer arriver à une histoire plus riche, plus juste, plus vraie ? Peu importe les réponses : mon tempérament m'empêcherait de procéder autrement.

31 décembre

Quelques heures avant la fin de l'année, dans un étrange jeu de poupées russes narratives, j'envoie le présent chapitre à mon père afin qu'il le relise également. Il m'appelle aussitôt. « Pour la première fois, un passage me gêne, me dit-il au téléphone. Tu dis que tu penses que j'aimais être vu nu. Ça ne correspond pas à la réalité. La nudité, je ne voulais pas que l'on en fasse tout un plat, mais de là à en faire une démarche active pour votre éducation ou, pire, que j'y prenne du plaisir, non. Tu me prêtes une intention que je n'avais pas. »

Se peut-il que j'aie mal interprété son attitude ? Je réfléchis en silence. La discussion pourrait s'arrêter là, elle m'est extrêmement pénible, je n'en reviens pas que nous soyons déjà allés si loin. Mais un doute persiste. J'insiste : « Tu n'as jamais pris de plaisir à être vu nu, vraiment ? » Mon père est tellement honnête que je sais que sa réponse sera sincère. Il marque une pause à son tour. « La seule fois où ça m'est arrivé, se remémore-t-il, c'était sur une plage de nudistes en Corse avant ta naissance. Il y avait encore peu de plages de ce type. Pouvoir se baigner nu, c'était alors un acte presque politique. J'éprouvais la satisfaction de faire quelque chose qui représentait une conquête de liberté par rapport aux cathos et aux prudes. Ça n'était pas pour montrer mon cul, c'était une révolte de plus contre tous les préceptes religieux que l'on m'avait imposés quand j'étais gamin. »

Ce qu'il me dit me soulage. Je le crois. Ce que j'avais pris pour un plaisir vis-à-vis de moi était une revendication vis-à-vis de la société dans laquelle il avait grandi. Pendant plus de trente ans, je me suis raconté une histoire qui n'était pas la vraie.

Remonter le cours de mon adolescence me mène à la jeunesse de mon père. La religion y pèse à un point que j'avais mal évalué. J'ai besoin de réfléchir à ce que je viens d'entendre, mais je respire déjà mieux. Notre discussion m'a ôté un poids.

Soudain je m'en veux de soumettre mon père à ces lectures et ces interrogatoires. Je le sonde : « Ça ne t'ennuie pas trop ce projet de livre dans lequel j'écris des choses intimes sur toi ?

— Pas du tout. Au contraire, ça me passionne. Ce que tu écris me permet de mieux te comprendre et d'avoir des conversations plus riches avec toi.

— En dépit de ma longue thérapie, il semblerait que j'aie encore beaucoup de choses à démêler avec toi.

— Tu les as démêlées avec ton psy, pas avec moi. »

À cet instant, je sais que je ne retournerai pas voir Vivien. Pendant des années, le transfert m'a permis d'explorer de fond en comble avec lui ma relation à mon père. Il est désormais temps d'aborder les sujets les plus sensibles directement avec lui. Je n'ai plus besoin d'un psy pour me tenir la main. La discussion que nous venons d'avoir me laisse un sentiment d'exaltation. Ce livre est en train de me permettre d'atteindre une profondeur de conversation peu commune entre un père et sa fille.

« J'aime bien ton nez »

Juin 1988

Nous sommes une dizaine de filles assises autour d'une table de la cantine. À Notre-Dame, les repas sont alors encore servis au rez-de-chaussée du bâtiment principal, dans une grande salle carrelée à la configuration déprimante : l'orientation au nord et les fenêtres étroites rendent la pièce sombre, le plafond y est si bas qu'il y règne un vacarme assourdissant. Il faut toute l'autorité de M. Gambart, le directeur adjoint, pour nous faire taire le temps du bénédicité, une bizarrerie de plus dans cette école que j'ai appris à aimer. Je continue de me sentir en décalage par rapport aux élèves de ma classe. La plupart semblent entrer dans un moule dont je peine encore à cerner les contours. Sans véritable amie, j'ai passé l'année scolaire à errer de groupe en groupe. Mais à l'extérieur j'ai Katia, et à l'intérieur l'institution me plaît. Entre la prière avant le déjeuner, les crucifix aux murs et nos tenues bleu marine, j'évolue dans un cadre qui m'évoque *Candy*, le dessin animé préféré de mon enfance. Je m'imagine en pension dans un établissement d'un autre temps. C'est presque le cas : Notre-Dame avait été un pensionnat jusqu'aux années 1970 et l'édifice dans lequel nous nous trouvons date du XIXe siècle. Son escalier à double révolution, son toit d'ardoise émaillé d'œils-de-bœuf, sa façade en pierre de taille me donnent l'impression de vivre dans un collège de cinéma.

Nous venons de finir nos yaourts et nos coupelles de compote. Nous les digérons en discutant. L'ambiance est joyeuse et détendue. Un rayon de soleil parvient à se glisser jusqu'à nous par la fenêtre ouverte. Annabelle, Virginie, Céline… Je ne me sens proche d'aucune des filles de la tablée, mais elles constituent désormais, à elles toutes, un environnement familier.

« J'aime bien ton nez », lance Annabelle à sa voisine Aurélia. Aurélia la regarde avec surprise, la remercie poliment, esquissant un bref sourire. Annabelle a raison : moi aussi j'ai depuis longtemps remarqué le beau nez droit d'Aurélia. Un nez de statue grecque, aux proportions parfaites, enchâssé dans un petit visage harmonieux mais qu'une perpétuelle expression de dédain rend peu aimable. Aurélia de Cazenac m'irrite autant qu'elle m'intrigue. Ancienne de Saint-Jacques, elle s'est placée sans mal dans le peloton de tête de la classe. Non seulement elle est brillante dans les matières classiques, mais elle participe beaucoup aux leçons de catéchisme et règne sur les cours d'Éducation physique et sportive. Dotée d'un corps de gymnaste, elle frime sur la poutre pendant que j'essaie en vain de grimper à la corde. Son allure représente la quintessence du style Notre-Dame. Comme Virginie, elle maîtrise les codes de la jeune fille de bonne famille, mais elle y a ajouté une dose de raffinement dont je scrute chaque détail : ses pulls viennent de chez Benetton, ses jupes droites sont parfaitement taillées, ses cheveux châtains, retenus par un chouchou en velours, découvrent des dormeuses Agatha en fausses perles dont je connais le prix : ma mère s'arrête devant la vitrine de cette marque à chaque fois que nous allons faire des courses au centre commercial des 3 Fontaines. Tout ce bon goût m'agace d'autant plus qu'Aurélia semble un peu trop consciente de sa valeur : en dépit de son petit gabarit, elle donne l'impression de regarder de haut le reste de la classe.

En revanche, je me suis prise d'affection pour Annabelle. Quelques semaines après l'épisode de la cartouche d'encre, elle a changé de place et ne m'a plus adressé la parole, mais je ne lui en veux pas. L'admirer me suffit. Elle respire l'intelligence. Sa mémoire exceptionnelle lui a rapidement permis de se distinguer. Elle a une façon de s'exprimer claire et enjouée, des yeux noisette vifs et espiègles, un rire cristallin doublé d'un air pataud qui la rendent irrésistible. C'est l'élève la plus populaire de la classe, autant appréciée des filles que des garçons.

« Moi, c'est le tien que j'aime bien », dit aussitôt Céline à Virginie. Céline a parlé sans réfléchir. Sans se douter que sa remarque amorce l'engrenage de la comparaison. Les autres conversations cessent. Chacune se met à regarder le nez de sa voisine. « Moi je préfère le tien », glisse quelqu'un à l'autre bout de la table.

Alors que tout le monde semble garder son calme, je m'affole intérieurement. Comment donc est mon nez ? Qu'en pensent les autres ? Je ne l'ai jamais regardé. Dans la glace, contrairement à mes cuisses que j'aurais voulues plus fines, à mes cheveux que j'aurais voulus plus raides, je ne vois pas le profil de mon nez. Lui et moi cohabitons dans l'indifférence.

Le manège se poursuit. Dès que l'une a dit son compliment, une autre prend son tour. Les mots se sont détachés de leur sens : les nez commentés n'ont plus rien de remarquable. On joue sans trop savoir à quoi. Mon tour ne vient pas. Je suis trop pétrifiée pour complimenter qui que ce soit. Je ne vois plus le nez de personne. Je me contente de guetter la sentence : ferai-je ou non partie du club des nez acceptables ? Au bout de quelques instants qui me paraissent une éternité, il ne reste plus à table que deux personnes dont on n'a pas commenté le nez : Aude et moi.

Une réserve trouble m'a toujours empêchée d'approcher Aude de trop près. Son nez busqué n'est pas plus moche qu'un autre. Le malaise qu'elle provoque prend sa source ailleurs, dans sa blouse froissée, ses chaussures jamais cirées, un drôle de clignement d'yeux, ses cheveux gras. Son nom n'aide pas à son intégration : elle s'appelle Aude La Rose. « Voilà un bébé qui sentira bon », aurait dit le médecin à sa naissance, après que sa mère eut prononcé son prénom. C'est ce qu'Aude répète à chaque fois qu'un prof fait l'appel la première fois et croit à une plaisanterie quand il arrive à son nom. Au début, leur réaction me paraissait méchante, mais quand j'en ai parlé à mes parents, eux aussi ont ri. Finalement, ce détail s'est amalgamé à la discordance générale qu'elle dégage. Et puis elle raconte des craques. Dès qu'elle se trouve seule avec une personne de la classe, elle se lance dans le récit d'histoires invraisemblables : son appartement a brûlé, elle a rencontré Jeanne Mas dans les toilettes d'un restaurant, l'année prochaine son père – VRP en parapluies – sera muté à New York... Chez Aude, quelque chose ne tourne pas rond.

« Ton nez aussi est joli. » Je me tourne vers Céline, incrédule. Est-ce bien à moi qu'elle s'adresse, cette fois-ci ? Ma sauveuse me sourit paisiblement. Céline est la douceur incarnée. Le matin, quand Maman s'arrête devant chez elle en voiture pour l'emmener avec nous, elle nous attend patiemment, sans jamais nous reprocher la moindre minute de retard. Chétive, les cheveux frisés toujours en bataille, le regard agrandi par des lunettes aux verres épais, Céline ne me semble pas plus entrer dans le moule de Notre-Dame que moi, mais elle s'est intégrée par sa foi. Alors que la plupart des filles de la classe collent des photos de Madonna, de Prince ou de Florent Pagny dans leur agenda Chipie, elle collectionne les images de la Vierge Marie dans son cahier de textes. Elle a de longues discussions avec sœur Marthe, notre surveillante, et son assurance tranquille offre peu de prise aux importuns.

Je la remercie avec reconnaissance. Je suis si soulagée que je mets du temps à percevoir le long silence tendu qui suit. Aude est désormais complètement isolée et personne ne semble prêt à lui venir en aide. Encore aujourd'hui, à chaque fois que je repense à cet épisode, je me dis que c'était à moi de lui tendre la main, de lui dire à mon tour que j'aimais son nez, même si je ne l'avais jamais regardé et n'en pensais rien. Mais je venais d'échapper de justesse à la mise au ban, j'étais trop heureuse que la foudre se soit abattue sur une autre que moi. Il ne me serait pas venu à l'idée que le groupe pouvait se passer de bouc émissaire.

« Je sais que mon nez est moche », finit par dire Aude en triturant sa mie de pain. Nous la regardons, tétanisées. « Mais tu as un très beau teint », déclare vivement Annabelle. Je crois percevoir un air de malice dans son regard, mais ce n'est peut-être que mon imagination. De toute façon, Annabelle a toujours l'air malicieux. Nous approuvons en chœur avant de nous lever. Ce déjeuner a assez duré.

Premières colos

Juillet 1988

Ma première colo remonte à 1986. J'avais dix ans. Nos parents ne savaient plus comment nous occuper pendant les deux mois de vacances, ils estimaient que nous étions assez grandes pour passer un mois loin d'eux, comme beaucoup d'enfants à l'époque. Dans un élan d'indépendance, Véro et moi avions décidé de partir chacune de notre côté, rassurées par la promesse d'une visite parentale et, dans mon cas, par la présence de Katia. Nous avions étudié le petit fascicule de la mairie de Chavières et choisi un camp dans le Puy-de-Dôme.

Ce premier séjour m'ouvrit et me dégourdit. Je n'en garde que quelques souvenirs. La bâtisse en vieilles pierres, perdue dans la montagne. Les randonnées dans des prairies semées de gentianes. À mes côtés, Katia, obsédée par les grandes – « Elles sont toutes réglées. » Un garçon que j'aimais bien, qui sentait le lait sucré et qui m'arrivait à l'épaule. J'ai encore une photo noir et blanc de nous deux, dansant un slow sur *Still Loving You* de Scorpions. Mon air blasé, mes yeux maladroitement noircis de khôl. Une copine hilarante qui écrivait des nouvelles – *Détective Gladys dans un drôle de pépin*. Un atelier de peinture sur bois durant lequel je décorais coquetiers et ronds de serviette. Les enfants qui esquivaient les douches, les monos qui leur couraient après. Les coups de blues à la tombée de la nuit. Attendre que ça passe en retenant ses larmes, surtout que personne ne devine qu'on a le mal du pays, que papa-maman nous manquent, on se ferait traiter de bébé Cadum. Les lettres que je leur écrivais sur du papier parfumé à la fraise. L'attente fébrile de leur réponse. Les chambres remplies de lits superposés, avec, à leur pied, les sacs à dos débordant de vêtements sales. Les sorties à Issoire, ribambelle de mômes entassés dans un minibus lancé à fond de train – « Kevin et Natacha, si on voit un flic vous vous baissez, compris ? Il n'y a que six places et vous êtes huit. » À table, l'obligation de manger de tout sous peine d'amorcer un bras de fer avec les monos. Les goûters de Chamonix, de pain et de pâtes de fruits. Les soirées passées à chanter à tue-tête *Santiano, Jeanneton, Nagawicka* et *Le matou revient*, une couverture sur les genoux, la lumière tamisée, un polycopié violet encore tiède et odorant dans les mains pour suivre les paroles.

Mes parents n'aiment ni les groupes, ni la montagne. Durant ces premières longues vacances loin de la maison, j'ai expérimenté le détachement : je pouvais être heureuse sans eux, m'épanouir ailleurs, dans des lieux qui ne leur auraient peut-être pas convenu mais qui me rassérénaient. L'air de la montagne, les grands espaces, la marche me grisaient.

L'été suivant, direction Métabief, un chalet en Franche-Comté, sans ma sœur ni Katia. De nouveau les randonnées, le goût de l'effort, la nature au bout des doigts. Je n'ai toujours pas les bonnes chaussures – je glisse dans mes baskets pendant que d'autres friment en Pataugas – mais au moins j'ai la bonne gourde, rouge avec un tétras dessus, achetée à prix d'or la veille du départ dans une boutique de Parly 2, le centre commercial chic du Chesnay. Même pas au collège et déjà snob.

Un soir, couchée dans le dortoir plongé dans l'obscurité, je me redresse, décapsule ma gourde pleine d'eau et la déverse sur la moquette à côté de mon lit, pour le simple plaisir de faire quelque chose d'absurde. Rires de mes voisines. Je recommence tous les soirs jusqu'à me faire gauler par une mono. Sa consternation, ma désinvolture. Dans ma tête, les bêtises font partie du programme, au même titre que descendre le Doubs en canoë ou jouer à la thèque.

Confusion sexuelle. Vision d'une fille rousse plus jeune que moi mimant une copulation tout habillée, allongée sur un lit au-dessus de sa copine. Une autre assise sur les genoux du cuisinier, deux fois plus âgé qu'elle. Un garçon de quatorze ans désireux de sortir avec moi. J'accepte. Promenade en forêt. Doigts gourds entrelacés. Mur de silence. Rien à se dire. Regards fuyants. On fait comment ? Je « casse » sans explication, sans bisou, sans rien. Sortez-moi de là.

Juillet 1988. De nouveau seule, j'opte pour un changement de décor et pars en Camargue dans un camp ouvert aux douze-quinze ans. Un mois dans un mas, au plus près des chevaux. Nourrie des aventures de Lucky Luke, de Yakari et de Poly, je jubile. Trot enlevé, balades en forêt, bivouac. Orteils écrasés sous le sabot de Tulipe, ma jument débonnaire. Le soir, discussions sans fin sous la tente avec Adèle, mon amie pour l'été, grande et fine, passionnée de natation synchronisée, plus à l'aise dans l'eau que sur un double poney. Rires étouffés dans nos sacs de couchage. Jérémiades contre les cailloux dans le dos, les moustiques partout, le froid au petit matin.

Notre amitié fusionnelle ne m'empêche pas d'interagir avec les autres, mais je reste sur mes gardes. À douze ans, nous faisons partie des petits. La mixité sociale est importante. Certains enfants viennent de la DDASS. Aucun adulte n'a cru bon de nous expliquer ce que cela veut dire, mais nous comprenons vite qu'ils ne sont pas comme nous. Danny, un grand garçon de seize ans à la silhouette dégingandée, garde ses poings calés au fond des poches d'un blouson en cuir qu'il ne quitte jamais, même pas pour monter à cheval. Il a dépassé l'âge limite mais a obtenu une dérogation pour accompagner son petit frère, aussi placide que Danny est fort en gueule. Son âge, son arrogance, sa silhouette voûtée m'effraient. Un autre garçon, Georges, me met également mal à l'aise. Je le revois assis sur un rocher lors d'un pique-nique, expliquer en mangeant son sandwich aux œufs qu'il a mis son « slip de mer » en prévision de la baignade de l'après-midi, alors que d'habitude il porte un « slip de terre ». Il n'a pas quinze ans et est déjà plombier. J'expérimente la différence.

Et puis il y a le début de la transformation des corps, sournoise et incompréhensible. Deux images à ce propos se superposent. La première est celle d'une douche que je prends avec Maud, une fille du groupe plus âgée, plus mûre et plus délurée. « Mmm, ça fait du bien, glisse-t-elle d'une voix suave en plaquant le pommeau de douche contre son pubis. Tu as déjà essayé ? » Un filet d'eau chaude coule sur sa peau mate, diffusant un épais nuage de vapeur autour de nous. Je me tiens nue à côté d'elle dans l'étroite cabine fermée par un rideau de plastique. On entend des éclats de voix derrière la porte. C'est la fin de la journée, le moment animé du grand nettoyage avant le dîner. Débordée d'enfants à laver, Anita, la plus directive des monitrices, houspille Danny, qui chaque jour prend un temps infini pour faire ses ablutions. Elle voit plutôt d'un bon œil nos douches partagées. Ça va plus vite. En principe du moins, car Maud, ce jour-là, n'a pas envie de se presser.

Je fais non de la tête, troublée. Chez moi, je passe de longues minutes à me doucher, mais je ne m'attarde pas *en bas*. Je sens que je n'ai pas encore accès à ce dont Maud me parle, que chez moi ça ne marcherait pas, que peut-être elle exagère, qu'elle cherche à faire son intéressante. Pendant qu'elle ferme les yeux et continue son manège, je jette des regards furtifs sur ses seins, beaucoup plus développés que les miens, et sur son kiki, recouvert de poils noirs bouclés. Il ne forme pas encore un buisson comme celui de ma mère, mais ne ressemble plus à celui d'une petite fille. Et le mien ? Peu après, en me séchant, je remarque pour la première fois, autour de ma fente, quelques longs poils roux en forme de point d'interrogation. En aurai-je bientôt autant que Maud ? Je ne suis pas pressée.

La deuxième image date du même séjour. « Salut, t'as un rasoir, s'teuplaît ? » Alors que je me sèche les cheveux dans le dortoir, Yasmine m'alpague, l'air soucieux. Non, je n'en ai pas. Chaque jour, elle pose la même question à toutes les filles de la colo. Personne n'a pu lui fournir de lame, la situation ne risque guère d'évoluer puisque personne ne sort du camp mais elle s'entête, de plus en plus désespérée. « C'est pour me raser les jambes », me précise-t-elle, accablée. Je ne comprends pas ce qui l'ennuie. Mes mollets sont de plus en plus velus, je n'en fais pas toute une histoire.

Après le dîner, s'il y a un feu de camp, on traîne dehors, sinon on reste à l'intérieur, vautrés sur nos lits superposés. Les dortoirs de douze ne sont pas mixtes, mais les mecs squattent chaque soir chez nous, accueillis à bras ouverts par Maud et son clan. Ensemble, ils jouent à Action ou Vérité, invoquent les esprits ou passent en revue les filles de la colo. En dépit de tous mes efforts, je pique du nez à dix heures, à l'exact moment où les fortes têtes du groupe commencent à s'agiter. Au petit-déjeuner le lendemain, Adèle, insomniaque, me raconte que Maud s'est amusée à souffler des ronds de fumée sous mon nez pour essayer de me réveiller. Je ne m'en souviens pas mais n'ai aucun mal à l'imaginer fumant et mâchant crânement un chewing-gum derrière son brillant à lèvres, galvanisée par la présence de Danny. Leurs jeux m'échappent. Je suis dans l'antichambre de la puberté.

Le jour où je n'ai plus été la plus grande

Mars 1989

Être l'aînée me procure un sentiment de puissance. J'ai vingt mois d'avance sur ma sœur, cela me rend indépassable. Je la domine par la taille, je suis meilleure qu'elle à l'école, tout cela est parfaitement normal.

Jusqu'au jour où Véro devient plus grande que moi. Elle se colle contre le mur du palier qui nous sert de toise, ma mère lui pose un livre sur la tête, ajoute une marque au crayon, plus haute que toutes les autres. À l'annonce du verdict, mon anxiété se transforme en panique. Je suis grande pourtant, mais voilà, ma sœur est désormais plus grande encore. Ce constat me donne envie d'arrêter le monde. C'est impossible, inadmissible, une contradiction dans les termes. Je suis la *grande* sœur. Je m'en veux de m'être laissé dépasser. Je n'y peux rien mais j'enrage quand même.

Incapable de verbaliser mon désarroi, je m'enferme dans la honte, qui se transforme en agressivité à l'égard de celle qui commet l'affront de passer de dominée à dominante. Elle ne doit rien deviner de mes tourments intérieurs, sans quoi elle en profiterait. Drapée dans mon ego, je ne vois pas qu'elle est si peu sûre d'elle et si éloignée de mes préoccupations qu'elle n'est pas prête à en tirer le moindre avantage. Je suis trop appliquée à masquer ma gêne.

Véronique n'est pas seulement plus grande, elle est aussi plus mince. Je regarde ses jambes de sauterelle et me demande pourquoi je n'y ai pas droit, moi aussi. Sur ce terrain non plus, elle n'a pas l'idée de me faire bisquer : elle n'aime pas ses genoux et ne fantasme pas, comme moi, sur la maigreur des mannequins qu'on voit dans les magazines.

L'ordre des choses tel que je l'entends continue de dérailler peu de temps après, quand ses premières règles surviennent avant les miennes. Je suis l'aînée. N'est-ce pas à moi de franchir cette étape en premier ? Alors qu'elle continue de me voir comme un modèle, tour à tour admirable, écrasante et horripilante, je me sens de plus en plus anormale. Dans le placard familial, la vue du paquet de serviettes hygiéniques me confronte à ma déficience. Mon monde s'effondre : je ne peux plus prétendre être celle qui guide ou sait mieux que les autres.

Face à de telles défaites, il ne me reste plus qu'à essayer de briller par les études. Après une année de sixième aux résultats scolaires inégaux, je m'applique en cinquième à devenir une élève sérieuse et disciplinée. J'ai enfin trouvé mes marques en anglais, j'ai des facilités en français, le reste des matières ne me pose pas de problème majeur. Véro, qui vient à son tour d'entrer au collège, peine à trouver sa place. Je me garde bien de lui proposer mon aide.

L'impossibilité de séduire

Janvier 2021

Il me faut réfléchir à Katia dans un méta-chapitre. C'est Mark qui a trouvé le terme. Peu après m'être lancée dans la rédaction du livre, j'ai ressenti le besoin de chapitres interstitiels dans lesquels je reprends mon souffle entre deux plongées dans le passé. J'y exprime des pensées, des doutes, des blocages. « Tu veux faire du méta, a résumé Mark. Apporter une réflexion sur l'objet lui-même, écrire sur ton écriture, donner à lire le livre en train de se faire. » Il m'a encouragée, jusqu'à y voir la colonne vertébrale de mon récit. Ces espaces informels me permettent d'exprimer plus complètement ma démarche. Comme dans la scène de *Fellini Roma* où des ouvriers percent les sous-sols pour construire le métro et tombent sur une fresque antique qui aussitôt s'efface, je creuse des galeries dans ma mémoire et déterre des souvenirs qui font ressurgir des pans oubliés de mon adolescence. J'ai alors besoin d'en sauvegarder une trace par l'écriture, sans savoir où cela me mènera.

Insérer les méta-chapitres dans l'histoire, c'est laisser ces explorations apparentes et observer ce qu'elles provoquent en moi.

Katia, donc. Katia, à jamais la première : première confidente, premier alter ego, premier témoin, premier modèle. Avant elle, j'avais déjà ma sœur bien sûr, mais nous vivions si proches l'une de l'autre que je rêvais surtout de me séparer d'elle. Nos relations étaient tendues. Avec Katia, l'entente tenait de l'évidence.

La première meilleure amie marque-t-elle autant que le premier amour ? De quoi Katia fut-elle le mètre-étalon ? Quand je me remémore notre amitié, c'est un foisonnement de sentiments violents qui resurgit : une admiration proche de la dévotion ; la volonté d'être guidée ; un besoin fusionnel de partager mes états d'âme seule avec elle ; l'envie de la secourir – elle avait des relations difficiles avec ses parents ; le plaisir de la contempler en restant en retrait. Autant de caractéristiques que je retrouve, à des degrés divers, dans mes amitiés suivantes. J'aurais aimé démêler avec elle cet écheveau émotionnel, mais j'ai perdu sa trace il y a de nombreuses années.

En cinquième, la fascination qu'elle exerçait sur moi n'était plus uniquement due à notre année d'écart ou à son assurance. Katia était une séductrice. Nous n'étions pas dans les mêmes collèges, mais elle me racontait l'intérêt déguisé en blagues lourdes des mecs de sa classe, les petits mots échangés sous les tables, les copines qui jouaient les intermédiaires pour transmettre qui plaisait à qui. Elle n'osait pas avoir des rapports francs avec les garçons, mais se débrouillait pour éveiller leur attention. Alors que ma timidité m'isolait, la sienne semblait décupler son pouvoir d'attraction. Auprès de moi, elle se faisait mousser, inventait la moitié de ce qu'elle me rapportait mais je gobais tout, me comparais, m'affolais du retard que j'étais en train de prendre dans ma connaissance des garçons. Katia était tellement plus habile et plus stratège que moi ! Chaque détail de ses histoires la grandissait et m'enfonçait.

Je ne comprenais rien au sexe opposé. L'expression était appropriée : depuis mon arrivée au collège, je me construisais contre lui. En CM2, les garçons de ma classe étaient encore des compagnons de jeu, un peu trop brutaux avec leur foot et leurs bagarres, mais avec qui je prenais plaisir à rigoler et à jouer à chat. À partir de la sixième, nos échanges étaient devenus quasi inexistants. Je n'essuyais plus auprès d'eux qu'indifférence. Les rares fois où je me risquais à leur parler, cette indifférence se muait en condescendance, rictus et ricanements. Un mur invisible s'était érigé entre eux et moi. Mon manque d'assurance m'empêchait de voir que le malaise était général, qu'en face ils n'en menaient pas large non plus, que la plupart des autres filles étaient tout aussi perdues. Je ne regardais que celles qui, à mes yeux, s'en sortaient mieux, et les observer ne m'avançait pas à grand-chose. Dans la classe, le cas de Samantha, en particulier, me laissait perplexe. La silhouette frêle, les épaules voûtées, le visage étroit barré d'une frange châtain toujours trop longue, elle était souvent malade et paraissait tour à tour fiévreuse ou exténuée, mais son allure insignifiante et souffreteuse ne décourageait pas les garçons de la classe. Le bruit courait que la moitié d'entre eux l'avaient déjà embrassée. J'en entends encore un, en plein cours de maths, demander nonchalamment à son voisin s'il « sortait Samantha samedi ». On aurait dit qu'il parlait d'une chienne. Elle était leur chose. Ça m'avait horrifiée. Pour rien au monde je n'aurais voulu être traitée de la sorte.

Je m'intéressais aux garçons pour faire comme les copines, je rêvais de « faire mûre pour mon âge », mais au fond je me fichais de sortir avec qui que ce soit. J'étais toujours en retard d'un potin, je ne connaissais personne en dehors des élèves de ma cinquième B. La vie en groupe me fatiguait. Si je n'avais pas autant craint de paraître isolée, je serais volontiers restée seule. J'aimais la solitude. Enfant, en maternelle, je passais mes journées à dessiner dans mon coin, heureuse de me tenir à l'écart du fracas des autres.

À l'extérieur de l'école, c'était différent. Je cherchais la compagnie de Katia. Mais ses histoires de garçons nous ont rapidement placées dans une situation de rivalité. Elle se vantait de l'intérêt qu'elle provoquait, je n'avais rien à raconter en retour. Prendre l'avantage sur ce terrain lui permettait de compenser des résultats scolaires médiocres. Katia avait compris avant moi que j'étais dans un collège exigeant, que nous n'évoluions plus dans le même monde. Obsédée par les félicitations qui m'échappaient à chaque fin de trimestre, je me trouvais nulle et passais mon temps à me dévaloriser, mais Katia ne s'arrêtait pas à mes jérémiades : elle avait intégré l'écart de niveau entre nos deux collèges, me considérait comme une excellente élève et louait mes facultés. En échange, par une répartition tacite des territoires, nous étions convenues qu'elle était la plus séduisante de nous deux.

Un certain Matthieu se mit à la courtiser avec insistance. Il ne lui plaisait pas. Trop blond, trop skateur. Un mercredi pourtant, alors que je l'avais appelée pour que l'on se voie et qu'elle m'avait répondu qu'elle ne pouvait pas sortir de chez elle car elle était punie, je la vis passer sous la fenêtre de ma chambre en compagnie d'un grand blond. Cette apparition m'accabla. Non seulement ma meilleure amie me mentait, mais ça y est, elle était casée. Elle venait d'accéder à un état que je craignais de ne jamais connaître. Elle et son nouveau petit copain ne se tenaient même pas la main, si je les avais vraiment regardés, j'aurais remarqué la mine renfrognée de Katia, l'air absent de Matthieu, plus tard elle m'apprendrait qu'ils n'avaient pas échangé deux phrases de l'après-midi, que c'était lui qui avait insisté pour qu'elle sorte en cachette, mais ça n'avait pas d'importance : elle était passée à l'étape d'après dans le grand jeu de l'Oie de la vie amoureuse, tandis que je restais bloquée sur la case départ.

Puisqu'elle semblait réussir là où j'échouais, j'espérais au moins apprendre d'elle, à force d'observation, l'art de la séduction. J'étais convaincue qu'il y avait des secrets à connaître, une aura à dégager, des phrases à prononcer, des regards à lancer, des vêtements à choisir, toute une panoplie à maîtriser pour trouver l'amour. La faute à Vic' dans *La Boum*, aux publicités Impulse et aux *Madame Figaro*. Je courais après le charme comme s'il s'était agi d'un super pouvoir rare et inné, que l'on pouvait tout de même espérer acquérir au prix de nombreux efforts si l'on n'avait pas eu la chance de naître avec. Je le recherchais sans me rendre compte que Katia n'avait guère envie de me faciliter la tâche. J'aurais voulu comprendre : pourquoi un garçon tombait-il amoureux d'une fille plutôt qu'une autre ? Mais ni Katia ni personne ne semblait disposé à me renseigner.

« J'adore ton look »

Avril 1989

Un jour, en cinquième, le bruit court qu'Annabelle reçoit chaque mois de ses parents cinq cents francs d'argent de poche pour s'habiller. C'est une somme fabuleuse pour une enfant de douze ans, mais elle me paraît plausible : Annabelle est fille de médecin, part en vacances au ski et a plusieurs sweatshirts Poivre Blanc – l'abandon des blouses et des uniformes à la fin de l'année précédente a déclenché une flambée de frime à l'école.

Mois après mois, j'ai hissé Annabelle au sommet du cool. Parce que ses parents ont un statut et des moyens que je place au-dessus de ceux des miens, mais aussi, surtout, parce que sa beauté, son charme et son intelligence me fascinent. Ses cheveux bruns sont suffisamment fins et raides pour arborer la coque souple alors en vigueur, que nous devons à Béatrice Dalle dans *37,2° le matin*. Peu d'entre nous ont vu le film mais toutes rêvent de cet effet nonchalamment bombé aperçu sur les grandes du lycée. Je passe moi-même des heures dans la salle de bains, les bras en l'air devant la glace à essayer de discipliner mes frisottis. En vain. Depuis quelque temps, le carré qui m'arrivait aux épaules, à l'origine plutôt docile, se met à gonfler et à onduler de manière incontrôlable par temps humide. Ma mère, qui voit cette rébellion capillaire d'un mauvais œil et raidit chaque matin sa propre chevelure au séchoir, m'a aussitôt enseigné l'art du brushing. Depuis, je mime quotidiennement ses gestes et parviens tant bien que mal à discipliner ma tignasse, mais j'ai assez vite dû renoncer à la banane de Betty.

Outre une coiffure dans le vent, Annabelle a de fins sourcils en accent circonflexe, un regard vif et ambré, des lèvres minces qui sourient tout le temps. Son exubérance me semble reposer sur des fondations solides – au repos, son visage plein dégage une sérénité de bouddha. Elle parle vite, sans jamais buter sur aucun mot, et fait preuve d'une prodigieuse sagacité quand un prof l'interroge. Plus tard, je me rendrai compte qu'elle a une mémoire photographique : il lui suffit de lire une fois une page de cours pour la connaître par cœur. Ce don lui permet de briller en anglais et en histoire-géo. Elle est devenue mon modèle, l'élève idéale à laquelle je vais me référer tout au long de ma scolarité.

Autant dire que lorsque je l'aperçois au centre commercial, peu de temps après le coup des cinq cents francs d'argent de poche, je m'arrête net pour l'observer. Elle se tient seule à la caisse du magasin Etam et tend plusieurs billets à la vendeuse derrière le comptoir. Je suis arrivée trop tard pour savoir ce qu'elle a choisi, les vêtements sont déjà dans un sac en plastique, mais le simple fait de voir Annabelle dans un magasin de prêt-à-porter féminin est une information de première importance : elle ne s'habille plus au rayon enfant ! Et elle paie ses achats elle-même ! La surprendre des billets plein les mains me fait forte impression.

J'ai un rapport charnel à l'argent. Un jour, je ne dois pas avoir plus de quatre ans, je suis couchée sur mon lit après ma sieste et je joue avec des pièces jaunes, les bras tendus au-dessus de ma tête, quand une pièce de dix centimes tombe dans ma bouche ouverte. Je l'avale tout rond. On m'emmène chez le médecin, qui déclare qu'il n'y a plus qu'à attendre qu'elle ressorte. C'est ce qu'elle finit par faire, après un bon mal de ventre. Mon père la récupère dans mon pot, soulagé de me voir débarrassée de ce corps étranger. Je garde un souvenir très net de cet épisode. Si je voyais encore Vivien, mon psy, il se délecterait d'une telle anecdote et m'aiderait à en comprendre la symbolique. Seule, j'ai du mal à y voir clair. Une chose est sûre : très tôt, l'argent m'attire. Plus je le tiens contre moi, plus il me rassure.

Vers six ou sept ans, dès que ma sœur et moi savons compter, nous recevons une pièce de cinq francs par semaine. Nous nous en servons pour acheter des images Panini et des bonbons, puis gardons la monnaie dans nos tirelires, une pomme en bois pour Véro, un lapin rose en céramique pour moi.

Quand nous sommes un peu plus âgées, ma tante Juliette prend l'habitude de nous glisser à chacune un billet de cent francs dans la main quand son mari a le dos tourné. L'énormité de la somme me rend contemplative. Les jours suivants, je hume pendant des heures le billet en scrutant le portrait de Delacroix, qui m'effraie par sa sévérité. Je ne comprends pas pourquoi, à côté de lui, une femme nue dépoitraillée brandit un drapeau, mais je ne demande d'explication à personne. C'est comme ça.

L'émerveillement grandit encore quand Cyrille, mon parrain, un homme très riche que je ne vois pas souvent, se met à m'envoyer un Pascal à Noël. Il dissimule le billet de cinq cents francs dans les replis d'une feuille blanche, glisse le tout dans une enveloppe ordinaire et me l'envoie par la Poste. Quand je tarde à lui envoyer un mot de remerciement, il appelle mon père pour savoir si le billet est bien arrivé. Jamais personne ne l'intercepte. Je m'en sers pour payer mon abonnement annuel à Mikado, un magazine pour préadolescents que je lis assidûment. Et voilà qu'Annabelle pourrait se payer un abonnement par mois.

De retour à la maison, je demande à mes parents une augmentation de mon argent de poche, arguant que je suis désormais assez grande pour m'acheter mes vêtements moi-même. Mon père y voit un moyen de m'éduquer à davantage d'autonomie : il accepte et se lance dans une série de savants calculs pour fixer le montant alloué à mon habillement. La somme à laquelle il arrive est inférieure à celle que reçoit Annabelle, mais elle me satisfait.

Ce changement marque une rupture dans mon rapport aux vêtements. Avant cela, notre mère nous coud l'essentiel de ce que nous portons. Par goût, mais aussi par nécessité : dans les années 1980, la fast fashion n'existe pas, les options sont limitées. En dehors de ses créations, nous comptons sur les rayons enfants de C & A et de Prisunic, sur les stands des marchés, c'est à peu près tout. Il y a bien Cyrillus, mais c'est déjà trop cher pour nous. Quant aux chaussures, notre mère ne jure que par les modèles espagnols, qu'elle trouve plus jolis et moins chers. L'été en vacances, elle étudie avec attention les devantures surchargées des boutiques catalanes et nous achète à chacune des sandalettes et des mocassins.

À partir du moment où j'ai mon « budget », je change d'approche. Je continue de demander à ma mère de me faire des vêtements – lui payer le tissu et le patron me revient moins cher que d'acheter leurs équivalents dans le commerce et le résultat tombe mieux –, mais j'ai aussi envie d'autre chose. Annabelle, sans le savoir, vient de m'ouvrir à un monde nouveau : j'ai fêté mon treizième anniversaire quelques jours plus tôt et reçu plusieurs billets pour l'occasion, j'estime qu'il est temps d'aller les dépenser dans de vrais magasins, réservés aux femmes. Ma mère, qui ne se fait jamais prier pour une virée shopping, m'emmène aux 3 Fontaines.

Là-bas, les vitrines prennent une coloration nouvelle. Tout ce qui y est présenté me paraît brusquement accessible : je suis suffisamment grande pour espérer trouver ma taille dans les rayons et je dispose désormais de mon propre argent ; si j'économise suffisamment longtemps, je peux espérer m'offrir ce que je veux. Un monde jusque-là inaccessible s'ouvre à moi, celui de la mode et du plaisir consumériste.

Nous entrons chez Camaïeu. Ma mère m'aide à choisir plusieurs pièces, que je vais essayer en cabine. J'apprends que je fais un 38. J'ai déjà dépassé la plus petite taille ! À la caisse, je sors à mon tour des billets de mon portefeuille à scratch et paie solennellement un gilet en molleton vert émeraude, une liquette à rayures blanches et vertes et un ample pantalon beige resserré aux pieds. Je ne me suis jamais sentie aussi adulte.

Le lendemain, j'arrive à l'école dans ma tenue neuve et fais aussitôt un trou dans mon pantalon en l'accrochant à un grillage. Je n'ai pas le temps de m'en vouloir : au même moment, Annabelle vient me voir et me demande où j'ai acheté ma chemise. Je lui réponds avec nonchalance. Elle me regarde plus attentivement, souris. « J'adore ton look », finit-elle par me lancer, éblouie. Mon histoire d'amour avec la mode se scelle là, dans cette cour de récréation poussiéreuse, face à la fille de l'école dont l'avis compte le plus pour moi et qui me fait alors l'honneur de valider mon style.

La profession de foi

Mai 1989

Je fais chaque soir ma prière dans mon lit. Je parle à Dieu comme ma tante Juliette me l'a appris, à voix basse, sans façon ni crainte particulière. Je lui raconte ma journée, mes soucis, mes scrupules. Je lui demande de l'aide pour réussir le contrôle de maths ou pour supporter ma sœur. Ce moment s'inscrit aussi dans le prolongement de mes lectures de la comtesse de Ségur. Je n'ouvre plus *Les Petites Filles modèles* ni *Les Vacances*, mais je reste habitée par le souvenir de Camille et Madeleine, héroïnes cultes de mon enfance. Prier avant de m'endormir, c'est me rapprocher de l'idéal de moralité qu'elles continuent de représenter pour moi. J'en tire un réconfort que je garde secret : j'ai été baptisée par pure convention sociale, ni mon père ni ma mère n'est croyant, je crains que mes murmures ne suscitent leurs moqueries.

À Notre-Dame, au contraire, les prières sont encouragées. Sans être trop rigoriste – il y a quand même quelques athées et quelques juifs parmi les élèves, mais pas de musulmans –, l'école impose une heure de catéchisme par semaine et le père François, un jeune prêtre au sourire extatique, nous incite à nous confesser. Nous défilons un à un dans la salle de classe vidée de ses élèves, un petit papier à la main sur lequel nous avons noté nos péchés. En dehors d'avoir été méchante avec Véro et d'avoir mangé trop de BN, je n'ai pas grand-chose à lui dire. L'homme m'intimide, son absolution me soulage.

Dans un coin de la salle d'étude où nous faisons nos devoirs sur table chaque samedi matin, une délicate statue de la Vierge veille sur nous. Son air béat et sa tenue drapée aux teintes délavées m'apaisent. Entre deux paragraphes, je cherche l'inspiration en scrutant sa main levée, dont un doigt ébréché révèle la structure métallique.

Jusqu'à la fin de mon année de sixième, l'établissement était dirigé par sœur Nicole, une religieuse à la bienveillance légendaire qui mettait un point d'honneur à connaître le prénom de chaque élève. La nouvelle directrice, Mme Rac, n'est pas religieuse mais une poignée de sœurs continue de nous surveiller et de nous faire le caté tout au long du collège. Leur anachronisme me les rend attachantes : elles contribuent au caractère romanesque de mon cadre de vie. L'une d'elles, très âgée, la dernière encore voilée et tout de noir vêtue, est si sourde qu'elle n'entend pas la cloche : dix minutes avant la fin des cours, nous lui faisons croire qu'elle a déjà sonné. Une autre nous a raconté sa crise mystique : « Une nuit, je me suis battue avec Dieu dans mon sommeil, nous a-t-elle confié. Quand je me suis réveillée, mes vêtements étaient déchirés mais ma foi était revenue. »

Dans cet environnement, mon rapport à la religion chrétienne s'épanouit si bien qu'en cinquième, je suis autorisée à préparer ma profession de foi, comme une bonne partie des élèves de ma classe. Contrairement à eux, je n'ai pas fait ma première communion – je n'ai reçu aucune éducation religieuse avant mon entrée au collège – mais les sœurs ont proposé qu'Annabelle – dans le même cas – et moi la préparions ensemble et la célébrions peu avant notre profession de foi. Je suis évidemment ravie que les circonstances me permettent au passage de tisser plus de liens avec elle.

Je prends ces engagements tellement au sérieux que je me mets à aller chaque dimanche seule à la messe. Je traverse Chavières à pied jusqu'à l'église du vieux village, mon quartier préféré, le seul dans lequel on ressent un passé, et me mêle à une communauté hétéroclite de fidèles. Il y a là des familles en bleu marine que je ne croise jamais dans les rues, des retraités, beaucoup de Noirs : une population qui ne se mélange nulle part ailleurs. Mes parents me laissent faire, se retenant de tout commentaire. Après tout, ce sont eux qui m'ont envoyée chez les cathos.

De ma première communion à la cathédrale Saint-Maclou de Pontoise, je garde le souvenir d'une joie sereine, et pas seulement parce que ma mère m'a pour l'occasion cousu une merveilleuse robe-tablier en Liberty bleu ciel. Pour la première fois, je peux aller jusqu'au bout de mes prières et me nourrir du corps et du sang du Christ. Ma joie est littérale, pure, entière : je suis heureuse de ne faire qu'un avec lui. Annabelle vit la même exaltation. Chacune se nourrit de la félicité de l'autre. Quelques jours plus tôt, accompagnées de sœur Marthe, bourrue mais généreuse, nous avons rendu visite aux carmélites de Pontoise afin qu'elles nous expliquent comment elles fabriquent les hosties. Leur monastère est tout proche, en plein centre-ville. Leurs sourires radieux, leurs longs voiles blancs et leurs robes de bure marron m'ont impressionnée : je n'aurais jamais soupçonné que l'on pouvait vivre heureuse dans un couvent moyenâgeux, à quelques mètres de moi. À l'école, on nous a détaillé les étapes de la cérémonie. Chaque geste du prêtre a désormais un sens.

Un mois avant notre profession de foi, nous partons en retraite à la campagne pour une ultime préparation. Le temps d'un week-end, nous écoutons les enseignements du père François dans une grande bâtisse entourée d'un parc. Il vante la Sainte Trinité – « Tout ce qui est trois est stable, regardez les tabourets » – et nous met en garde contre les dérives consuméristes – à la question « Qui parmi vous sait qu'il recevra un cadeau le jour de sa profession de foi ? », tout le monde lève le doigt sauf moi. À mon retour, quand je rapporte la scène à ma mère, elle m'emmène au Manège à Bijoux de Leclerc et m'achète une petite croix dorée en pendentif. Père François aurait désapprouvé, mais c'est lui qui a commencé à parler des cadeaux.

Ce week-end-là, ses bonnes paroles me marquent moins que les moments de silence. Plusieurs heures par jour, nous sommes invités à nous isoler sous les arbres pour prier ou simplement nous recueillir. Je me jette avec docilité dans un voyage intérieur d'une profondeur inédite. L'état de conscience dans lequel me plonge cette première expérience spirituelle reste gravé en moi. C'est avec lui que je renouerai, dès ma première séance de méditation, des dizaines d'années plus tard.

Peu avant la cérémonie, ma mère et moi nous rendons à Paris pour louer une aube au lieu indiqué par les sœurs. La profession de foi ne se fait pas dans n'importe quelle tenue. Nous devons porter une sur-robe ample, écrue, ceinturée d'une cordelette blanche. « Ils ne s'embêtent pas », s'exclame ma mère à la vue du prix de la location. La coupe du vêtement est simple, ça n'est « rien du tout à faire », elle suggère de m'en coudre une. C'est hors de question : je veux le modèle réglementaire. Une copine a raillé une camarade de classe qui se lamentait de devoir porter l'antique *toilette* de sa grand-mère. Je tiens à apparaître comme tout le monde. La profession de foi comporte une dimension sociale que je peine à verbaliser mais dont je perçois les règles avec acuité. Me fondre dans le groupe est crucial.

J'aimerais pouvoir raconter l'événement avec précision, mais, de ce jour-là, il ne me reste qu'une image : celle de mon père debout entre les bancs, la bouche serrée, l'air navré, tenant à la main le cierge qu'on lui a remis à l'entrée. Son visage fermé crie : « Sortez-moi de là. » Lui qui a reçu une éducation religieuse culpabilisatrice, dont il est fier de s'être affranchi, n'est entré là que par amour pour sa fille. Il sait ce moment important pour moi, mais la messe, les lectures et les chants n'en finissent pas, sa patience est à bout. Il ne croit qu'à la raison, et la raison lui souffle que les simagrées de ces « grenouilles de bénitier » ont assez duré. C'est en tout cas ce que je lis dans ses yeux quand, à l'issue de la cérémonie, je me tourne vers mes parents pour partager ma ferveur avec eux. Ma mère me sourit, mais mon père me regarde d'un air si las que ma foi se fissure.

En sortant de l'église, je ne crois plus en Dieu.

L’orgasme au coin de la page

Juin 1989

Enfant, je passais beaucoup de samedis après-midi à la Fnac des Halles. Notre mère partait faire les boutiques pendant que notre père nous lâchait, ma sœur et moi, au rayon livres, avec pour seule consigne de nous retrouver près des caisses deux heures plus tard. Nous avions le droit de choisir autant de livres de poche que nous voulions. Je me rendais chaque semaine à la bibliothèque municipale de Chavières, où les ouvrages jaunis et poussiéreux avaient leur charme, mais ma fétichisation de l’objet livre est née là, dans le dédale des allées feutrées de la gigantesque librairie où flottait le parfum de papier neuf et d’encre fraîche des Folio Junior et des Tintin. J’attrapais trois ou quatre volumes dont j’aimais la couverture, puis me trouvais un endroit tranquille où m’asseoir par terre et les feuilleter. Dès lors, plus personne n’existait, plus rien de mal ne pouvait m’arriver : je n’étais plus qu’une paire d’yeux plongés dans *Les Contes du chat perché*, de Marcel Aymé,

Le pays où l'on n'arrive jamais, d'André Dhôtel ou *Ce jeudi d'octobre*, d'Anna-Greta Winberg.

Peu avant mon entrée au collège, mes parents, pris d'une envie de m'ouvrir à la littérature « des grandes personnes », sélectionnèrent une dizaine de romans susceptibles de m'intéresser. Ils visèrent juste puisque, parmi eux, plusieurs laisseraient une empreinte indélébile dans mon imaginaire : *Claudine à l'école*, de Colette, *Le Grand Meaulnes*, d'Alain-Fournier, *L'Étudiant étranger*, de Philippe Labro et, au-dessus de tous les autres, *Au bonheur des dames*. Le chef-d'œuvre d'Émile Zola me happa par sa peinture de l'univers d'un grand magasin parisien au XIXe siècle, mais surtout, je tombai raide dingue amoureuse du personnage d'Octave Mouret, directeur visionnaire et enjôleur. Je voulais être Denise Baudu, l'héroïne au lourd chignon blond, jeune vendeuse tout juste débarquée de Valognes, qui le séduit par sa vertu, sa beauté discrète et sa pureté de vierge. Je voulais me perdre dans le regard pailleté d'or d'Octave, qu'il me serre dans ses bras, qu'il m'offre toutes les robes de son empire.

La scène où il déclare sa flamme à Denise était ma préférée. Sa passion, le refus que lui oppose Denise en dépit de l'amour qu'elle lui porte, tout cela m'excitait presque autant que les vidéos pornos vues chez Katia. J'avais marqué la page et relisais inlassablement le passage. Je me reconnaissais dans la résistance au désir de Denise. J'avais beau voir Katia, Samantha et d'autres filles de mon âge flirter, de mon côté un instinct très fort, venu de je ne sais où, me dictait de ne pas laisser un garçon m'approcher de trop près. Le livre me donnait raison et me rassurait : un jour, un homme m'aimerait de manière si absolue qu'il saurait me conquérir à force d'écoute et de persuasion. En tant que fille, je n'avais rien d'autre à faire qu'attendre cet homme providentiel. Cette croyance ne ferait que se renforcer avec le temps, me causant des tombereaux de soucis. Plus tard, en prépa, une camarade de classe m'expliqua n'avoir vu dans le livre qu'une vulgaire promotion canapé. J'en restai bouche bée : ce qui me paraissait le comble du romantisme n'était pour elle qu'une histoire de coucherie intéressée. Mais je ne cherchai pas à argumenter : elle n'avait tout simplement rien compris.

Je n'eus pas besoin des conseils de mes parents pour trouver *Corps de jeune fille*, d'Élisabeth Barillé. Je le choisis seule, au hasard de mes recherches, sur une table de la Fnac ou d'une autre librairie. Et si je peux regretter qu'*Au bonheur des dames* m'ait confortée dans un rôle passif envers les garçons, je m'étonne encore aujourd'hui d'avoir su repérer le livre qui allait me rendre active vis-à-vis de ma propre sexualité. Paru trois ans plus tôt chez Gallimard, écrit par une journaliste de vingt-trois ans – l'âge de l'héroïne –, ce premier roman raconte comment une jeune étudiante peu farouche se laisse draguer dans les quartiers chics de la capitale. Elle amorce une relation avec un écrivain vieillissant, mange, écrit, se masturbe et raconte son quotidien d'une plume vive et désinvolte.

Non seulement le texte m'excita, mais il guida mes doigts. Avant lui, il m'arrivait de ressentir un intense bouillonnement intérieur, sans comprendre qu'il appelait une action. La sexualité se résumait à une relation à deux, le plaisir ne pouvait venir que de l'autre, je n'imaginais pas y avoir accès seule. À l'école, une copine, Charlène, avait pourtant essayé d'aborder le sujet avec moi. Elle m'avait dit que sa mère lui reprochait de s'adonner à « sa gymnastique ». Quand je lui avais demandé en quoi cela consistait, elle était restée évasive, se contentant de répéter que, contrairement à ce que sa mère lui disait, elle ne souffrait d'aucune séquelle. Je n'avais pas plus saisi son allusion que celle de Maud dans la douche en colo.

Cette fois, Élisa, la narratrice, me prenait par la main et nommait les choses. Le passage où elle met une cassette de l'acte II du *Don Juan* de Mozart, glisse un doigt dans sa fente et se laisse porter jusqu'à la jouissance par les vocalises de Donna Anna me fit beaucoup d'effet. Plus loin, j'appris que j'avais un clitoris, qu'une bite pouvait se « sucer comme une paille », que le sperme ressemblait à une « espèce de colle blanche ». Échauffée par cette leçon de choses, j'enfonçai à mon tour mon index dans les replis de mon sexe et n'eus pas besoin de musique pour atteindre mon premier orgasme. Fulgurance, spasmes, éblouissement. En quelques instants, l'enfant de treize ans lisant sagement dans sa chambre s'était mue en une adolescente consciente du plaisir qu'elle pouvait se donner seule, quasi instantanément, sans que personne n'en sache rien.

Je restai saisie, avachie sur ma chaise, la jupe relevée, les jambes ouvertes, la culotte aux chevilles, les doigts sur mon pubis. Mes parents et ma sœur étaient sortis, je me rhabillai sans hâte. Des rires d'enfants me parvinrent par la fenêtre restée ouverte. Je n'en revenais pas de m'être « branlée » à quelques mètres des passants. Je me sentais différente. Détendue, légère, éveillée.

Je portais ce jour-là une courte jupe kaki, ma préférée car un jupon blanc la rendait bouffante. Ample, froncée à la taille, achetée chez C & A avec une ceinture drapée en skaï rouge. Quelques mois plus tôt, adossée dans la même tenue au canapé du salon, j'avais ouvert mes cuisses pour être plus à l'aise en jouant, ce qui avait choqué ma mère. « Enfin Géraldine, quand on porte une jupe, on ferme ses jambes ! » m'avait-elle tancée. La vigueur de sa réprimande m'avait surprise. Jusque-là, je pouvais bien faire ce que je voulais de mes jambes. Pourquoi ce changement ? « Parce que tu es une fille », m'avait-elle répliqué, sur le ton de l'évidence. J'avais trouvé ça aussi injuste qu'incompréhensible. Mon premier orgasme m'éclairait un peu. Sous ma jupe et ma culotte, mon sexe me paraissait soudain très accessible. Si j'avais pu y fourrer mes doigts d'un seul geste, d'autres le pouvaient aussi. Fermer les jambes, c'était me protéger, ne pas provoquer. J'avais beaucoup grandi ces derniers mois. Dans la rue, je dépassais la plupart des femmes. Mon corps n'était plus neutre. Il prenait de la place et ma mère ne savait plus tout à fait quoi en faire.

Quand la prose d'Élisabeth Barillé ne me suffit plus, je chipai son exemplaire d'*Emmanuelle* à ma grand-mère et me masturbai des mois durant en relisant la scène de sexe dans l'avion Paris-Bangkok. Je ne voyais pas bien comment un couple pouvait faire l'amour dans un espace aussi étroit, mais je m'arrangeais très bien de cette invraisemblance : l'héroïne devait être tellement riche qu'elle avait accès à une partie de l'avion transformée en une succession de mini chambres à coucher. Pourquoi pas ? Le tourisme de masse n'existait pas, je n'avais jamais pris l'avion, encore moins un long-courrier, cet univers demeurait nimbé de mystère.

Bientôt, *Emmanuelle* ne suffit plus non plus. Je me rappelai que mon père gardait dans sa table de nuit une pile de magazines érotiques remplis de filles nues qui écartaient les jambes. Je décidai qu'il s'agissait d'un prolongement caché de la bibliothèque familiale et que j'y avais donc accès. Sans lui en parler, je me les appropriai. Les photos me laissaient froide – les poitrines rondes et les fesses bombées des filles me donnaient à voir une autre esthétique que celle des magazines de mode mais leurs dentelles tape-à-l'œil et leur maquillage outrancier heurtaient ma sensibilité plus sûrement que leurs sexes ouverts. Les textes en revanche m'intéressaient beaucoup. J'avais eu besoin d'un dictionnaire au début, j'en saisissais désormais l'essentiel.

Je me fichais de l'histoire. Je voulais des bites en action. À défaut de pouvoir les voir, qu'on me les décrive. Je superposais le souvenir des gros plans vus chez Katia à ce que je lisais sur leur taille, leur dureté, leurs mouvements frénétiques. Quand la fille devenait humide (*wet*), je le devenais moi aussi. Quand elle venait (*to come, came, come*), j'accélérais le frottement de mes doigts.

En dépit des livres et des magazines, la vue de pénis en érection me manquait. Katia ne semblait pas aussi friande que moi des cassettes interdites, nos séances n'étaient pas assez fréquentes à mon goût.

Un jour, en rangeant ma chambre, je remarquai un fascicule sur les chevaux. J'aimais les dessiner. Je connaissais les noms des races et des robes par cœur. En dehors des colos, je ne pratiquais pas l'équitation – c'était le territoire de ma sœur – mais l'animal me fascinait. Je feuilletai la revue et remarquai plusieurs pages sur l'accouplement. Sur une série d'images explicites, des étalons « montaient » des juments dans des champs. La puissance et la bestialité de leur étreinte, la taille de leur sexe me subjugua. Pendant des années, la vue d'une saillie suffit à me faire jouir.

La difficulté d'écrire

Février 2021

Lundi 22 février

J'ai recommencé à méditer. Happée par les urgences, j'avais arrêté plusieurs mois. Je n'étais plus très sûre que ces moments de pause immobile me soient nécessaires. Mais l'écriture du livre devenait de plus en plus poussive, mon moral aléatoire, mes pensées confuses. Je ne parvenais plus à creuser assez profondément en moi pour en retirer la matière d'un chapitre. Mes fouilles ne menaient plus nulle part. Ça m'a tellement effrayée que ce matin j'ai commencé ma journée de travail par quinze minutes de silence, assise à mon bureau, mains sur les genoux, les yeux fermés, le regard au troisième œil. Mon mental était bavard, mais au bout d'un quart d'heure une pensée profonde a émergé : je ne me suis pas encore complètement mise au travail avec ce livre. Je n'arrive d'ailleurs même pas à le considérer comme un travail. Quand j'écris le week-end et que Mark me dit que je travaille beaucoup, je lui réponds que ça n'est pas du boulot. C'est autre chose. Un projet à la fois majeur et annexe, intime et nécessaire, auquel j'ai du mal à accorder autant de temps qu'à mes tâches professionnelles car il me rapporte moins d'argent. Évidemment, je pourrais me dire que celui que je lui consacre maintenant est un investissement, qu'il se vendra tellement bien que je finirai par toucher de confortables droits d'auteur, mais comment savoir si ce sera le cas ? C'est un cercle vicieux : si je ne me donne pas les moyens d'écrire ce second ouvrage, il n'avancera pas, ce qui me confortera dans l'idée que je ne le finirai pas et qu'il n'y a donc pas lieu d'y consacrer plus d'efforts. Je suis pourtant convenue avec mon éditrice qu'elle recevrait les derniers chapitres fin mai, et j'ai envie d'être fière de ce que je lui rendrai.

Jusqu'à présent, prise par les commandes de mes autres clients, je n'allouais guère plus d'une à deux heures par jour à ce projet d'écriture. Mais ma récente prise de conscience m'a amenée à changer mon organisation : je viens de faire un dernier enregistrement de podcast, de rendre mon dernier article et mes dernières fiches produits. J'ai prévenu ma communauté qu'elle ne recevrait plus une newsletter chaque vendredi. Je me suis libéré du temps, de l'énergie, un espace mental pour accorder au livre la place qu'il mérite. Tout l'enjeu des trois prochains mois va être de n'accepter de nouvelles demandes que lorsque cela s'imposera. Je veux me focaliser sur le livre, sans que mes clients ou mes lectrices m'oublient.

Mardi 23 février

L'ennui, c'est que je suis lente. Françoise Sagan pouvait écrire dix heures d'affilée, Stephen King se fixe un objectif de dix pages par jour. Moi, au bout de deux heures – au cours desquelles j'écris rarement plus d'une page –, je n'arrive plus à rien. Je sais qu'écrire, c'est trouver son rythme, sa musicalité, sa place, que se comparer à des écrivains chevronnés est absurde et inhibant. Mais je le fais quand même.

Jeudi 25 février

Ne plus me disperser porte ses fruits : mon chapitre sur la masturbation s'est formé plus naturellement que les précédents. Je le redoutais, n'y voyant qu'un passage obligé de l'adolescence sur lequel je n'avais pas envie de m'étendre, mais m'accorder du temps sans être interrompue m'a menée sur des chemins inattendus. Relire *Au bonheur des dames* m'a permis de réviser l'importance que ce livre a eu dans la construction de ma psyché. Je n'avais pas mesuré à quel point l'histoire d'Octave et de Denise m'a servi de modèle. À quel point je me suis répété, relecture après relecture : « Un couple, c'est ça. » C'est l'homme qui a le pouvoir, qui choisit, qui conquiert au terme d'une cour éperdue. C'est la femme qui aime en secret, qui résiste, qui se protège de ses ardeurs. Octave et Denise sont devenus des figures tutélaires aussi exaltantes qu'encombrantes.

Je n'avais plus *Corps de jeune fille*. J'en ai déniché un exemplaire à la librairie Gallimard du boulevard

Raspail. Par chance, Folio n'avait pas changé la couverture, y figurait encore la mystérieuse photo d'une jeune femme de dos, en train de s'attacher les cheveux face à un miroir, sa robe à moitié défaite. Elle ne porte pas de soutien-gorge. C'était la combinaison du titre et de cette photo suggestive en noir et blanc qui m'avait attirée. Au dos du livre, j'ai appris que le cliché était de Jean-François Jonvelle. Sur Google, j'ai lancé une recherche d'images à son nom. Des dizaines de photos de jeunes filles aux poses lascives, plus ou moins dénudées, sont apparues. Sa fiche Wikipédia indique qu'il fut l'assistant de Richard Avedon avant de travailler pour *20 ans*, un magazine qui me marquerait bientôt autant que le livre de Barillé. Il fut aussi le photographe d'une campagne d'affichage qui, en 1981, frappa les esprits : on y voyait une jeune femme en bikini promettre : « Le 2 septembre, j'enlève le haut. » Le lendemain, une nouvelle affiche la montrait seins nus et annonçait : « Le 4 septembre, j'enlève le bas. » Le jour suivant, une dernière affiche la montrait de dos, fesses nues. « Avenir, l'afficheur qui tient ses promesses », indiquait le slogan au-dessus d'elle. Le triptyque avait pour but de prouver la capacité de l'afficheur à placarder rapidement des publicités dans toute la France. Wikipédia précise qu'il s'agit d'un des premiers exemples français de campagne de « teasing » ou « aguichante ». Les visuels furent primés. Peu après, la mannequin, Myriam Szabo, choisit de recentrer sa carrière sur la danse, le yoga et la méditation. Lui est mort prématurément d'un cancer foudroyant.

En 1981, nous habitions au Luxembourg ; mon père avait trouvé du travail là-bas. Je n'ai pas vu ces affiches, mais j'en ai souvent entendu parler en école de commerce, à la fin des années 1990. Je baignais alors dans une telle culture de la femme-objet que je ne voyais pas en quoi elle avait pu choquer. Des femmes nues, il y en avait dans la presse féminine, dans la plupart des films français, à la télé dans les pubs de savon, où était le problème ?

Évoquer Jonvelle ressemble à une digression. Ça n'en est pas une. Mon but est de réexaminer une étape qui m'a menée à celle que je suis devenue. Pour cela, je dois jongler avec au moins deux paires de lunettes : celles d'aujourd'hui – avec lesquelles je suis quadragénaire à l'ère post #metoo – et celles de 1989 – avec lesquelles je découvre le monde du haut de mes treize ans. Si aujourd'hui l'œuvre de Jean-François Jonvelle me fait tiquer – ses modèles étaient-elles toutes consentantes ? –, le texte d'Élisabeth Barillé me touche au contraire par sa modernité. Sa narratrice porte des tenues provocantes, joue les lolitas, monte dans la Golf GTI d'un inconnu, en ressort indemne cinq minutes plus tard, juste parce qu'il ne lui plaît plus. Ses gestes sont spontanés. Ils ne servent aucune thèse, ne signifient rien d'autre que la liberté et le goût du jeu propres au personnage. Quelle fantaisie, quelle légèreté, quelle indépendance d'esprit ! Son texte a conservé toute sa fraîcheur.

Samedi 27 février

Je veux terminer mon chapitre avant la fin de la semaine mais je bute à chaque mot. J'aimerais retranscrire les blocages qui émaillent mes journées bien plus fréquemment que les éclairs d'inspiration, faire part des petites phrases qui m'assaillent – « Je n'arrive à rien, je n'ai aucun talent, je ne terminerai jamais mon livre » –, mais les écrire les rend encore plus réelles. Ces pensées sont si assourdissantes que je me réfugie dans la nourriture pour les faire taire.

Lundi 1er mars

J'ai pu isoler l'impression de creux au fond de l'estomac qui germe quand je bloque sur un texte. Elle me renvoie à une peur panique du vide. Vide de la page blanche, de la solitude, de l'absence de validation. Mettre des mots sur mon tumulte intérieur suffit parfois à m'apaiser. Quand ce n'est pas le cas, seules les paroles rassurantes d'une amie ou de Mark finissent par m'aider à reprendre confiance. Alors la crise s'éloigne, les mots viennent, j'avance enfin.

Le goût des framboises sauvages

Juillet 1989

En juillet 1989, Véro et moi partons ensemble en colonie de vacances. Un mois à Arnac, un petit village du Cantal. Je le sais car l'année et le lieu sont notés au dos d'une photo conservée dans un vieil album jauni. Sur l'image, nous nous tenons en équilibre sur un talus escarpé, le dos courbé, les mains repliées sur des poignées de framboises. Véronique est si absorbée par sa cueillette qu'elle ne regarde pas l'objectif. Je me tourne vers lui à contrecœur : à ma mine renfrognée, on devine que je préférerais continuer à me goinfrer.

J'adore cette photo. Elle me rappelle quel short – fait maison –, quel sac à dos – Millet –, quelle montre – Swatch – je portais à l'époque. Elle immortalise surtout l'un des rares et brefs moments d'entente cordiale avec ma sœur.

J'ai passé mon enfance à la détester. On peut le regretter, trouver ça triste, mais notre hostilité mutuelle était incontrôlable. Certains disent qu'elle était due à notre faible écart d'âge – vingt mois. Je crois plutôt que nos caractères, très différents, se repoussaient comme les pôles d'un aimant. J'aimais le calme, l'ordre, la solitude. Véronique préférait l'action et la compagnie de sa grande sœur. Cela me rendait folle et la poussait, en retour, à m'asticoter jusqu'à l'affrontement. Nous nous battions comme des chiffonnières, sous les yeux désemparés de nos parents qui préféraient ne pas intervenir plutôt que de prendre parti pour l'une ou l'autre.

À l'heure où j'écris, je peux encore distinguer sur ma main droite la cicatrice qu'un de ses ongles me laissa dans le feu d'une bagarre. Je n'étais pas moins violente : un soir, je lui donnai un coup de poing dans le ventre qui sembla lui faire si mal que je craignis toute la nuit qu'elle ne se réveille pas le lendemain. Elle se réveilla, et nos batailles reprirent de plus belle.

Nous ne nous parlions que lorsque nous regardions la télé ensemble en mangeant des biscuits ou quand nous avions besoin de l'autre pour jouer à chat, à Puissance 4 ou au Monopoly. Le reste du temps, nous nous ignorions, chacune dans notre chambre. Le matin, je partais au collège sans l'attendre, ne lui adressais jamais un regard lorsque je la croisais dans la cour, revenais seule le soir à la maison. J'étais convaincue que les petites sœurs avaient pour fonction d'énerver leurs aînées. Et il allait falloir endurer ça jusqu'à ce que je quitte la maison ? J'en pleurais.

Cet été à Arnac, j'ai treize ans, Véro douze. Seuls notre nom et notre ressemblance physique attestent notre sororité. Elle a ses amies, moi les miennes. Dès les premiers jours, je remarque qu'elle a oublié sa brosse à cheveux à Paris. Lui prêterais-je la mienne ? Jamais de la vie. Sur la photo, sa flamboyante chevelure ondulée est tout emmêlée.

Et pourtant, ce jour-là, des framboisiers nous rapprochent. Nous sommes en randonnée sur un chemin de terre quand un enfant du groupe les repère sur le bas-côté. Les monos nous autorisent à faire une pause. Je n'ai jamais mangé de framboises aussi exquises. À Paris, elles sont trop acides. Celles-ci, sauvages, fondantes et gorgées de soleil, sont aussi sucrées que des bonbons, aussi parfumées que de la confiture. Et il y en a plus que nous ne pourrions en cueillir. Nous les dégustons dans l'urgence de devoir nous remettre en marche, avec un plaisir teinté d'incrédulité, ne nous arrêtant que pour vérifier dans les yeux de l'autre que nous ne rêvons pas. J'ai souvent mangé de bonnes framboises par la suite, mais jamais autant que celles cueillies ce jour-là.

À la maison, ma mère se plaignait souvent du manque de saveur des pêches qu'elle achetait au marché. Aucune ne supportait la comparaison avec celles qu'elle avait connues chez sa tante, dans la campagne catalane, à l'adolescence. Proust avait eu de la chance avec sa madeleine. Au temps de la mondialisation et des chambres froides, la saveur des fruits tout juste cueillis est plus difficile à retrouver que celle d'un gâteau.

L'ombre du sida

Février 1990

Un jour, en 1990, le patron de ma mère contracte la tuberculose. Il est médecin dans un laboratoire pharmaceutique et s'appelle Jean-Louis. Ma mère est sa secrétaire, elle travaille avec lui depuis plusieurs années. Je ne l'ai jamais rencontré, mais elle nous en parle tellement qu'il est devenu l'un des personnages récurrents de nos conversations à table. Jean-Louis est drôle, raffiné, mondain. Son homosexualité n'est un secret pour personne. Il aurait préféré être assisté par un homme plutôt que par une femme, mais puisque les usages sont ce qu'ils sont, il a choisi ma mère, avec qui il a des rapports cordiaux bien que distants – il y a trente ans, les relations hiérarchiques étaient plus marquées qu'aujourd'hui. Quelques mois plus tôt, un collègue a dessiné « la bande à Jean-Louis » : tout le service en rang d'oignons. Sous la silhouette de ma maman, il a écrit « Carmen qui rigole ». Il en a fait des petites affiches, nous en avons accroché une à la porte du frigo, preuve de la bonne ambiance dans laquelle ma mère travaille.

Comment Jean-Louis a-t-il pu attraper une maladie aussi rare que la tuberculose ? Personne ne comprend, personne ne fait le rapprochement avec le sida, maladie mystérieuse dont on n'entend parler qu'aux infos. On en meurt, mais comment ? Mystère.

Ensuite viennent les infections. À l'œsophage, sur la peau, partout.

Jean-Louis ne parle jamais ouvertement de VIH à ma mère. « Il y avait beaucoup de non-dits autour du sida, m'a-t-elle rappelé quand je lui ai demandé de rassembler ses souvenirs, mais tout le monde savait. »

Des années plus tôt, mon père est la première personne à nous parler du virus, un soir au dîner. Il nous transmet ce qu'il sait : on attrape cette maladie en faisant l'amour ; elle est mortelle ; contrairement à ce qu'on a cru au début, elle ne touche pas que les homosexuels ; la seule façon de se protéger à ce jour, c'est le préservatif. On doit être en 1986, car lorsque je découvre la première campagne nationale de prévention l'année suivante – « Le sida, il ne passera pas par moi » – avec un jeune qui casse la courbe rouge sang du nombre de cas avec ses mains, le spot ne m'apprend rien, je sais déjà comment me protéger.

Ce soir-là à table, ça fait beaucoup d'informations d'un coup. D'un naturel curieux, mon père lit les journaux, écoute la radio et veille à se forger un avis sur tout. Sur le sida comme sur le reste, il est plus averti que la plupart des hétérosexuels. Il a aussi à cœur d'élever ses filles sans tabou ni pudibonderie, quitte à nous perdre en route, comme le jour où, encore en primaire, je lui demande ce que « pédé » veut dire et qu'il se lance dans de grandes explications sur la résolution du complexe d'Œdipe. Ma mère les abrège alors d'un : « C'est un homme qui aime les hommes. »

Pour lui, le sexe n'est pas sale, on peut en parler en famille. J'ai dix ans, ma sœur neuf quand il nous parle pour la première fois du sida. Je viens à peine d'apprendre comment on fait les bébés, nous sommes loin d'avoir l'âge des premières relations sexuelles, mais ça ne le freine pas. À ses yeux, il n'est jamais trop tôt pour faire de la prévention.

« Mettre une capote » devient un refrain familier. Pas seulement pour se protéger du VIH. Dans un film, une femme « tombe » enceinte sans l'avoir désiré, ce qui provoque une avalanche de catastrophes ? « Elle n'avait qu'à mettre une capote ! » Nous sommes responsables de notre sexualité. Les parents de mes copines insistent sur l'importance de la pilule ? Pour mon père, à l'ère du sida, une telle recommandation est dépassée : la pilule nous évitera une grossesse, pas d'attraper le virus. Le préservatif est le seul réflexe à avoir. Il nous le martèle à tout bout de champ, autant pour se rassurer que pour nous en convaincre. Nous parler de cette maladie alors que nous sommes très jeunes risque de nous effrayer ? C'est le but : au moins, plus tard, nous ne prendrons aucun risque.

Les personnes qui étaient déjà adultes au moment de l'arrivée du sida racontent à quel point le fléau a bouleversé leur sexualité. Quel impact a-t-il eu sur la mienne, encore en construction ? « Faire l'amour » n'est alors pour moi qu'une abstraction, mais je me demande souvent si, quelque part dans les sous-sols de ma conscience, le sida n'a pas renforcé une peur de l'homme déjà ancrée, ancestrale et diffuse. On avait beau me seriner que le préservatif me protégerait, j'en doutais. Et s'il était mal mis ou se déchirait ? Une autre croyance déjà grandissait en moi : me tenir éloignée des garçons me protégerait encore mieux, pas seulement du sida mais de tout ce que la confrontation à l'autre implique comme tâtonnements, incompréhensions et humiliations.

Jean-Louis a continué de venir travailler quasiment jusqu'au bout. Les dernières semaines, il marchait avec une canne et ne faisait plus grand-chose, assis derrière son bureau. Il était médecin, beaucoup de ses amis étaient morts, il savait ce qui l'attendait. Il n'a souffert d'aucune mise à l'écart : le sida faisait peur à tout le monde, mais les modes de contamination étaient connus, son équipe savait qu'elle ne risquait rien à toucher une feuille qu'il avait signée.

Certaines mères auraient passé ce quotidien éprouvant sous silence. Pas la nôtre, qui avait le besoin viscéral de se délivrer de ses émotions en nous racontant chaque détail dans toute sa crudité. J'étais en cinquième quand il mourut. À l'époque, il n'y avait aucune prévention dans notre école. Je n'en ai pas eu besoin.

Des locataires entêtés

Mars 1990

Je ne sais pas si je vais réussir à tenir jusqu'à la fin du spectacle. Ils sont déchaînés. Ça grouille, je n'en ai jamais eu autant. Le volume de l'enceinte à côté de moi les rend fous. À chaque nouvelle pulsation des basses, leur danse s'accélère. Ils me piquent en rythme. Je pourrais changer de place, la musique est beaucoup trop forte pour moi aussi, elle me casse les oreilles, mais le gymnase est plein et personne ne bouge. En bas des gradins, une très jeune fille en justaucorps pailleté rose et blanc se contorsionne, un ballon nacré au creux des reins. Elle enchaîne les équilibres, les sauts, les rotations. Elle me paraît encore plus fine et légère que Nadia Comaneci dans le téléfilm de M6. Ses pieds sont aussi agiles que ses mains, ses jambes plus élastiques que celles d'une danseuse.

C'est notre prof de GRS qui nous a obtenu des places pour ce gala à Pontoise. Les gymnastes sont étrangères, j'ai cru les entendre parler russe entre elles. J'aimerais pouvoir me concentrer sur leurs performances à des années-lumière de mon cours du mercredi, mais les démangeaisons se font de plus en plus irrépressibles. Je résiste tant que je peux. Ne pas commencer. Garder mes mains sur mes genoux. Si j'approche un doigt de ma nuque, c'est fini, je ne pourrai plus m'arrêter de me gratter *et on saura*. On saura que j'ai des poux.

J'en ai par intermittence depuis le primaire. À sept ans, je les avais même transmis à Mamie, la mère de ma mère : à cette époque, Feliciana avait quitté sa maison du Blanc-Mesnil et habitait avec nous. Je l'aimais tellement que je passais mes journées collée à elle. Les poux n'avaient eu qu'à sauter d'une tête à l'autre. Elle s'en était débarrassée à coups de Parapoux. Pas moi. Les miens résistent à tout. J'ai dû attraper les derniers en colo.

Ma mère prend le problème très au sérieux. Elle soupçonne l'industrie pharmaceutique de concevoir des produits qui ne les éliminent pas complètement afin de nous contraindre de continuer à les acheter pour espérer contenir le flot d'envahisseurs. Puisque aucun shampoing ni aucun spray ne marchent sur moi, elle m'épouille. Le soir je me lave les cheveux puis, sous le plafonnier de la salle de bains, elle les passe encore mouillés au peigne fin. Les dents en corne sont trop courtes pour mon épaisse chevelure. Ça tire et dure des heures. « Encore un ! » s'exclame-t-elle régulièrement avant de passer le peigne sous l'eau pour éliminer l'intrus. Son ton est équivoque, la fierté le dispute au désespoir : un sur combien ? Au début j'étais curieuse, je voulais voir à quoi ils ressemblaient. J'en posais plusieurs sur une feuille blanche et les étudiais à la loupe. Les pattes minuscules, le corps translucide, le ventre gonflé de sang. Aujourd'hui je veux seulement qu'ils disparaissent. Je ne crois pas une seconde que la méthode de ma mère suffira, mais je n'en ai pas d'autre à lui proposer. Je m'endors sur mon tabouret.

Si encore il n'y avait que les démangeaisons. Mais il y a la honte d'être pouilleuse. Ma peur que la vérité éclate est si forte que j'ai développé une hyperconscience de mes gestes. Aucun mouvement ne doit laisser deviner ce qui se passe là-haut. À l'école, quand la démangeaison derrière la nuque devient intolérable, je prends un air détaché, feins de replacer une mèche de cheveux dans le chouchou de ma queue-de-cheval et racle lentement mon index sur mon cuir chevelu. Le plaisir est fulgurant. Je retire vite ma main. Ne pas éveiller les soupçons.

Personne ne doit savoir. À mon âge, comment est-ce encore possible ? On penserait que je suis sale. On me fuirait, me moquerait, m'insulterait. Je n'en ai même pas parlé à Katia. Quand elle s'approche trop près de moi, je me recule d'un bond. Elle croit que je n'aime pas qu'on me touche. Je crains ses reproches si je les lui transmettais. J'ai déjà vu un pou escalader un cheveu en quête d'une nouvelle tête à coloniser, ça rampe vite. Je suis responsable de mes poux.

Comment font les autres ? Depuis mon entrée au collège, pas un élève ne semble concerné. J'ai beau les épier, aucun ne se gratte. Ils ne se rendent pas compte de la chance qu'ils ont d'habiter seuls leur propre corps. Ma mère dit qu'elle n'en a jamais eu, que je dois avoir une tête à poux pour en héberger si souvent. Elle a proposé de me couper les cheveux. Jamais de la vie.

Peut-être que Dieu existe finalement, qu'il m'a jeté un sort pour contrebalancer mon absence d'acné. Je préfère encore ça plutôt que des boutons blancs sur les joues. Arnaud, un mec de ma classe, en a tellement que son visage ressemble à un champ de tir. Il en gardera des cicatrices toute sa vie. Moi, je finirai bien par me défaire de ces locataires. C'est toujours ce qui arrive. À un moment, sans qu'on sache comment, la combinaison de shampoings, de lotions et de séances d'épouillage parvient à les déloger.

Mais cette fois, ils sont trop nombreux. Dans la voiture du retour du gala de GRS, assise à l'avant près de ma mère qui conduit, libérée du regard des copines de cours – Katia n'est pas avec nous, ses parents trouvaient l'entrée trop chère – je me gratte enfin. À pleines mains, comme une forcenée, le dos courbé, jusqu'à sentir ma peau brûler sous mes ongles. Ma mère me demande d'arrêter. Je lui hurle que je n'y arrive pas : « Laisse-moi tranquille, tu peux pas comprendre. »

Le lendemain, elle prend rendez-vous chez le dermatologue. Je le connais bien : depuis un an, il soigne mon psoriasis capillaire. Pellicules, frisettes, poux : à treize ans et demi, mes cheveux ne sont déjà plus qu'une somme d'ennuis. Seule leur couleur me plaît : un roux presque auburn dont je ne reçois que des compliments, un signe distinctif qui me rend fière. On me traite encore souvent de Zora la Rousse dans la rue, mais j'adore l'héroïne de cette série *seventies*, cheffe de gang charismatique et indomptable. Je reçois les critiques comme des compliments.

Le médecin me prescrit une poudre nommée Aphtiria. « C'est comme du talc, vous en mettez le soir avant de vous coucher, le lendemain matin, vous n'avez plus de poux. » Je ne le crois pas, sa solution est trop simple, mais je m'exécute. Le soir-même, ma mère me saupoudre la tête, je me couche sur une serviette de toilette, la chevelure aussi blanche que celle d'une vieille dame. Au réveil, je n'en crois pas mes yeux : des dizaines et des dizaines de poux gisent sur la serviette. En haut, plus personne ne bouge. Je suis libre.

J'en ai beaucoup voulu au pharmacien du quartier, à qui ma mère a pendant des années acheté toutes les marques de produits anti-poux du marché et qui s'est bien gardé de nous parler de cette poudre magique, d'un prix dérisoire.

Quand mon fils a eu des poux à son tour – les petites silhouettes noires qui se carapatent, les lentes bien accrochées –, j'ai voulu me procurer le précieux flacon. Le produit n'existait plus. Jugé trop toxique, il avait été retiré du marché au début des années 2000. J'ai paniqué : sans Aphtiria, le cauchemar allait recommencer. Je ne craignais pas tant l'invasion dans la tête de mon fils – c'est un garçon, au pire on raserait tout – que dans la mienne. Il allait me les transmettre et je ne pourrai plus m'en libérer.

Autour de moi, mon tourment n'a ému personne : c'est courant chez les enfants, un shampoing et on n'en parle plus. Mais que se passerait-il si nous n'en venions pas à bout ? Ces mères non plus ne comprennent rien.

Je me suis dérobée. Je suis allée acheter le produit qui semblait désormais faire l'unanimité – une lotion si gluante qu'elle est censée paralyser les poux – et j'ai déversé tout mon stress sur les épaules de Mark, mon mari : je partais en voyage le lendemain, le temps me manquait, il devrait se charger seul de l'application. Ça s'est mal passé. Le produit collait tellement qu'il semblait impossible à rincer. Mon fils a beaucoup pleuré. Mais ça a marché.

Les fois suivantes, j'ai pris le relais, appris les gestes, rodé ma méthode. J'inspectais son cuir chevelu au détour d'un câlin. La chasse aux poux est devenue quelque chose de doux et de léger. Et les petites bêtes ne sont plus revenues.

Chère chambre

Mars 2021

Mark n'aime pas que je m'enferme dans notre chambre. J'ai pourtant besoin de m'isoler pour travailler à mon bureau, placé au fond de la pièce, pas très loin de notre lit. Il me faut me couper de l'extérieur pour éviter toute distraction. C'est en partie pour cette raison que je veux quitter la région parisienne et partir vivre dans le Sud. Pour disparaître, me replier loin des autres. Pour qu'il ne reste plus rien d'autre que l'écriture et moi.

La porte close, Mark se sent exclu. Il prend mon geste contre lui. Est-ce le cas ? Peut-être ai-je besoin de ne plus le voir quand je travaille, pour être heureuse de le retrouver.

Quand j'étais ado et que mon père avait son entreprise, il avait installé son bureau dans la salle à manger, uniquement séparée du salon par un escalier. Je détestais la promiscuité que cela engendrait. Il nous entendait quand nous prenions notre goûter devant la télévision, nos bruits le gênaient. J'aurais préféré qu'il ait un travail normal, loin de la maison.

Aujourd'hui c'est moi qui exerce un métier bizarre, à domicile. Depuis le Covid, nous sommes nombreux à travailler chez nous, mais tout de même, je répète un schéma. D'ailleurs, même maintenant qu'il est à la retraite, mon père n'a pas changé ses habitudes : il continue de passer l'essentiel de son temps assis seul à son bureau – son « antre » –, face à son ordinateur. Je fais comme lui. Je suis comme mon père.

Le refus de Mark réveille autre chose, une colère ancienne. Ado, j'ai souvent réclamé la pose d'un verrou à la porte de ma chambre. J'y voyais l'assurance de ne pas être dérangée. Mes parents ont toujours refusé, au motif que je n'avais pas besoin de cela pour que mon intimité soit respectée. Mais si je réclamais un verrou, c'est précisément parce que je ne me sentais pas assez protégée, tant des intrusions de ma sœur que des leurs. Mes parents n'étaient pas du genre à fouiller dans mes affaires, mais je n'ai jamais vu ma mère attendre d'être autorisée à pénétrer dans mon espace. Elle entrait *en frappant*. Qu'est-ce que sa fille aurait pu lui cacher ? Une famille se devait de vivre ensemble. Peut-être avait-elle raison sur ce point, mais vivre ensemble n'implique-t-il pas le respect d'un espace privé pour chacun, même sans verrou ? « J'ai bien le droit d'avoir un jardin secret », avais-je un jour invoqué. « Tout dépend de la taille du jardin », m'avait rétorqué mon père.

Aujourd'hui, dans la famille que je me suis construite, je ne ressens pas le besoin de cadenasser mon intimité. Je laisse traîner mes cahiers pleins de confidences. Mais je tiens à m'enfermer plusieurs heures chaque jour. « C'est *notre* chambre », a argumenté Mark. « Quand j'y travaille, elle devient *mon* bureau », ai-je répliqué.

Je comprends sa confusion. La place que j'occupe était la sienne avant que je ne devienne journaliste indépendante. Lui n'est salarié que quatre jours par semaine. Le vendredi, il écrit pour des clients, en free-lance. Même avant la crise sanitaire, il avait l'habitude de passer cette journée chez lui, dans cette pièce. À notre arrivée à Clichy, il y a plus de dix ans, il s'était offert un bureau Pierre Paulin pour y travailler. Quand j'ai à mon tour démarré mon activité à la maison, il a accepté de me le céder car, avec le temps, il s'était rendu compte qu'il préférait écrire sur la table du salon. Finalement il ne m'a pas convenu, il était trop petit. Mark l'a revendu, mais j'ai gardé la place.

Me refuser la possibilité de faire mienne cette pièce, ce serait m'interdire la « chambre à soi » de Virginia Woolf. À cette pensée, j'étouffe. Tout mon être se braque. Cet espace, tant physique que mental, m'est absolument nécessaire. J'aimerais, comme Mark, être capable de me concentrer en dépit du bruit ambiant et des interruptions de notre fils, mais ça m'est impossible. Pourquoi en ai-je besoin et pas lui ? Est-ce encore une question de genre ? Je crois que oui. Mark est beaucoup plus sûr de son art que moi. Il sait depuis l'enfance qu'il veut être journaliste. Il a écrit plusieurs livres. Intérieurement, il ne discute plus ses capacités. Il a ses doutes, comme tout le monde, mais ces derniers n'envahissent pas son esprit à tout bout de champ dès qu'il se confronte à la page blanche. Moi, j'ai beaucoup de voix à faire taire quand je plonge dans l'écriture. Je ne vis plus dans un monde aussi sexiste que celui qu'a connu Virginia Woolf, mais je perçois encore l'hostilité ambiante à l'égard des femmes écrivaines qu'elle dénonce lorsqu'elle écrit, dans son fameux essai de 1928 : « Le monde ne leur disait pas comme il disait aux hommes : “Écrivez si vous voulez, cela m'est complètement égal.” Le monde disait en s'esclaffant : “Écrire ? Mais à quoi bon ?” » M'enfermer, c'est tenter de pousser hors de la pièce toutes les critiques de la société que j'ai intériorisées.

Mon bureau est placé à un angle. À ma droite, la fenêtre s'ouvre sur la rue. Parfois, quand j'écris ce livre et que je m'immerge dans mes souvenirs au point d'oublier que j'écris, je me crois revenue dans ma chambre de Chavières. Les sons qui me parviennent se mélangent. Un bruit de moteur ? Je ne sais plus s'il s'agit de celui du bus 448 qui, hier, nous emmenait à Cergy-Préfecture, ou de celui du 341 qui, aujourd'hui, va à Saint-Ouen. Le voyage spatio-temporel tient à la configuration similaire de la pièce : là-bas aussi, mon bureau était placé à l'angle du fond, à côté d'une fenêtre. Celle-ci donnait sur un parking bordé d'une route. Je passais des heures à promener mon regard sur les allées et venues des voitures et des piétons. Un jour, le voisin d'en face, se croyant seul, s'y était repris à dix-huit fois pour entrer son break dans son garage. Après cela, je n'avais plus cessé de le guetter, espérant le voir battre son propre record.

Enfant, j'ai aimé vivre à Chavières. Nous habitions une maison neuve, avec un jardin. Plus haut, c'était les champs. Il y avait des arbres partout, l'Oise au milieu. On nous répétait que nous habitions une « ville nouvelle ». Je ne comprenais pas cette expression : habiter une ville sans passé allait de soi, je ne connaissais que cela. Avant Cergy-Pontoise, nous avions été locataires à Capellen, au Luxembourg, d'une grande maison tout juste sortie de terre, dans un quartier encore en construction. Je me revois, à vélo, longer les grillages qui protégeaient les terrains vierges alentour. Encore plus tôt, nous habitions à Créteil le quartier de La Lévrière, construit l'année qui avait précédé notre arrivée en 1976. À ma naissance, mes parents avaient trouvé un appartement au treizième étage d'une tour qui en comptait quatorze. J'ai toujours grandi en périphérie, dans un entre-deux, quelque part à mi-chemin de la ville et de la campagne.

Aujourd'hui, ces banlieues font partie de mon identité au point de se fondre et de se répondre, mais à l'adolescence, habiter Chavières a commencé à me peser. J'aurais préféré vivre à Paris comme Stéphanie, l'héroïne de treize ans des *Cornichons au chocolat*, le roman de Philippe Labro. J'ai pris conscience que tout le monde ne vivait pas dans un logement récent. Je me suis mise à chérir davantage encore l'appartement « dans son jus » de mes grands-parents, square du Rhône. Lors des goûters d'anniversaire de mes copines de Notre-Dame, j'ai découvert que certaines habitaient des maisons « anciennes », c'est-à-dire beaucoup plus vieilles que moi, à Pierrelaye ou Argenteuil. Le nom même de ces villes évoquait une profondeur temporelle dont les maisons en crépi de l'agglomération de Cergy étaient dépourvues. Une année, quand j'invitai à mon tour mes camarades de classe, on me signala que l'une avait trouvé que ma maison « ne paraissait pas solide ». La remarque m'avait stupéfiée. Ma maison n'était pas grande, mais je m'y sentais en sécurité. Mes parents en prenaient soin, qu'est-ce qui pouvait laisser penser que le toit s'envolerait au premier coup de vent ? « Tu vis dans un lotissement », avait cru bon de justifier celle qui m'avait rapporté les propos de l'amie commune. Habiter des maisons mitoyennes, toutes identiques, était mal vu de mes copines snobs.

Je visite beaucoup de maisons à vendre en ce moment. Mark et moi avons décidé de nous installer à Montélimar, dans la Drôme, où ma sœur habite depuis dix ans avec son mari et leurs enfants. Après avoir longtemps vécu à couteaux tirés, elle et moi sommes aujourd'hui très proches. Mes parents ont déjà sauté le pas : ils ont vendu leur appartement de Gennevilliers quelques mois plus tôt et habitent maintenant à quinze minutes de chez elle. Nous rêvons d'une maison des années 1930 à retaper, nous précisons aux agents immobiliers que nous sommes « sensibles au charme de l'ancien », mais la plupart des vieilles maisons près du centre sont situées en zone inondable. Mes parents et ma sœur habitent des propriétés récentes, dans des quartiers résidentiels. Nous hésitons.

La semaine dernière, la question de la chambre à soi a resurgi. Une maison nous a plu, même si elle datait de 1982. L'espace de quelques jours, je me suis imaginé y vivre. En dépit de sa taille modeste, nous pouvions y aménager trois chambres comme nous le voulions, mais également un petit bureau. « Comme ça, tu auras ton espace à toi », m'a murmuré Mark en me caressant le dos. Ses mots m'ont touchée. J'y ai vu une manière délicate de me signifier qu'il avait compris mes arguments, qu'il savait que mon besoin de solitude ne signifiait pas que je ne l'aimais plus, qu'il le respectait tant qu'une pièce entière pourrait m'être réservée dans notre prochain logement.

Visiter la pièce en question m'a procuré une vive émotion. Je me suis vue y faire peindre les murs en rouge et rose, y installer mon bureau, une bibliothèque, un divan comme Simone de Beauvoir dans ses *Mémoires*. Ces pensées m'ont aussi ramenée à ma première vraie chambre à moi. Notre maison à Chavières comportait trois chambres. Les premières années, mes parents en occupaient une, Véro et moi en partagions une autre, Mamie occupait la dernière. À sa mort, l'année de mes huit ans, mes parents ont suggéré que ma sœur ou moi déménage dans la pièce devenue vacante. Je ne sais plus comment il fut décidé qu'elle me reviendrait. Je me rappelle uniquement mon excitation lorsque ma mère m'aida à la retapisser. J'avais choisi un papier peint jaune pâle moucheté de rose et de bleu pastel, typique des années 1980. Nous l'avions collé ensemble, un été particulièrement chaud, puis j'avais passé un temps infini à organiser mes bibelots et à ranger mes livres, sans plus avoir à craindre l'encombrante présence de ma petite sœur. J'en avais tiré une grande sérénité, au point d'y demeurer enfermée seule des heures durant, assise sur mon lit à ne plus rien faire d'autre que contempler mon royaume disposé comme je l'entendais.

Lors de notre dernier aller-retour à Montélimar, nous nous sommes rendu compte que la maison de 1982 que nous avions visitée, mal agencée, ne conviendrait pas. « Ton bureau n'est peut-être pas si indispensable, a estimé Mark. Tu pourrais continuer à travailler dans notre chambre, si elle est suffisamment spacieuse. Qu'en penses-tu ? » Mon cœur s'est serré. La solitude choisie de mes huit ans m'a soudain paru loin. À l'aube de mes quarante-cinq ans, ce bureau est un luxe que je ne suis toujours pas sûre de pouvoir me permettre.

Premier baiser à Meursan

Juillet 1990

Les grands-parents de Katia ont une maison de campagne dans un petit village de la Somme appelé Meursan. J'y passe de nombreux week-ends. Le vendredi soir, ils quittent leur appartement de Courbevoie après leur journée de travail – Liliane est secrétaire, Félix menuisier – et viennent nous chercher à Chavières. Ils dînent en famille chez leur fille, puis Katia, son frère Frédéric et moi nous engouffrons à l'arrière de leur BX verte et c'est parti pour deux heures de route au son d'*À cause des garçons*, des *Démons de minuit* et d'*Aimons-nous vivants*. À notre arrivée, somnolents dans la nuit noire, nous déchargeons le coffre à tâtons avant de partir humer l'air du dehors. Je n'y vois rien mais je goûte le silence et les étoiles. Au fond du jardin, au-delà du grand chêne, s'étend un champ de maïs. Au printemps nous parvient le parfum de la terre labourée, en été celui des rosiers et des gardénias de Liliane.

Katia et moi dormons ensemble dans le grand lit de l'unique chambre du rez-de-chaussée. Mon amie vide son sac et range ses vêtements avec un soin maniaque, je l'imite, puis nous nous couchons et mon moment préféré commence. Trop excitées par la perspective du week-end pour fermer l'œil, nous réfléchissons aux jeux et au parcours à vélo que nous ferons le lendemain, aux personnes à qui nous rendrons visite. Katia a grandi là, elle connaît tout le monde. Il y a Sonia, du même âge que nous, gentille mais dont l'apparence négligée me rebute, Carole et Gaëlle, deux sœurs plus âgées qui ont déjà quitté l'école et qui travaillent aux champs du matin au soir, et les « Parisiens », une famille slave qui habite un petit appartement du 18ᵉ arrondissement et passe tout son temps libre au grand air, dans le jardin de leur maison secondaire, au bout du village. Les trois enfants – Ludmilla, Kazimir et Stan – sont toujours prêts à nous offrir un verre de Tang quand nous passons devant leur grille. Kazimir aime bien Katia, mais elle ne lui prête heureusement qu'une attention distraite : à Meursan, mon plus grand défi est de parvenir à maintenir avec mon amie une relation la plus étroite possible en dépit de toutes les interactions qu'elle peut avoir avec les autres.

Le soir au lit, sous les draps remontés jusqu'au menton, cette relation est au beau fixe. Après avoir passé en revue la journée à venir, nous nous racontons des histoires de fantômes en fixant devant nous la haute fenêtre aux volets fermés, prêtes à hurler au moindre bruit étranger. Mais rien ni personne ne se manifeste à cette heure. Au premier étage, sous les combles au parquet grinçant recouvert de lino, Liliane se brosse les dents pendant que Félix s'endort en lisant un vieux Rustica. À côté de lui, Frédéric fait des bruitages de voiture dans son lit de camp, un G.I. Joe dans chaque main. Au bout d'un moment, son grand-père n'en peut plus des explosions, il éteint la lumière et nous restons seules éveillées. Notre dernier rituel peut débuter : je dis à Katia que j'ai envie de chocolat, elle m'autorise à aller me servir une rangée de carrés Milka dans le cellier. Je reviens sur la pointe des pieds et plonge sous les couvertures. Elle me tend son bras pour que je lui en caresse doucement l'intérieur, du bout des doigts, de bas en haut et de haut en bas, jusqu'à ce qu'elle s'endorme. Je m'exécute en laissant fondre chaque carré sur ma langue.

Le matin, Liliane et Félix s'activent déjà dans le jardin quand je me réveille au son des rebonds du ballon de foot de Frédéric sur la terrasse. Ils ont la pelouse à tondre, les fleurs à arroser, les repas à préparer, mais ils ne nous demandent rien. Entretenir la maison est l'affaire des grandes personnes.

Katia est une grosse dormeuse. Je la laisse poursuivre sa nuit et vais prendre le petit-déjeuner que sa mamie a laissé pour nous. Je me sers généreusement en brioche et en quatre-quarts. Liliane apprécie mon appétit, qui compense le désintérêt de sa petite-fille pour presque tout ce qu'elle lui sert.

J'enfile un jean et un tee-shirt, puis j'attends Katia en lisant *Femme Actuelle*. Ça me change des *Madame Figaro*. Je lis la pile de magazines de A à Z, me délectant de l'alternance de doubles pages en couleurs et en noir et blanc. Témoignages, exercices de gym, conseils mode, avis psy, tout me parle, tout me paraît accessible et pratique. On n'est plus dans le rêve d'une mode parisienne pure et parfaite, on est dans la vraie vie de Liliane, qui aime assortir ses clips d'oreille en plastique à ses pulls

Jacqueline Riu, son rouge à lèvres à son vernis à ongles rose nacré. À la fois plus simple et plus pomponnée que ma mère, Liliane me prouve que l'on peut s'apprêter et avoir du chic sans beaucoup de moyens.

Katia finit par émerger, mutique et grognon. Elle caresse les chats, se sert un bol de Ricoré, va prendre sa douche. À dix heures, nous sommes prêtes à enfourcher nos vélos Peugeot. Liliane m'a cédé le sien, d'un bleu métallisé rutilant. Celui de Katia est rose bonbon. Par fierté, de même qu'elle ne prend pas d'aspirine quand elle a mal à la tête, elle met un point d'honneur à ne jamais en utiliser les vitesses. J'ai appris à me servir des miennes seule, honteuse de m'en remettre à ce subterfuge pour venir à bout de côtes que Katia attaque en danseuse, avec toute la détermination qui la caractérise.

Où allons-nous ? Je m'en fiche. Seul m'importe le fait d'avoir mon amie tout à moi. Lorsque nous roulons sur les routes goudronnées bordées de champs de colza, elle devant et moi derrière, nous sommes seules au monde. Personne ne peut brouiller notre harmonie. Je n'ai qu'à la suivre et tout se passera bien. Est-ce que j'aime faire du vélo ? Je ne peux l'affirmer avec assurance. Je peine souvent, même avec les vitesses. Il faut supporter le vent, les averses, le soleil, le rythme soutenu de Katia. Mais ma motivation est là, devant moi. Nous discutons, nous rions, nous sommes tout l'une pour l'autre, du moins c'est l'illusion qu'il me convient d'entretenir.

Plusieurs chemins s'offrent à nous. Nous pouvons aller jusqu'au canal de la Somme, où Félix a l'habitude de pêcher, ou bien suivre la nationale jusqu'à la petite ville de Nesle, où nous nous ravitaillons en fils DMC pour nos bracelets brésiliens. La plupart du temps, nous nous contentons de partir à l'aventure, traversant les hameaux alentour en prenant soin de dire bonjour à toutes les personnes que nous croisons afin de ne pas passer pour des Parisiennes prétentieuses.

Quand Katia estime qu'il est temps de faire une pause, nous nous arrêtons près d'un calvaire, couchons nos vélos au bord du fossé et fumons avec des airs inspirés, à l'abri des pierres. Katia a commencé à s'acheter des cigarettes l'année précédente au collège, car tout le monde fumait dans sa classe. Mes amies de Notre-Dame sont beaucoup trop sages pour ça, je n'oserais même pas franchir seule le seuil d'un bar-tabac, mais avec Katia, j'évolue dans une autre dimension. Elle m'a montré comment inspirer la fumée pour éviter de crapoter – la honte absolue. Je n'aime pas particulièrement le goût de la cigarette mais la gestuelle me fascine : soudain je peux singer l'attitude des crâneuses devant les grilles du collège, devenir quelqu'un d'autre, plus mûre, plus assurée, plus gracieuse, plus rebelle, plus adulte. Katia me dit que cela lui coupe l'appétit. Ce n'est pas mon cas, même une pause-clope ne pourrait me faire oublier les pâtes à la carbonara que Liliane nous a annoncées pour le déjeuner, mais l'argument me séduit quand même.

À midi, quoi qu'il arrive, je rappelle à Katia qu'il est temps de rentrer pour déjeuner. J'ai vite compris le rôle que Liliane m'a assigné : je suis là pour tenir compagnie à Katia, et elle s'assure ainsi que nous ne ferons pas trop de bêtises. Elle m'estime pour mon sens des responsabilités. Elle compte sur moi pour ramener sa petite-fille à la maison en temps et en heure. Je m'acquitte de ma mission avec plaisir et sérieux.

Nous déjeunons devant Le Juste Prix, puis nous rendons chez Sonia. Adolescente joufflue aux ongles noirs, elle habite une maison qui semble avoir été bâtie avec de grandes ambitions, auxquelles les propriétaires ont renoncé à mi-chemin. Les proportions sont imposantes, le terrain étendu, mais les pièces résonnent comme un piano désaccordé. Rien ne pousse dans le jardin laissé nu. Deux gros bergers allemands ont achevé de rendre les lieux inhospitaliers, détruisant à l'extérieur le peu d'herbe parvenue à pousser, distillant à l'intérieur une écœurante odeur de chien mouillé. Nous faisons tout pour éviter de passer trop de temps là-bas. S'il fait beau, nous l'entraînons jusqu'au stade, en face de chez elle. S'il pleut, nous marchons jusqu'à l'unique abribus du village, cabane bétonnée à l'intérieur de laquelle personne ne peut nous voir fumer. Carole et Gaëlle nous rejoignent, bientôt suivies d'amis à elles. En milieu d'après-midi, nous formons toute une bande.

Ces moments en groupe remuent en moi des émotions contradictoires. Je voudrais conserver l'attention de Katia pour moi seule, mais mon amie est une séductrice : en présence d'autres personnes de notre âge, son attention se porte vers celles qu'elle connaît moins bien et dont l'adhésion lui est moins assurée. Si un garçon à son goût se présente, elle s'éloigne encore plus vite. Elle se met à plaisanter, joue avec moi la connivence. Elle m'attribue un rôle de faire-valoir dont je ne suis pas dupe.

La situation devrait me peser et c'est parfois le cas, mais la plupart du temps, la dynamique du groupe l'emporte. Alors qu'au collège, je passe mon temps à essayer de décoder le snobisme ambiant dans le but de m'intégrer, à Meursan les rapports sont francs, les gens simples, les remarques directes. Je ne suis ni scrutée, ni mise à l'écart. J'ai conscience d'être pour les autres une étrangère, mais je leur suis reconnaissante de ne pas me traiter pour autant de « Parigot, tête de veau ». Personne ne se sent menacé par ma présence. Personne n'éprouve de jalousie à mon égard. Mes tenues laissent indifférent. J'apprécierais que les filles s'extasient devant mon sweat Naf Naf déniché chez Sympa, le magasin de fins de séries de Montmartre, mais au fond leur désintérêt me rassure : les marques recherchées à Paris ne signifient rien pour elles. Tout le monde est en jean et baskets ordinaires, personne n'accorde trop d'importance à son apparence, seul compte le plaisir de rire ensemble. Les vannes fusent, l'humour potache des garçons me fait rire aux larmes. En leur présence, je peux baisser les armes, il n'y a plus d'efforts à fournir, je me contente d'être moi-même, loin des jugements de la ville. Katia peut bien chercher à briller, je n'en prends pas trop ombrage car le reste du groupe continue de me marquer de la considération. On me parle, on me regarde, on m'offre des Carambar et des tours à moto.

Un épisode pourtant me rappelle que cette ambiance bon enfant peut à tout moment prendre un tour plus cruel. Il a lieu un jour d'été étonnamment morne et gris pour la saison. Nous avons enfilé nos K-Way, pédalé dans le village et retrouvé Carole et Gaëlle derrière l'église, assises sur les marches en compagnie de trois de leurs amis. Je ne me souviens que d'un seul d'entre eux, Frank, que nous commençons à bien connaître. Il doit avoir seize ans. Il fait un CAP de mécanique à Péronne, reprendra un jour le garage de son père, son avenir tout tracé lui donne une assurance débonnaire et chaleureuse. Avec son grand nez en bec d'aigle, sa bouche fine et ses boucles brunes coiffées en mulet, on ne peut pas dire qu'il est mignon, mais quand il parle, on se sent bien. Il s'exprime avec un fort accent picard, aime raconter des histoires et capter l'attention générale. Il flirte ouvertement avec Katia depuis des mois. Ces jeux la flattent mais elle le tient à distance. Katia m'a confié qu'elle n'a aucune envie qu'un garçon la touche, encore moins qu'on l'embrasse. L'idée de deux salives mélangées la révulse. Je suis moins braquée – à la maison mes parents s'embrassent devant nous tous les jours, donner et recevoir des bisous me semble naturel – mais je n'éprouve pas plus que Katia le besoin d'un contact physique avec l'autre sexe. Le seul motif qui me donne envie de « sortir » avec un garçon est d'ordre social : autour de moi mes copines sont de plus en plus nombreuses à avoir déjà embrassé un garçon, je n'ai pas envie d'être la dernière à savoir ce que ça fait.

Ce jour-là, après notre arrivée, la conversation roule sur le bal du 14 juillet de la semaine précédente, sur les couples qui s'y sont formés et les bagarres qui n'ont pu y être évitées. Ils évoquent tant de gens que je ne connais pas que, lorsque Frank se met à parler de Sonia, je ne comprends pas tout de suite qu'il est en train de nous raconter le dépucelage de sa voisine. « On avait envie d'être seuls, alors on a marché jusqu'à l'abribus, explique-t-il en désignant du menton la cabane à quelques centaines de mètres. Là, on s'est chauffés et je l'ai sautée sur le banc, vite fait. Quand elle est partie, dans la lumière des phares de la moto j'ai vu du sang sur sa jupe. C'est là que j'ai compris qu'elle devait être vierge. Elle m'avait rien dit. »

Les mains dans les poches de son jean, il hausse les épaules, ses copains gloussent, Carole et Gaëlle ricanent pour faire bonne figure. Je ne me souviens ni de la réaction de Katia, ni de la mienne. Une seule chose ce jour-là me marque : si je n'y prends pas garde, l'acte qui me paraît le plus romantique, le plus secret et le plus merveilleux – faire l'amour pour la première fois avec un garçon – peut devenir le plus sordide et le plus moqué, même par des amis proches. Je me jure de ne jamais connaître le même sort que Sonia. Si coucher avec un garçon est aussi risqué, je préfère m'abstenir et attendre d'être sûre de ne plus rien avoir à craindre des autres. Ils ne m'auront pas, la honte est un danger auquel je refuse de m'exposer.

Cet été-là, l'été de nos quatorze ans, quand tout le monde est couché, il nous arrive de « faire le mur ». Katia a les clés du portail, nous n'avons rien à escalader, mais nous sommes convaincues de risquer gros : Liliane ne nous autorise pas à sortir le soir, si elle nous surprend et découvre que nous avons trahi sa confiance, nous sommes bonnes pour passer un sale quart d'heure. Nous marchons à pas de loup dans le jardin, puis gagnons à pied la maison des Parisiens, où une partie de la bande est déjà réunie. Où se trouvent les parents de Kazimir, Stan et Ludmilla pendant ces réunions nocturnes ? Je n'en ai pas la moindre idée. Je ne me souviens que du sentiment grisant de liberté que nous offrent ces samedis soirs passés à fumer et à faire semblant de boire des Kro (Katia et moi détestons la bière) en écoutant *Enjoy The Silence* de Depeche Mode et *Kingston Town* de UB40 sur un minuscule radio cassette. Frank préférerait regarder la télé. Il essaie en vain de la faire marcher, mais l'antenne est cassée, l'écran n'affiche que de la neige. « C'est la télé de Gilbert Montagné », se lamente-t-il en appuyant sur tous les boutons.

Lors de ces veillées, la complicité entre nous, l'absence d'adultes, la perte de notion du temps me transportent.

L'excitation me coupe l'envie de dormir. Je me crois dans *Papa est parti, maman aussi*, le roman de Remo Forlani que je relis en boucle.

Mais Liliane veille. Une nuit, alors que nous rentrons à trois heures du matin, elle nous attend dans la cuisine, assise devant sa toile cirée à carreaux. Après un moment de surprise qui nous paraît interminable, elle se lève sans un mot, le visage indéchiffrable, et déclare que l'on s'expliquera le lendemain.

Son courroux s'abat sur nous au petit-déjeuner. Elle nous traite de « petites pisseuses », invoque la responsabilité qu'elle a de nous deux, vocifère sa déception puis décrète qu'elle nous prive de sortie jusqu'à la fin du week-end. Nous passons l'après-midi à jouer au badminton dans le jardin. Les « coups de Calgon » de Liliane, comme Katia les appelle, sont de courte durée.

Quelques semaines plus tard, je reviens pour l'anniversaire de Frank. À l'occasion de ses dix-sept ans, il organise une fête dans son garage, à côté de la maison en briques rouges de ses parents. Il habite à Potte, un village encore plus petit que Meursan. La boum se tient l'après-midi. En dehors de Carole, Gaëlle et Sonia, nous ne connaissons personne.

Katia m'a prêté son mascara et son gloss à la cerise, je porte une minirobe à rayures bleues et blanches que ma mère m'a tricotée. J'ai beaucoup grandi, elle est vraiment courte mais me va bien. Sous des dehors très calmes, Katia est nerveuse. Elle a passé un certain temps dans la salle de bains à sculpter sa frange au gel pour obtenir « le pétard parfait ». Sa minijupe tube souligne le galbe de ses jambes. Elle sait que cela plaira à Frank, mais elle n'est plus très sûre de vouloir lui plaire.

Assez vite, je ne me soucie plus d'elle. Parmi les invités, je remarque Sam, un grand garçon au visage doux, à la peau caramel et aux cheveux crépus. Il me sourit timidement. Nous nous cherchons du regard une bonne partie de l'après-midi sans oser nous parler. Autour de nous, nos amis respectifs comprennent notre manège. L'un d'eux lance les slows. Sam et moi sommes trop embarrassés pour nous parler, mais notre attirance est réciproque et évidente. Il m'invite à danser. Je le suis sur la piste, le cœur bondissant sous les poussées d'adrénaline. Je place mes bras un peu raides autour de ses épaules, il pose ses mains sur ma taille, si délicatement que par moments il me semble qu'il ne fait qu'effleurer ma robe. Il nous faut plusieurs chansons pour réduire l'espace entre nous, mais se lancer dans un baiser devant les autres est au-dessus de nos forces.

Quelqu'un finit par avoir l'idée de jouer à éteindre la lumière par intermittence. L'obscurité complète nous libère. Sam m'embrasse sur *Nothing Compares 2 U*, de Sinéad O'Connor. Un vrai baiser, avec les bouches qui s'ouvrent, les langues qui tournent et les salives qui se mélangent. La sienne a le goût des fraises Tagada du buffet. Quand la lumière revient, nous nous détachons l'un de l'autre dans un même élan : ce que nous venons d'échanger n'appartient qu'à nous. À la fin de la chanson, je lui lance un regard reconnaissant et rejoins Carole et Gaëlle qui m'accueillent avec des clins d'œil. Sur la piste, Frank murmure quelque chose à l'oreille de Katia en la tenant serrée contre lui. Ils finissent par quitter la pièce main dans la main.

Je les retrouve plus tard devant le garage, au milieu des autres invités, en train de fumer comme deux vieux amis. La lumière du dehors m'éblouit, l'odeur de cigarette m'écœure. Katia vient me voir. « On rentre ? » J'acquiesce et la suis sans penser à dire au revoir à Sam. Notre baiser porte en lui sa propre finitude. L'idée de le revoir ne m'effleure même pas l'esprit. Nous nous sommes embrassés, que pourrions-nous faire de plus ensemble ? Je n'ai aucun mode d'emploi, ne connais rien aux étapes suivantes. J'ai embrassé un garçon, l'étape s'est avérée agréable, le cours normal des choses peut reprendre.

Une fois seules sur nos vélos, je demande à Katia comment ça s'est passé avec Frank. Elle pédale en silence un moment, le regard perdu dans les champs que nous longeons. « Il avait une de ces gaules ! » finit-elle par lâcher dans un bref rire gêné. Elle me jette un coup d'œil et voit que je ne comprends pas le mot. « Quand on dansait, je sentais son machin tout dur contre moi », précise-t-elle, mi-dégoûtée mi-amusée. Son explication me laisse sans voix. Sam a-t-il eu « la gaule », lui aussi ? À ses côtés, je n'ai pas ressenti d'excitation sexuelle. Nous n'en étions pas là. Avec lui, j'ai fait l'expérience de la tendresse. Je ne suis pas sûre de vouloir connaître la suite.

La mélancolie des diapos

Mai 2021

Quand je peine à rassembler mes souvenirs pour les besoins du livre, je plonge dans les photos de famille. J'ai bien quelques albums, mais l'essentiel des clichés de mon enfance tient dans un disque dur externe que m'a remis mon père, sur lequel sont archivées des centaines de diapositives numérisées. Plus jeune, mon père ne se déplaçait jamais sans son appareil photo reflex. C'est lui qui immortalisait les mariages auxquels nous étions invités, les week-ends en Angleterre, les vacances sur la Côte d'Azur ou en Espagne. Il en tirait des diapos – moins chères et plus faciles à conserver selon lui que les tirages couleur sur papier – qu'il rangeait dans de grandes boîtes en plastique sombre.

Deux à trois fois par an, mes parents, ma sœur et moi regardions ces photos sur grand écran, au cours d'un cérémonial enchanteur. Tout au long de la semaine précédant ce rituel, la perspective d'une projection nous réjouissait autant qu'une fête. Le soir venu, après le dîner, mon père installait le matériel auquel ni Véro ni moi n'avions le droit de toucher. Il déroulait l'écran de toile – qui menaçait toujours de se refermer d'un grand coup sec –, branchait le projecteur et extrayait de ses boîtes d'archives de quoi remplir un chariot de diapos. Cela prenait un certain temps, durant lequel notre excitation atteignait son paroxysme. Nous trépignions sur le canapé du salon pendant que ma mère buvait son café. Lorsqu'enfin mon père était prêt, nous éteignions la lumière et la magie pouvait commencer, le ventilateur du projecteur en fond sonore. Enfin presque : la première image était toujours à l'envers. Nous voir la tête en bas nous faisait pouffer de rire. Mon père s'agaçait : « Et voilà, elles sont encore mal rangées. » Il fallait rallumer la pièce, attendre de nouveau, le temps qu'il inspecte les images et les remette à l'endroit.

Selon son inspiration du moment, il choisissait les plus récentes ou revenait sur des périodes plus anciennes. Dès que Véro et moi n'étions plus sur les photos, notre intérêt faiblissait. Les temps préhistoriques d'avant notre naissance nous barbaient. Notre propre image, elle, nous fascinait. Nous voulions nous voir, encore et encore. La répétition tissait le mythe familial. Nous demandions à nos parents de nous remontrer les photos de nous « toutes petites », de nous raconter la même histoire du couffin tombé par terre – « J'ai cru que tu étais morte, en fait tu dormais » –, de nous ramener chez Ralph à Maidstone, dans notre maison de famille de la Côte-Saint-André, aux Issambres l'année où un feu de forêt avait décimé la colline. Le temps était une spirale. Dans son rai de lumière agité de poussière, le projecteur nous emportait. Nous quittions le présent pour naviguer dans les replis d'un passé que l'écran nous autorisait à toucher du doigt.

Nous faisions pour la première fois l'expérience de la nostalgie.

Le processus était collectif. Nous plongions tous les quatre dans les images. Ma mère apportait des détails sur les tenues que nous portions, se souvenait d'une phrase alors prononcée par Véro. Mon père rappelait ce qui s'était passé juste avant la scène saisie. Ces éléments venaient se fondre dans le magma de nos mémoires d'enfants, nimbant ces moments d'une aura surnaturelle.

Une fois à la retraite, mes parents ont scanné toutes ces diapos. Aujourd'hui je les vois sur mon écran d'ordinateur, numérotées et rangées par année. Elles ne comportent aucune légende. Mon père se ferait un plaisir de m'en rappeler le contexte si je le lui demandais, mais je préfère les faire défiler seule devant moi. J'y passe des heures, allant, venant, sans trop savoir ce que je cherche, attentive seulement aux émotions qu'elles déclenchent en moi. « La mélancolie, c'est le désir d'on ne sait quoi », dit Saint-Exupéry.

Je me regarde à deux, quatre ou huit ans, et je suis submergée de tendresse pour la petite fille que j'étais. Mon père avait le chic pour saisir mon charme enfantin, ma coquetterie, mon air rêveur. Que pouvait-il se passer dans sa tête à lui ? Me regardait-il comme je regarde Gustave aujourd'hui, éblouie que je suis par sa sagacité et ses traits délicats ? Il fait beaucoup moins de photos aujourd'hui. Quand c'est le cas, il n'attrape plus la même chose, il ne me paraît plus en osmose avec son sujet comme il l'était plus jeune, sûrement par manque d'entraînement. Ses photos d'alors me rapprochent de lui. Je me retrouve dans sa sensibilité. Lui hier et moi aujourd'hui cherchons la même chose : retenir la beauté qui nous entoure.

C'est encore plus flagrant quand je regarde les photos qu'il a prises de ma mère avant ma naissance. Les scans commencent en 1969. Les années 1970 constituent sa meilleure période, avec pour point culminant leur voyage de noces aux Antilles en 1975. J'ai déjà dû voir puis oublier ces images. Ces jours-ci, au hasard de ma quête, j'y redécouvre ma mère rayonnante en bikini ou en t-shirt et jean pattes d'éph, mince, bronzée, radieuse. Joueuse aussi : le regard de mon père est amoureux, elle a conscience de son pouvoir de séduction. Ses sourires, ses gestes, ses postures, tout en elle exprime la grâce, la détente et la joie.

La regarder déclenche de troublants jeux de miroirs. Je cherche ma maman d'aujourd'hui dans celle d'hier. Plus de quarante-cinq ans les séparent. Son corps a vieilli, sa silhouette s'est alourdie, sa désinvolture s'est muée en réserve – après ses jeunes années, elle s'est mise à se détester en photo – mais la gaieté est toujours là au fond de ses yeux. Je me cherche aussi en elle. Par-delà nos morphologies et nos chevelures différentes, la ressemblance physique est saisissante. Elle sous-entend une permanence : de génération en génération, quelque chose d'impalpable se transmet. Je rêverais d'avoir accès aux portraits de toutes les générations de femmes qui nous ont précédées. Peut-être y retrouverais-je les mêmes yeux, le même sourire, les mêmes pommettes ? Cette continuité me rassure : j'ai devant moi la preuve tangible que j'appartiens à une lignée de femmes, que je m'inscris dans quelque chose de plus grand que moi, que je sais d'où je viens. Ne pas avoir de fille, savoir que je ne poursuivrai pas cette lignée de femmes ne me gêne pas.

La nature fait son œuvre. Elle m'a donné un fils. Est-ce qu'il me ressemble ? Quand j'observe les photos que je fais de lui, je cherche dans ses traits la fillette que j'étais au même âge. Toujours cette idée de permanence. J'aime que l'on ait le même regard, mais je me réjouis qu'il ait au menton la fossette de son papa. J'aime voir en lui la fusion de notre amour. On hésite au sujet de son nez : plutôt Tungate ou Dormoy ? Il est encore trop tôt pour le savoir. En attendant, je documente sa jeunesse. Je prends des photos de lui, que je fais imprimer, que je date et que je classe dans des albums. Je perpétue le travail de mémoire commencé avant moi. Mon fils est fasciné par les petits livres-photos de ses premières années. Il y revient souvent, les regarde avec le même air béat que celui que je devais avoir face à l'écran de projection de mon père.

D'autres photos de mes parents m'émeuvent. Avant de nous avoir, ils passaient beaucoup de temps avec Cyrille et Jean-Luc, les meilleurs copains de mon père, deux jeunes bourgeois chics et brillants. Sur de nombreuses images, on les voit avec leurs compagnes, Dominique et Françoise, aussi jolies que des chanteuses des yéyés. Qu'ils prennent l'apéro dans un appartement parisien, qu'ils boivent ensemble des bières sur la côte anglaise ou qu'ils prennent l'air dans un jardin normand, ils me font toujours l'effet de sortir d'un film d'Éric Rohmer. En polo Lacoste rouge ou en veste de velours bordeaux, un verre à la main, ils semblent avoir passé leur jeunesse à discuter entre amis.

Enfant, j'aimais les écouter parler. Leur éloquence me captivait. Parce qu'ils étaient beaucoup plus riches que nous, avec des postes importants – ingénieur pour l'un, banquier pour l'autre –, ils me paraissaient évoluer dans un monde autrement plus sophistiqué que le nôtre. Cyrille était mon parrain. J'adorais venir passer quelques jours chez lui et sa femme Dominique, qui portait des bas Dior, mettait des barrettes à ses yorkshires et reprenait sa fille quand elle ne marquait pas les liaisons. Leur aisance grand genre, leur appartement haussmannien gigantesque, leur humour me transportaient dans une autre dimension. En 1995, mon parrain est mort brutalement d'un cancer. Le revoir sur ces photos, élégant et souriant dans l'insouciance de ses trente ans, me rappelle à quel point je l'appréciais.

« Vous jouissez par l'œil », me disait souvent mon psy. Ma nature contemplative s'est épanouie dans ces moments heureux de projections en famille. Ces séances ont aussi forgé mon goût pour certains vêtements. Si mon amour des smocks, des manches ballons, du Liberty et des robes à bretelles rayées est né en revêtant les créations de ma mère, me voir les porter sur les photos de mon père a contribué à rendre cet attachement viscéral.

Malheureusement, la période de mon adolescence est moins documentée que les précédentes. En 1992, lorsque j'avais quatorze ans, mon père s'est décidé à passer aux tirages papier. Les clichés sont quelque part dans des cartons, inaccessibles au fond d'une cave. Mes propres images sont de piètre qualité. Je suis rarement seule, souvent à contre-jour, je grimace ou j'ai le flash dans les yeux. À l'inverse de mon enfance, mon adolescence reste floue. La jeune fille que j'étais continue de se dérober.

Les garçons-fantasmes

Décembre 1990

Je considère mon année de quatrième comme la plus morne de mon existence. J'étais une élève consciencieuse, aux résultats honorables sans être brillants, mais aucun prof ne parvenait à éveiller mon enthousiasme. Je ne comprenais pas toujours de quoi on me parlait. Les enseignants constituaient une autorité que je regardais avec plus de méfiance que d'admiration. Il faut dire que la plupart cultivaient leur étrangeté. Le prof de musique déformait systématiquement nos noms de famille lorsqu'il faisait l'appel. La prof d'anglais nous insultait avec un accent russe. La prof de physique débitait sa leçon en scrutant le mur du fond. Le prof d'Histoire-géo, gros fumeur, avait une haleine si épouvantable que nous désertions les premiers rangs à chaque cours. On racontait que le prof d'EPS avait déjà été surpris avec des élèves dans le vestiaire des filles. Seule la prof d'arts plastiques, sensible à mon goût pour le dessin et les couleurs, me témoignait un intérêt particulier, mais je craignais tant que l'on ne m'accuse de vouloir être la chouchoute que je répondais du bout des lèvres à ses sollicitations. Les autres, je ne m'en souviens pas. J'aimais le français sans passion. Mon rapport aux maths s'était compliqué. À la vue de certains énoncés de géométrie, mon raisonnement se figeait, ma vue se troublait, je perdais tous mes moyens. Le soir, mon père essayait de m'expliquer les choses mais ses méthodes m'embrouillaient, je terminais mes devoirs en pleurs.

Heureusement, il y avait les copines. Moins exclusive que par le passé, j'en avais plusieurs, avec qui j'entretenais des rapports joyeux et détendus. À leurs côtés, j'étais prise d'immenses fous rires qui effaçaient la tension des contrôles et des bulletins de notes. Les garçons de ma classe continuaient de m'ignorer, à l'exception de quelques-uns, avec qui je rentrais de l'école. Délivrés des cours et du regard du groupe, nous courions ensemble sur la passerelle de la gare de Pontoise pour attraper le bus qui nous emmènerait à Cergy-Préfecture et nous écroulions à bout de souffle sur la banquette arrière. Nous échangions ragots et critiques des profs. L'absence de séduction rendait nos bavardages fluides et sincères.

À côté de ces garçons de mon âge, pour donner un sens à mes journées, je pensais au « grand Adrien ». Une amie s'était prise de passion pour un élève de terminale, qu'elle pourchassait à chaque pause déjeuner. Je choisis Adrien par mimétisme, avant de me prendre au jeu. Il était en première, tout le monde le connaissait car il mesurait près de deux mètres, ce qui faisait de lui le plus grand élève de l'école. Les autres filles s'accordaient à dire qu'il était mignon. Il avait des yeux bleu lagon cerclés de lunettes métalliques, portait des pulls pastel et des Levi's blancs. J'étais sensible à son regard espiègle, son allure bon chic bon genre, sa silhouette de géant planant au-dessus des bassesses de la cour de récré.

Nous ne nous adressâmes jamais un mot. Je l'espionnais avec une telle constance et mes copines pouffaient si bruyamment lorsque nous lui tournions autour qu'il finit sûrement par nous remarquer, mais j'avais trop honte de nos enfantillages pour me risquer à la moindre parole. Je me faisais l'effet d'une mouche à chasser. Je ne m'attendais pas à ce qu'il me parle. Je n'aurais pas su quoi lui dire. Je l'idolâtrais comme on vénère une statue. S'attend-on à ce qu'une statue vous réponde ? L'image que je me faisais de nous deux me suffisait : un jour, on se parlerait, il tomberait amoureux de moi et m'embrasserait. Pourquoi ? Comment ? Je n'en avais aucune idée.

Le week-end, je continuais de voir Katia. La quantité de devoirs à faire me rendait moins disponible, mais nous trouvions quand même encore le temps de glander dans sa chambre, allongées sur le parquet à écouter les 45-tours de *Mon mec à moi* de Patricia Kaas et *Hélène* de Roch Voisine. Quand le temps le permettait, nous enfourchions nos vélos et pédalions jusqu'aux bords de l'Oise ou à la fête foraine. Là-bas, nous nous enivrions de bruit et de secousses, collées ensemble dans une auto-tamponneuse. Katia riait fort, repérait des garçons dans les autres voitures, conduisait avec dextérité tout en les laissant nous rentrer dedans quand ça l'arrangeait. Étourdie par la musique, les lumières et ses embardées, je ne captais rien de leurs jeux. Je lui abandonnais le volant de bonne grâce. Quand j'émis des velléités de conduire à mon tour, elle me laissa faire quelques tours puis reprit le contrôle des opérations. De nous deux, elle continuait d'être la meneuse.

À la maison, mon humeur était en dents de scie. Le soir à table, il m'arrivait de raconter ma journée avec entrain, avant de fondre en larmes sans raison. Quand ma sœur demandait ce que j'avais et que je ne répondais rien, mon père déclarait : « C'est l'âge bête », avec un air désemparé, puis continuait à manger ses pommes de terre à la margarine.

La guerre du Golfe affectait son activité commerciale. En dépit de tous ses efforts, une longue période de difficultés financières s'amorçait. Ma mère était très prise par son travail d'assistante de direction. Elle rapportait désormais l'essentiel des revenus du ménage. Consciente de la pression que cela représentait, j'essayais d'alléger son quotidien en l'aidant à la cuisine et au ménage. Ma sœur m'insupportait.

C'est dans ce climat de morosité que *Pump Up The Volume* fit irruption dans ma vie. À sa sortie en décembre 1990, le film d'Allan Moyle me sidéra. Assise dans le petit cinéma indépendant Utopia, le seul de la ville nouvelle à projeter des films en version originale, je me sentis transportée dans une autre réalité, un monde dans lequel le héros, comme moi, se cognait aux parois de l'incommunicabilité de son mal-être. « Je ne peux pas te parler », confesse Mark, le héros joué par Christian Slater, à Nora, la jeune fille qui s'intéresse à lui. Prisonnier de sa timidité, il a besoin de passer par la construction d'un personnage fort en gueule et par l'anonymat d'un synthétiseur de voix pour oser confier ses états d'âme au micro de sa radio pirate. Ses camarades de lycée en redemandent. Moi aussi j'étais murée dans mon anxiété et mes inhibitions, moi aussi j'avais des choses à dire et un chaos intérieur à partager. Il me faudrait simplement attendre quinze ans de plus, la naissance des blogs, pour trouver le moyen de les exprimer à mon tour.

En attendant, Christian Slater devint mon obsession. J'oubliai Adrien et commençai à fantasmer, tout aussi platoniquement, sur l'air désabusé, le visage mutin et la tignasse sculptée au gel de l'acteur américain. Je retournai voir le film des dizaines de fois, prenant le RER seule jusqu'à Paris quand il cessa de passer en salle près de chez nous. S'il s'agissait de projections permanentes, je restais à la séance suivante. J'avais la hantise qu'il disparaisse des écrans : on n'avait pas de magnétoscope VHS à la maison, je ne pourrais alors plus compter que sur une hypothétique diffusion télévisée, des années plus tard. Je me consolais avec la bande originale, dont j'écoutais si souvent la cassette audio sur mon baladeur que je craignais qu'elle ne finisse par céder. L'année suivante je retrouvai Christian Slater dans *Heathers*, comédie noire avec Winona Ryder, puis le découvris à la télé en jeune moine dans une rediffusion du *Nom de la Rose*. Chacune de ses apparitions me plongeait dans une mélancolie profonde. En terminale, quand la prof de philo nous expliquerait le principe de catharsis, je repenserai à ces moments : à l'écran, Christian Slater incarnait mon manque d'assurance, ma solitude, mes doutes quant à mon avenir. Il donnait un visage cool à mes tourments. Je n'étais plus la seule à être perdue.

Je m'identifiai à la fois à lui et à Nora, le personnage féminin de *Pump Up The Volume*, aussi audacieuse et extravertie que lui était coincé. Je scrutai son look et sa chambre, troquai mon sac à dos Chevignon pour un modèle sans marque en toile noire, m'achetai le même rouge à lèvres écarlate – sans oser le porter hors de la salle de bains – et la même guirlande lumineuse pour tamiser l'éclairage près de mon lit.

Christian Slater devint une entité familière à laquelle je me référais plusieurs fois par jour. Lui aurais-je plu dans cette jupe ? Aurait-il écouté cette musique ? Qu'aurait-il répondu à ma place quand je me faisais réprimander par Napoléon, notre surveillante aux cheveux bruns si crêpés qu'ils formaient un bicorne ? En dehors de ce que j'avais pu lire dans quelques articles du magazine *Première*, auquel mon père était abonné, je ne savais rien de lui. Ça m'arrangeait : j'imaginais ce que je voulais.

Chaque matin, un garçon d'une quinzaine d'années montait dans le bus au même arrêt que moi. Je lui découvris une vague ressemblance avec mon idole. Même coiffure soignée, mêmes lunettes métalliques, même démarche voûtée, même surchemise. Il s'asseyait parfois à côté de moi, ce qui me consumait de l'intérieur tout en me transformant en statue de sel. Mes histoires d'amour, je préférais les vivre seule.

Londres à quinze ans

Avril 1991

J'étais en troisième quand mes parents acceptèrent que je parte en week-end à Londres seule avec Katia. Même si cela m'étonne encore aujourd'hui, je suis certaine que nous avions quinze ans car plus tard mon père se vanta souvent d'avoir laissé sa fille partir si jeune à l'aventure. Je ne me souviens plus des circonstances du départ, ni surtout des arguments qui avaient pu convaincre les parents de Katia de la laisser partir. Ce devait être au moment de leur divorce.

Katia et moi avions toujours eu du mal à comprendre leur conception de l'éducation. Un jour ils se montraient stricts avec elle au point de lui interdire de sortir afin qu'elle se concentre sur ses devoirs, le lendemain ils disparaissaient, happés par leur travail, laissant Katia et Frédéric livrés à eux-mêmes. Leur séparation n'arrangea rien. Katia dînait parfois à la maison sans savoir où ils étaient. Avec son père, un Italien taciturne à qui le reste de la famille reprochait la radinerie, le dialogue était rompu depuis longtemps. Je ne le voyais jamais. Avec sa mère, excessive et imprévisible, l'entente n'était pas simple. Elle était devenue mère très jeune. À trente-cinq ans, elle avait envie de tout envoyer promener. Elle aimait sa fille mais ne savait pas trop quoi en faire. « J'ai laissé un message sur le répondeur », nous disait Katia en raccrochant le combiné téléphonique de la maison, avant de dîner avec nous. J'étais à l'époque si peu familière de la technologie que je pensais que le répondeur était un homme qui prenait en note les messages en cas d'absence des correspondants. Je trouvais cela très chic et me demandais pourquoi nous n'en avions pas. Quelle surprise quand Katia finit par me montrer et me faire écouter la machine dans le bureau de son père !

Dans ces circonstances, l'indifférence de ses parents à l'égard de notre week-end outre-Manche était plausible. Liliane et Félix, avec leur générosité habituelle, avaient dû lui offrir de quoi payer le transport, le logement et les repas. Personne ne nous trouvait trop jeunes. Mon père avait lui-même exploré l'Angleterre dans sa jeunesse. Elle était pour lui synonyme de civilité et de prise d'indépendance. Nous étions sérieuses et débrouillardes, on nous faisait confiance.

En 1991, l'Eurostar n'existait pas. Nous prîmes un car jusqu'à Calais, puis un hovercraft – sorte de cabine d'avion montée sur coussin d'air qui franchissait la Manche dans un vrombissement formidable (le tunnel a eu sa peau, la liaison a été abandonnée en 2000), puis un autre car de Douvres à Londres. La traversée en mer était rapide mais n'avait pas le charme des trajets en ferry que j'avais l'habitude de faire avec mes parents. Je chérissais ces moments, ritualisés à l'extrême.

Il fallait faire la queue au port, garer la voiture dans la cale chargée d'effluves d'essence. Nous grimpions ensuite les escaliers métalliques jusqu'au pont, pour voir le bateau s'éloigner de la côte sous les cris des mouettes, avant de nous précipiter au self-service. Nous dégustions alors, tous les quatre bien calés à une table près de la fenêtre donnant sur la mer, l'assiette d'œufs au plat, de saucisses et de *baked beans* à laquelle nous rêvions depuis des jours.

De l'Angleterre, je connaissais surtout le comté du Kent, dans le sud-est. Ralph, l'ancien correspondant de classe de mon père, devenu l'un de ses meilleurs amis, habitait à Maidstone, dans la banlieue éloignée de Londres, avec sa femme et leur fille, Jenny – qui m'avait montré le dessin d'une relation sexuelle entre un homme et une femme. Nous leur rendions visite plusieurs fois par an. Plutôt que de se frotter à la foule de la capitale, mes parents préféraient rester près de chez Ralph, à discuter en buvant des pintes de Guinness dans des pubs enfumés. Pendant ce temps, quelle que soit la météo, Véro, Jenny et moi jouions à la balançoire dans le jardin de l'établissement. Au Royaume-Uni, la plupart de ces endroits n'acceptent pas les enfants, officiellement pour des questions de licence. Je crois surtout que les Britanniques tiennent à sanctuariser un lieu où ils seront sûrs de ne pas avoir à se coltiner les cris des *kids*. Ces après-midis m'ont donné le goût des chips au vinaigre et de la campagne anglaise, mais ne m'ont pas appris grand-chose de Londres.

Lorsque nous débarquâmes à la gare routière de Victoria, nous n'avions guère de repères. De l'étranger, Katia ne connaissait que l'Italie. De mon côté, je me souvenais seulement de la sidération de Ralph le jour où, alors que je passais une semaine chez eux et qu'il m'avait fait visiter le West End, je lui avais dit que je ne connaissais pas Piccadilly Circus. Pour lui, c'était aussi inimaginable que de n'avoir jamais entendu parler de la tour Eiffel.

Notre ignorance ne nous gêna pas. Nous savions prendre le métro parisien, celui de Londres n'était pas plus difficile à comprendre, seulement plus vieux, plus dense et moins bien entretenu. Nous ne saisissions pas grand-chose de la langue, mais nous étions ensemble et vivions chaque instant comme une aventure fabuleuse. Les bus rouges à impériale dont la plateforme arrière restait ouverte à tous les vents, les publicités pour les comédies musicales, les myriades d'écureuils dans les parcs, les files de taxis noirs, la politesse des passants, tout me paraissait exotique, différent, plus excitant que chez nous.

J'avais choisi une auberge de jeunesse dans le *Guide du Routard*, à Lancaster Gate. Comme dans beaucoup de bâtiments du quartier, les vastes chambres de ce qui avait dû être une demeure huppée servaient désormais de dortoirs douteux à des marées de jeunes venus des quatre coins du monde. Dans ma grande période rock indé depuis que j'avais vu *Pump Up The Volume*, je ne me déplaçais pas sans mon walkman ni un sac rempli de cassettes audio. Je revois la montagne de plastique sur mon lit, piètrement dissimulée par mon sac de couchage au cas où l'on aurait voulu me voler ce que je possédais de plus précieux.

J'adorais cette auberge, symbole de notre indépendance toute fraîche. Le bâtiment avait beau être décati – quand je repassai devant quelques années plus tard, les portes étaient closes et des planches de bois avaient été clouées aux larges fenêtres à guillotine –, je lui trouvais un charme suranné. Je n'avais pas encore vu les films de James Ivory ni lu Virginia Woolf, mais les colonnes de stuc blanc à l'entrée, les chambres à haut plafond chargé de moulures et le dédale d'escaliers moquettés me laissaient entrevoir un luxe d'un autre siècle. J'étais dans *Princesse Sarah*, le dessin animé japonais devant lequel j'avais, quelques années plus tôt, chaque soir pris mon goûter avec dévotion. On y suivait les mésaventures d'une petite fille de bonne famille dans un pensionnat londonien, dont la vie se trouvait bouleversée par le décès brutal de son père. Son déclassement, son dénuement, les mauvais traitements infligés par la directrice – la terrible Mlle Mangin – et la vaillance avec laquelle elle supportait l'adversité me fascinaient. Les décors n'étaient qu'esquissés, mais cet aperçu de la vie à Londres sous l'ère victorienne m'avait frappée.

Dans la salle commune de l'auberge de jeunesse, au sous-sol, on entrait en revanche de plain-pied dans les années 1990. Le matin, un *breakfast* sommaire composé de toasts et de riz soufflé nous y était servi. Le reste du temps, à n'importe quelle heure du jour ou de la nuit, on était sûr d'y trouver quelques personnes assises sur des chaises dépareillées, sirotant un 7 Up. Sur les murs recouverts de lambris étaient placardées des affiches de groupes de rock. L'une d'elles, immense et en noir et blanc, me fit forte impression : on y voyait le portrait de quatre hommes debout, plantés bras croisés devant l'objectif, le corps nu uniquement habillé d'une chaussette de sport tire-bouchonnée sur leur sexe. Au-dessus d'eux, le nom de Red Hot Chili Peppers ne me disait rien. D'où pouvaient bien sortir ces hurluberlus ? Au petit-déjeuner, Katia, outrée par la photo, lui tournait le dos pour boire son café au lait.

Pendant trois jours, nous passâmes notre temps à faire les magasins, déjeunant de sandwichs triangles Marks & Spencer avalés dans Hyde Park, dînant chez Deep Pan Pizza Co, une chaîne de restaurants bon marché où les épaisses parts de pizza étaient servies à volonté. Nous jetâmes peut-être un œil à la National Gallery par acquit de conscience, mais les étals spectaculaires du Food Hall du grand magasin Harrod's nous marquèrent davantage. Je ne commencerais à arpenter les musées de la ville que bien plus tard, lorsque j'habiterais à Londres après mes études. À quinze ans, je ne connaissais rien aux préraphaélites. La seule chose qui m'intéressait, c'était la mode.

Comme beaucoup de Françaises, nous étions fascinées par le style des Londoniennes. Complexées par nos formes, que nous cherchions à couvrir par tous les moyens, nous étions éberluées par l'audace des Anglaises qui ne semblaient même pas avoir conscience de leurs bourrelets entretenus par la bière, le sucre et les fast-foods. À cette aisance corporelle s'ajoutait une volonté d'exprimer par leur mise une individualité que nous commencions à peine à explorer. Les punks côtoyaient les fans de rockabilly, des filles en Doc et longues robes fleuries croisaient des garçons aux yeux ourlés de khôl et cela ne choquait personne. Le premier jour, j'aperçus une jeune fille noire déambuler en culotte blanche sur Regent Street, dans l'indifférence générale.

Topshop, sur Oxford Circus, nous apparut comme le fournisseur principal de ce foisonnement stylistique. J'y connus mon premier orgasme vestimentaire. Alors qu'en France, nous devions encore nous contenter de Camaïeu et de Pimkie, nous eûmes soudain accès à ce qui s'approchait le plus de ce qui deviendrait, quelques années plus tard, la fast fashion. Des étages entiers de vêtements coupés pour correspondre aux dernières tendances des magazines s'offraient à nous. Tout me paraissait plus désirable que ce que l'on pouvait trouver dans les enseignes parisiennes : les formes étaient plus recherchées, les coloris plus vifs, les imprimés plus fous, les associations plus osées. Nous trouvions ça cher, mais nous arrivions avec nos économies, nous étions là pour ça, nous avions de quoi nous faire plaisir.

J'y achetai une chemise en tartan et une robe de viscose imprimée de roses rouges, trésor bientôt complété d'un gilet noir en crochet déniché sur un stand de Kensington Market, vaste bazar hippie à l'atmosphère chargée d'encens. Katia hésita : elle avait envie de Dr Martens, mais craignait d'attirer l'attention des fachos dans le RER. Au début des années 1990, en banlieue parisienne, ces godillots lacés étaient encore l'apanage des skinheads. Prudente, elle rangea les billets dans sa poche et se donna le reste du week-end pour se décider.

Samedi soir, j'enfilai ma nouvelle tenue et nous sortîmes dans un pub près de l'auberge. Nous avions vu qu'il s'y jouait de la musique live, mais à l'intérieur la clientèle majoritairement masculine nous intimida. Nous préférâmes boire nos Coca dehors, assises à une table à côté d'une bande de jeunes filles bruyantes, en talons hauts et minirobes de soirée.

Deux Anglais nous abordèrent, plus âgés que nous, pas bien vieux non plus. Ils nous demandèrent d'où nous venions, si Londres nous plaisait. Ils nous expliquèrent qu'ils travaillaient dans un hôtel, mais notre niveau d'anglais était trop faible pour comprendre ce qu'ils y faisaient. Nous leur faisions pourtant répéter chaque phrase plusieurs fois. Ils s'exécutaient, avec patience et courtoisie.

Encore aujourd'hui, je me demande ce qui, chez eux, nous inspira confiance. Toujours est-il qu'ils réussirent à nous convaincre de prendre un taxi en leur compagnie pour nous rendre dans un bar de Notting Hill. Plus tard dans la soirée, ils nous demandèrent notre âge. Nous n'étions pas du genre à mentir. À l'annonce de nos quinze ans, ils échangèrent un regard surpris puis nous raccompagnèrent gentiment à l'hôtel.

Dimanche, toujours aiguillées par le *Guide du Routard*, nous poursuivîmes notre shopping dans le nord de la ville, au marché aux puces de Camden Town. Quel éblouissement face à la profusion de vêtements vintage ! Plonger les mains dans les portants chargés de blouses victoriennes et de vestes en velours, parcourir les étals remplis de chaussures à plateforme *seventies* me faisait l'effet de remonter le temps. Mais je n'avais encore jamais acheté de vêtement de seconde main, la poussière et la foule me rebutaient.

Face aux innombrables rangées de Dr Martens, Katia se décida enfin et plongea la main dans la poche de son jean. Elle était vide. Les derniers billets qu'elle pensait avoir rangés là la veille avaient dû tomber au cours de nos pérégrinations.

Remonter dans le bus

Décembre 2021

J'avais préparé à Gustave ses pâtes-broco. Il aime moyennement ça mais il sait que le jeudi soir, il ne peut pas y couper, c'est sa seule ration de légumes de la semaine. Mark était en voyage. « Raconte-moi encore comment tu prenais le bus quand tu habitais à Chavières », s'est-il enquis entre deux bouchées de coquillettes. J'ai levé les yeux au ciel. La veille déjà, il avait passé le dîner à me presser de questions : est-ce que je me souvenais de la marque des bus d'alors ? Quand je le loupais, combien de temps devais-je patienter avant l'arrivée du suivant ? Comment s'appelait mon arrêt ? Des passagers posaient-ils des problèmes ?

Mon fils de dix ans est obsédé par les transports publics. Sa passion a toujours été là. Bébé, il prenait un tel plaisir à regarder des vidéos de trains à vapeur que Mark et moi acceptions de rester de longues minutes devant YouTube avec lui, bravant les mises en garde des psys contre les dangers des écrans pour les tout-petits.

Puis il est passé aux métros. Quand il a commencé à savoir écrire, il ne s'est plus contenté de les regarder en vidéo : il s'est mis à dessiner les plans des lignes. Avec un tel élan et une telle frénésie que les feuilles A4 sont rapidement devenues trop petites, nous avons dû passer aux rouleaux de papier Ikea. D'abord rudimentaires, ses tracés se sont faits de plus en plus détaillés. Un jour, on s'est rendu compte qu'il connaissait par cœur toutes les stations de la ligne 13, puis toutes les stations du réseau RATP. Je n'avais plus besoin de consulter Google Maps pour aller quelque part, je n'avais qu'à demander à Gustave mon itinéraire, il m'indiquait sans faillir quels changements faire. Mais dans son imaginaire d'enfant, rien n'était linéaire. Entre Saint-Lazare et Clichy, il inventait cinq arrêts aux noms délicats, à l'orthographe fantaisiste.

En juillet dernier, le grand départ est arrivé, interrompant momentanément l'écriture de ce livre : nous sommes partis vivre à Montélimar. Nous craignions que les trajets en métro ne lui manquent, mais il nous a rassurés : « Ici, il y a le Montélibus ! » Le cahier des grilles horaires du réseau de la ville est devenu son livre de chevet. Nous n'avions pas emménagé qu'il savait déjà se repérer dans les différents quartiers de l'agglomération. Il mourait d'envie de se rendre à sa nouvelle école, moins pour se faire des copains que pour prendre le bus tout seul jusqu'à l'établissement privé que nous lui avions choisi. Il était encore un peu jeune pour commencer à voyager seul, mais c'était son souhait et le laisser se débrouiller me laissait plus de temps pour travailler. Finalement, les rares fois où il loupe son bus le matin, j'ai droit à la soupe à la grimace tout au long du trajet en voiture : « Tu ne comprends pas, le trajet en bus est le seul moment de la journée où je suis vraiment bien. »

C'est lors d'un de ces trajets pour l'école que j'ai commencé à lui raconter mes souvenirs. Ses allers-retours me renvoyaient aux miens. J'étais de nouveau en sixième, prête à quitter la maison en voiture, maudissant la Fiat Ritmo de ma mère qui refusait de démarrer en hiver, même avec le *starter*, un bouton dont j'aurais eu du mal à expliquer le fonctionnement mais que je scrutais, la bouche pleine d'incantations. Au bout de quelques semaines et plusieurs retards, j'avais décidé de me rendre à l'école par mes propres moyens, même si cela signifiait me lever plus tôt, prendre deux bus puis marcher un quart d'heure dans le froid. Le bus, c'était l'indépendance, la liberté, un sas entre le cadre familial et celui de l'école. Je comprenais mon fils, même si au début j'avais craint que des grands ne l'embêtent au terminus du centre-ville. On entend tellement d'histoires de racket. Il y en avait déjà à la sortie de Notre-Dame. Mais les élèves de Chabanne, le collège public voisin, devaient viser des enfants plus vulnérables ou mieux vêtus : personne ne m'avait jamais ennuyée, ni même adressé la parole.

Gustave veut connaître chaque détail de mes parcours en bus de l'époque, même ceux que je juge insignifiants. Pour lui, tous ont un sens. Avec le temps et les informations qu'il a glanées en ligne, son degré d'expertise est devenu impressionnant. Il sait identifier tant de modèles de véhicules que je ne serais pas étonnée qu'il connaisse ceux que j'empruntais ado. Je m'en fichais tellement que je ne peux évidemment pas le renseigner.

S'il veut que je lui raconte mes trajets, ça n'est pas que pour que je lui parle de bus. Mes histoires l'embarquent émotionnellement.

« Je commençais par prendre le 448, un bus double, à 7 h 20 le matin.

— Oh, la même heure que moi !

— Il m'emmenait à Cergy-Préfecture. À la sortie, je courais toujours, de peur de manquer le 445 qui m'emmènerait à la gare de Pontoise.

— Pareil avec mes bus ! Mais certains chauffeurs sont cruels : ils nous voient et partent quand même. Et après ? Continue. »

Je lui répète la même histoire que la veille, mais au détour d'une phrase, une précision inédite émerge – une route inondée l'hiver, une amie qui faisait le chemin avec moi, Véro qui prenait le bus suivant –, amorçant une nouvelle salve de questions.

Après une interruption de plus de six mois, ces discussions m'aident à replonger dans mon manuscrit. En juin dernier, j'ai pris mon courage à deux mains et appelé mon éditrice, pour la prévenir que je faisais une pause dans l'écriture du livre. Un mois plus tôt, Mark et moi avions enfin trouvé notre maison – avec un bureau pour lui et un autre pour moi ! Les procédures de prêt, d'achat immobilier et de déménagement nous prenaient un temps fou. J'avais également de nouveaux projets professionnels à développer pour assurer mes revenus dans les mois à venir.

Mon éditrice n'a pas paru surprise par ma demande. Plutôt que de repousser une hypothétique date de rendu, elle a eu l'intelligence de me proposer que l'on convienne d'une date de « reprise d'écriture ». « Comme ça, tu te libères l'esprit le temps nécessaire », a-t-elle suggéré. Je me suis demandé combien d'auteurs elle avait dû accompagner pour en arriver à si bien les comprendre. Je lui ai dit que je m'y remettrais à l'automne, quand les travaux de la maison seraient finis et que nous habiterions notre nouvelle maison.

Entérinée, cette décision de poser le stylo m'a libérée d'un énorme poids. Je n'avais plus à culpabiliser de ne pas avancer. J'avais beaucoup de travail mais je me sentais en vacances. Je n'avais pas terminé mon livre mais je n'y avais pas renoncé non plus : quelqu'un l'attendait. Pendant plusieurs mois, je me suis offert le luxe de ne plus y penser.

À un moment, cet été, j'ai même cru que je n'avais plus rien à dire sur le sujet. J'avais convoqué la jeune fille coquette et complexée que j'étais, passé beaucoup de temps avec elle, suffisamment pour changer mon regard, la considérer avec plus de mansuétude. Je pouvais ranger tout cela, voilà, c'était bon, on était réconciliées, le livre était clos.

C'est mon fils qui m'y ramène. Mon fils qui se tient sur le seuil de sa propre adolescence. Mon fils qui chausse du 38, que je ne peux plus porter, qui sent la transpiration quand il revient de l'école mais qui continue de commander des peluches à Noël, d'avoir besoin de son papa pour s'endormir le soir et de sa maman pour lui nouer ses lacets. Je pensais avoir fini ce livre bien avant qu'il n'entre dans la période que je décris. Il semblerait que j'aie plutôt besoin de lui pour y parvenir.

La répétition du schéma scolaire est troublante. Il prend le bus comme je le prenais, mais il se rend également dans un établissement qui ressemble à Notre-Dame – catho sans être radical, sélectif sans être strict. Pourtant, au départ, on était partis pour laisser Gustave à l'école publique, et puis on a flanché. On s'est dit que le déménagement constituait un gros changement, que notre enfant était très sensible à son environnement, qu'un établissement privé le protégerait davantage. Mark a longtemps été harcelé à l'école. Il en garde une suspicion tenace, tant à l'égard des élèves durs à cuire que des profs, souvent peu regardants. Pour lui, la classe représente une menace. Une école privée le rassure. Celle-ci a bonne réputation. Gustave rêvait d'aller à l'école avec ses cousins, mais nous habitons des quartiers trop éloignés pour que les enfants soient scolarisés dans les mêmes établissements. Ça a facilité les choses.

À Saint-Aubin, les admissions se font sur dossier. Gustave a d'abord été mis sur liste d'attente, puis, au début de l'été, on nous a annoncé qu'une place s'était libérée, que le directeur était prêt à nous recevoir. Je nous revois, mon fils et moi, dans son bureau, avec en surimpression l'image de mes parents trente-cinq ans plus tôt, à mes côtés dans le bureau de sœur Nicole, la directrice de Notre-Dame, quelques mois avant mon entrée en sixième. Gustave n'entrait pas encore au collège et n'avait pas eu comme moi à se soumettre à un examen d'entrée, mais dans les deux cas nous devions passer par ce rendez-vous aux apparences informelles qui pourtant scellait tout. Quelques phrases échangées, a priori anodines, permettaient de s'assurer que le courant passait, que l'enfant comme les parents correspondaient à un ensemble de critères non avoués. « Tu t'exprimes très bien », a remarqué le directeur en polo Lacoste rose fuchsia. Mon fils, vêtu ce jour-là par un hasard miraculeux d'un bermuda neuf, a joué à la perfection l'enfant parfait, bavard et enjoué. À onze ans, j'étais plus timide dans mon rôle d'élève modèle.

Je suis sortie de cet entretien le cœur à la fois soulagé et chargé de nostalgie. Voilà, mon fils marchait dans mes pas, je lui donnais accès au type d'école qui m'avait convenu et qui, je l'espérais, lui conviendrait aussi.

Jusqu'à présent, la suite m'a donné raison : dès les premiers jours, son enthousiasme faisait plaisir à voir. Les élèves sont gentils, la cantine meilleure que celle de Clichy, la maîtresse pas trop sévère.

En revanche, je n'avais pas prévu que cela s'accompagnerait des mêmes marqueurs sociaux que ceux que j'avais connus à Notre-Dame. « Léa m'a dit que ses parents avaient deux Tesla », a déclaré Gustave le soir de la rentrée. Je savais qu'il disait vrai : le matin même, au volant de ma Yaris, moi aussi j'en avais vu, au milieu des Mini Country et des Volvo 4x4. En un flash, les embouteillages du samedi matin devant les grilles de Notre-Dame me sont revenus en mémoire. Samantha claquant la porte de la BMW de son père, Virginie se faufilant jusqu'au Renault Espace familial – le nec plus ultra à la fin des années 1980. Seuls les constructeurs avaient changé.

« Et puis il faudrait que tu m'achètes d'autres baskets. »

J'ai frissonné. Si nous ne pouvions changer de voiture, allions-nous déjà passer aux fringues griffées, dans le seul but de faciliter son intégration ? J'avais bien remarqué, le matin lors de l'appel dans la cour, qu'il était le seul à porter des baskets Décathlon (une couleur différente à chaque pied), mais jamais jusque-là les vêtements ne l'avaient intéressé.

« Quel genre de baskets ?

— Les plus chères ! »

Le premier moment de surprise passé, j'ai trouvé le moyen de me réjouir. Il voulait des baskets de prix ? Nous allions lui en trouver. Ado, l'argent m'avait manqué pour frimer. Aujourd'hui, j'en avais assez pour prendre ma revanche et crâner à travers lui. Il n'avait qu'à m'indiquer le modèle, je trouverai un magasin où les lui faire essayer.

Mais les jours suivants, Gustave n'a plus parlé des baskets. Au bout d'une semaine, quand je lui ai demandé s'il avait choisi son modèle, celui que tout le monde avait, il a balayé le sujet d'un revers de main. Finalement, ses Décathlon lui convenaient très bien. J'ai regardé ses pieds : sa seule concession au groupe était que désormais il ne portait plus des baskets de couleurs différentes. L'épreuve de la rentrée était passée, son intérêt pour les vêtements était retombé, il ne s'agissait que d'une fausse alerte. Je ne savais plus si j'étais fière ou déçue que mon fils ne soit pas aussi snob que moi.

Son obsession des transports, elle, ne fléchit pas.

« Vous avez déjà reçu une contravention ? »

La question fuse à table, il y a quelques jours. Je réponds sans réfléchir.

« Jamais en voiture mais dans le RER, plein de fois. »

Il me fixe de ses yeux noisette, choqué. Au bout de sa fourchette, son gnocchi reste en suspens.

« Mais Maman, c'est du vol ! »

Selon les jours, mon fils rêve de devenir chauffeur de bus ou conducteur de métro. Cette conversation nous projette dans une drôle de faille spatio-temporelle : en grugeant à l'époque, je lui piquais son futur salaire. C'en est trop pour lui. Mais il m'en faudrait plus pour culpabiliser.

« C'était il y a longtemps. Il n'y avait pas encore de Carte Imagine'R à l'époque. Un ticket Cergy-Paris coûtait beaucoup trop cher pour une môme de quinze ans. Si je voulais aller au cinéma sur les Champs-Élysées, je devais frauder. »

Il n'en croit pas ses oreilles, réfute mes arguments dans un soupir exaspéré. Je suis lancée, j'en rajoute avec délectation :

« Je savais très bien passer au-dessus des tourniquets, j'avais de l'entraînement et ils n'avaient pas encore ajouté les portes. Tout le monde faisait ça, c'est Grand-Père qui m'avait appris ! »

Ses yeux s'agrandissent encore.

« Même Jacques Chirac avait été photographié en train de sauter. »

Il prend soudain un air blasé :

« Ça, je sais, je l'ai vu dans un documentaire.

— C'était une autre époque, Macron ne le ferait pas aujourd'hui.

— Macron n'irait même pas dans le métro. »

Je le regarde, interloquée par la justesse de sa remarque. Ce livre, je dois aussi le terminer pour lui. Pour qu'il sache qui j'étais, bien avant de devenir sa maman. Ma motivation est également égoïste : je suis curieuse de savoir ce qu'il pensera de cette jeune fille-là. J'ai envie de me redécouvrir dans ses yeux.

Yesterday à Mykonos

Juillet 1991

Les monos ont décidé que l'on fêterait l'anniversaire d'Hortense sur la plage. Nous avons commencé par aller dîner, comme chaque soir, d'une salade grecque à la terrasse d'une gargotte entourée de chats errants, puis nous nous sommes installés sur le sable. Nous logeons dans les rues environnantes, disséminés dans des chambres chez l'habitant aux murs nus et aux sanitaires rudimentaires. Mykonos est déjà très touristique, mais l'on peut encore s'y loger facilement à bas prix. Quelques mois plus tôt, quand Katia et moi avons vu passer l'annonce de cette colo dans le fascicule de la mairie – un camp de vacances itinérant dans les Cyclades, ouvert aux quinze-dix-sept ans –, nous avons été les premières à nous y inscrire. Nous sommes déjà parties dans les mêmes conditions l'été précédent et gardons des souvenirs inoubliables d'Athènes, de Paros et de Naxos. Cette fois encore, depuis quinze jours, l'enchaînement des visites de villages blanc et bleu, d'après-midis de farniente et de sauts de puce en bateau nous ravit.

J'ai encore faim. Les repas de tomates, de féta et de pastèque me paraissent frugaux et monotones. Mais devant nous le paysage de carte postale me rend joyeuse. L'eau claire clapote, à côté de nous des joueurs de volley profitent des derniers rayons pour terminer leur match, le soleil déclinant rend enfin la chaleur supportable. Quelques filles de la colo ont pensé à apporter leur drap de bain. Katia et moi nous asseyons sur mon paréo. Un garçon a acheté un énorme paquet de chips, je me jette dessus.

Assis sur des blocs de bois, Victor et Maxime surplombent le groupe. Lorsque je les ai vus arriver le premier jour, je n'en ai pas cru mes yeux : ils avaient l'air tellement bourge avec leurs lunettes Ray-Ban et leurs chaussures bateau Timberland que j'ai d'abord pensé qu'ils allaient se faire démolir par les autres. L'été précédent, la colo comptait de tels cas sociaux que nous étions passées pour des nanties. Cette année, pour parer à toute critique, nos sacs à dos ne comportent que le strict minimum : des vêtements sans marques aux couleurs neutres, ni walkman ni bijoux, rien qui puisse attirer l'œil. Mais à la grande loterie des vacances municipales, le sort a cette fois décidé de nous mélanger à des ados du Vésinet, ville cossue de l'Ouest parisien. Fini les petits durs qui jurent à longueur de journée et rembobinent leurs cassettes de NTM à l'aide d'un crayon pour économiser les piles de leur baladeur. Dans notre groupe, les gens sont plutôt blancs, polis, soignés. Claire, une jeune fille blonde à l'allure androgyne, aux cheveux coupés court avec une houppette de Tintin, transporte un radio-cassette qui diffuse toute la journée des cassettes de Bob Marley. Cette bande-son reggae a dès le premier jour donné le ton des vacances.

Nous ne sommes qu'une quinzaine, encadrés de deux monitrices. Avec la plupart, le courant passe bien. Pour visiter certaines îles, il a fallu louer des scooters et nous répartir à deux par véhicule. Peu habituées à conduire de tels engins, Katia et moi nous laissons conduire par Fred et Kevin, deux garçons de Chavières avec qui nous sommes vite devenues complices. Facétieux mais prudents sur la route, ils sont si gentils que je me demande pourquoi ni Katia ni moi n'avons cherché à « sortir » avec eux au cours de ce mois passé ensemble. « J'aime quand tu poses tes bras autour de ma taille », lance Fred à chaque fois que je m'assieds derrière lui pour repartir sur les petites routes en lacet. Il le dit sur le ton de la plaisanterie, mais lui comme moi savons ce qu'il en est : un seul regard de ma part suffirait à faire basculer notre histoire dans la romance. J'aime son odeur et sa délicatesse, mais ne ressens pas pour lui d'attirance physique. Et puis Katia a désigné Fred et Kevin comme « nos potes ». Je crains trop son jugement pour changer le rôle qu'elle leur a attribué. Si elle n'envisage pas Fred comme mon amoureux, c'est qu'il ne doit pas l'être.

De toute façon, je n'ai d'yeux que pour Maxime, dont la décontraction étudiée me rappelle celle du grand Adrien à Notre-Dame. Les épaules larges, la silhouette haute, les cheveux frisés coupés court, les jambes fuselées sous ses bermudas cargos, il forme avec Victor, coupe au bol et carrure fluette, un duo inséparable qui s'est dès les premiers jours imposé comme le référent du groupe. Le soir, sur la plage, quand les circonstances s'y prêtent, « Max » pose sa guitare sèche sur son genou et gratte quelques accords de chansons des Beatles. Aussitôt son auditoire se met à en fredonner les refrains. Katia et moi en sommes incapables. Je regrette de n'avoir jamais eu la curiosité d'écouter les albums rouge et bleu du groupe, pourtant bien visibles parmi les vinyles de mon père.

Ce soir-là, entre deux couplets de *Yesterday* chantés par son ami, Victor prend des photos, son reflex Canon au poing. Mon père a le même genre d'appareil, équipé de plusieurs d'objectifs plus ou moins lourds qu'il range dans une grande sacoche. Il a longtemps fait ses propres tirages noir et blanc et m'a initiée très tôt à la photographie, d'abord avec un petit Instamatic, puis avec un Konica Pop compact, dont il faut, comme pour la plupart des appareils de l'époque, rembobiner les pellicules à la main une fois finies. Le Canon de mon père m'a toujours paru fragile et compliqué, un outil réservé aux adultes et aux occasions spéciales. Voir Victor porter le sien en bandoulière du matin au soir avec désinvolture me fait reconsidérer l'objet. J'ai envie d'en posséder un moi aussi. Floues, ternes ou mal cadrées, mes photos me déçoivent toujours. Avec un reflex, elles seraient forcément plus vives, plus précises, plus vraies, me dis-je en observant Victor mitrailler Hortense. Lasse d'être assise, elle s'est mise debout et s'amuse à tendre une jambe à côté d'elle, en maintenant son pied dans sa main avec une facilité déconcertante, son corps formant un Y parfait.

Depuis trois jours, Victor et elle sont officiellement « ensemble ». Nous sommes tous sous le charme de cette jeune fille de bonne famille au regard espiègle et à la silhouette de ballerine. Je trouve ses manières gracieuses, sa bonne humeur constante, ses vêtements de bon goût. Alors que je ne sais plus quoi faire de mes Palladium vert amande qui dégagent une odeur pestilentielle à force d'avoir été portées tous les jours, elle randonne pieds nus dans ses baskets Nike sans se poser de questions. Hortense est un être à part qui ne transpire pas, même sous le chaud soleil de Grèce. Chacune de ses affaires me fait envie, jusqu'au mini-pot de crème Oil of Olaz dont elle enduit chaque soir son visage semé de taches de rousseur. Katia aussi est subjuguée, tant par sa minceur athlétique que par son charme enjoué. Nous nous sommes trouvé un nouveau modèle et observons avec intérêt le couple qu'elle forme avec Victor. Ce soir-là, tout entre eux paraît fluide et évident. Leurs gestes s'accordent sans qu'ils aient besoin de se parler. Ils connaissent par cœur les paroles de *Yesterday* et les chantent en se souriant béatement. Leur amour, loin de les isoler, réchauffe le groupe. Nous sommes heureux de fêter ensemble les dix-sept ans d'une personne aussi solaire, bercés par la musique et le murmure des vagues. À table, nous lui avons offert un collier trouvé sur un marché, orné d'un œil bleu en pendentif. Elle nous a remerciés avec effusion et s'est empressée de le porter.

À côté d'eux, Maxime ne dégage pas la même lumière. Une conversation entendue le soir précédent continue de me hanter. Nous sommes sur l'île voisine de Timos. Les monos nous ont autorisés à dormir à la belle étoile sur la plage. Après nous être installés, une partie du groupe est partie s'acheter des glaces. Fatiguée, j'ai préféré rester au campement et m'allonger sur mon sac de couchage à côté des autres pour regarder les étoiles. Je somnole déjà quand une conversation sur les seins nus me fait rouvrir les yeux. Katia et moi sommes bien trop prudes pour nous baigner topless devant les garçons de la bande, mais l'après-midi-même, plusieurs filles entraînées par

Hortense ont abandonné leur haut de maillot ou roulé leur une-pièce à la taille afin de bronzer sans marques. Maxime n'en a pas perdu une miette, mais ce spectacle ne lui a pas suffi. « Allez Barbara, lance-t-il à sa voisine couchée à côté de lui. Montre-nous tes nénés, je suis sûr que ce sont les plus beaux. » Il fait mine de lui relever son tee-shirt. Barbara le rembarre. Les cheveux blonds noués en palmier, le regard cerclé de lunettes dorées, la voix posée, elle dégage une autorité naturelle et une assurance joviale qui me rassurent. À dix-sept ans et demi, elle est l'ado la plus âgée et la plus mûre du groupe. Avant cette conversation, je n'ai même pas remarqué qu'elle a de gros seins. Maxime n'insiste pas, mais il n'en a pas fini avec ce qui semble l'obséder. « Bon, puisque tu ne veux pas nous montrer les tiens, je déclare les seins d'Hortense les plus jolis de la colo », affirme-t-il avec suffisance. Le rire clair d'Hortense fuse dans la nuit noire, masquant à grand-peine le malaise qui monte parmi nous. « Pas comme ceux tout pointus de Stéphanie, berk, quelle horreur ! » ajoute-t-il, fielleux. Au même moment, on entend les autres membres du groupe rentrer et Stéphanie s'esclaffer en butant contre des sacs. Elle n'a rien entendu, mais la remarque de Maxime sur ses seins en poire, lancée sur le ton du dégoût et de la méchanceté, me choque autant que si elle m'était adressée. Le plus attirant garçon de la colo est un goujat.

Loin de me détourner de lui, ce constat provoque en moi des courants d'émotions contraires. Je trouve mes petits seins très beaux, je voudrais qu'il les voie, qu'il les note, je l'autoriserais même à les toucher s'il le voulait. En même temps, la violence de son regard me pétrifie : si je suis fière de ma poitrine, je crains son jugement sur le reste de mon apparence, sur ce que je pourrais faire ou dire qui ne correspondrait pas à ses exigences. Vingt-quatre heures plus tard, je n'ose même pas prononcer le mot « Yesterday » pour accompagner les autres tant j'ai peur qu'il trouve que je chante faux.

À la fin de la chanson, il est minuit passé. Les monos nous prient de regagner nos chambres et d'aller nous coucher. Comme tirés d'un rêve, nous nous levons à regret et tardons à nous séparer. Émue, Hortense se met à serrer chacun d'entre nous dans ses bras, ce qui déclenche un mouvement d'embrassades générales, du moins jusqu'à ce que je m'approche de Maxime. Alors qu'il vient d'étreindre Katia, je pense que mon tour est venu et lui ouvre déjà grand mes bras quand il s'arrête net. « Ah non, toi, je ne t'embrasse pas », annonce-t-il, d'une voix si forte que tout le groupe l'entend. Je recule, interdite. « Je ne t'embrasse pas car je ne te connais pas. Depuis le début de la colo, on ne t'entend jamais parler, on ne sait jamais ce que tu penses. Il te reste quinze jours pour nous dire qui tu es. » Mon menton se met à trembler, ma gorge devient sèche, mes joues brûlantes. Je prie pour qu'il ne s'en aperçoive pas. Par chance, la lumière est faible. Au loin on entend *Pump Up The Jam* de Technotronic résonner dans une boîte de nuit. Personne ne prend la parole pour contester sa sentence.

Mon incompréhension est totale : comment Maxime ne peut-il pas voir qu'il me plaît ? Mon intérêt pour lui ne saute-t-il pas aux yeux ? Je suis convaincue que l'amour se passe de mots, qu'il se lit sur les visages, qu'il n'a pas besoin d'être dit pour être ressenti. Je crois en la magie de la télépathie. Elle seule pourrait m'aider : je suis si peu habituée à exprimer ce qui me traverse – on ne parle même pas d'« émotions » à l'époque – que je serais bien incapable de traduire en phrases mon tumulte intérieur. Pourquoi l'amour semble si simple pour Hortense et si compliqué pour moi ? Vexée et embarrassée, murée dans ma solitude, je passe les quinze derniers jours de la colo à éviter Maxime.

Les vacances en Espagne

Août 1991

« Les enfants, nous sommes à Montélimar. Devinez quelle est la spécialité de la ville ! »

Il est onze heures du matin, j'ai faim, j'ai soif, j'ai chaud. À l'arrière de la Fiat Ritmo, je fournis un effort constant pour que ma cuisse gauche ne touche pas celle de Katia, installée au milieu de la voiture entre Véro et moi. Sur les genoux de mon amie, dans un panier en osier fermé, notre chat Sunset, un persan croisé angora, émet un miaulement plaintif à intervalles réguliers. La serviette de toilette calée en haut de la vitre de la portière pour nous protéger du soleil me bloque la vue. Il n'y a pas de climatisation, j'étouffe dans mon tee-shirt Kookaï et voilà que mon père joue aux devinettes. Nous avons quitté Paris la veille aux aurores, roulé toute la journée, dormi à la Côte-Saint-André. J'ai hâte que l'on atteigne Barcelone, où l'on fera étape chez Ramón et Pepita, les cousins de ma mère, mais l'Espagne est encore loin.

J'écarte la serviette de la fenêtre. La voiture roule au pas dans une allée pavée bordée de platanes. Je cherche un indice sur les murs de la ville délavés par le soleil mais rien ne vient, mon estomac est trop vide pour que je puisse me concentrer. Je n'ai jamais entendu parler de Montélimar, je ne vois pas de quoi mon père nous parle. Véro et Katia sont tout aussi apathiques.

« Mais enfin, c'est la ville du nougat ! »

L'agacement perce dans la voix de mon père au volant. À côté de lui, ma mère aussi paraît déçue par notre mutisme :

« Ça se voit quand même. Regardez, c'est écrit partout. »

Son bras balaye l'allée où, trente-cinq ans plus tard, Mark et moi venons déjeuner chaque vendredi. Effectivement, soudain, je vois les panneaux. « L'artisan nougatier », « Nougat à l'ancienne », « Nougat Le Gavial »… Les enseignes surgissent en lettres peintes sur les façades, les vitrines se multiplient.

« On peut en acheter ? »

Ma sœur aussi a faim, les tartines à la confiture de cerise du petit-déjeuner dégustées dans l'office à Champvert sont digérées depuis longtemps.

« Non, on n'a pas le temps et il n'y a pas d'endroit où se garer. Vous avez vu ce qu'il y avait à voir. »

Le ton de mon père est sans appel. Visiter les villes en voiture sans s'y arrêter est l'une de ses spécialités. Il aime conduire et faire du tourisme, moins s'arrêter à tout bout de champ, surtout pour dépenser de l'argent. Il voulait nous montrer Montélimar pour nourrir notre culture. Voilà, c'est fait, on déjeunera sur l'autoroute.

Nous partons en vacances en Espagne. Pour ma sœur et moi, c'est le meilleur moment de l'année. Quand nous étions petites, nos grands-parents paternels louaient chaque été une grande villa aux Issambres. Nous nous y retrouvions avec la sœur de mon père, son mari et leurs trois enfants, nos cousins, avec qui nous adorions jouer sur la plage et dans les pinèdes. Mais un jour, alors que je devais avoir six ans, ma mère a émis le souhait de partir plutôt en Espagne, son pays d'origine où elle a encore de la famille et où elle avait elle-même l'habitude, enfant, de passer l'été. Elle avait le souvenir des grandes plages de Tarragone, se disait que l'on y serait mieux que sur celles de la Côte d'Azur, où elle estimait que l'on était trop entassés.

Trouver le bon endroit où passer nos vacances en Espagne a pris du temps. Ma mère a commencé par nous y emmener seule, ma sœur et moi, un été où mon père devait continuer à travailler à Paris. Elle avait vu dans un journal l'annonce d'un petit appartement à louer à Salou, en Catalogne, et y était partie quinze jours, Véro et moi à l'arrière de sa Simca 1300 évidemment dépourvue de ceintures de sécurité. Je garde quelques souvenirs de ces deux semaines hors de France : ma mère nous menaçant durant le voyage de nous laisser sur l'autoroute tant nous étions insupportables – ça marchait, je me taisais car je croyais vraiment qu'elle nous abandonnerait –, l'ascenseur de la résidence qui avait la fâcheuse habitude de se coincer entre deux étages, le balcon depuis lequel ma sœur et moi ne trouvions rien de plus drôle que de faire glisser nos bouées à travers les barreaux de la rambarde, ce qui obligeait ma mère à descendre les cinq étages pour aller les récupérer au rez-de-chaussée, dans le jardin du voisin.

L'été suivant, on s'amusa moins. Mes parents avaient loué une maison à Peníscola, à côté de Valence. Nous habitions alors au Luxembourg et avions traversé la France pour passer nos vacances dans un lotissement près d'une plage de galets. Les coupures d'eau y étaient quotidiennes. L'Espagne sortait du franquisme, le tourisme de masse n'avait pas encore atteint les proportions qu'on lui connaît aujourd'hui, l'argent et les infrastructures manquaient. On n'y allait pas uniquement parce que c'était le pays de ma mère, c'était aussi beaucoup moins cher que le sud de la France, ce qui impliquait quelques concessions au confort, dans un pays chaud régulièrement touché par la sécheresse. Je revois ma mère, prévoyante, remplir la baignoire d'eau avant notre départ pour la plage, puis constater à notre retour en fin de journée que le bouchon n'avait pas tenu : la baignoire était vide, nous allions devoir passer la nuit couverts de sel – il n'y avait pas encore de douches publiques sur les plages. Une contrainte que la petite fille délicate que j'étais avait du mal à supporter.

Nous avions ensuite suivi ma tante Juliette à Torredembarra, petite ville de la Costa Dorada située à quatre-vingts kilomètres au sud de Barcelone. Je n'ai plus en tête ce qui l'avait ramenée en Espagne, elle qui jusque-là ne jurait que par ses étés à Calvi, mais à force de l'entendre nous vanter l'hôtel où elle passait désormais ses vacances les pieds dans l'eau, chouchoutée par une direction aux petits soins, mes parents s'étaient laissé tenter. Ils l'avaient aussitôt regretté : les chambres étaient sans charme et les patrons beaucoup moins sympathiques avec nous qu'avec elle. Ça ne m'empêche pas de garder un souvenir merveilleux des après-midis passés à faire des châteaux de sable sur la plage en écoutant ma tante bavarder avec les résidents, les employés de l'hôtel, les habitants du coin. Personne ne résistait au charme de Juliette, à ses grands yeux bleus, à ses accumulations de bijoux en or, à sa joie de vivre et à ses pourboires généreux.

Enfin, en 1985, mes parents ont découvert les locations Interhome et les choses sérieuses ont pu commencer. Dans le catalogue de la société suisse, parmi des centaines de vignettes de villas présentées sur des photos guère plus grandes que des timbres-poste, ils en ont choisi une dans les hauteurs de Calpe, une station balnéaire réputée pour ses plages et son énorme rocher dominant la ville, *el Peñón de Ifach*. La maison, chaque année différente, que nous louons quinze jours, est située à plusieurs kilomètres de la mer, mais à proximité d'une piscine d'une taille suffisante pour devenir le centre névralgique de nos séjours. Elle est privée, mais accessible aux vacanciers alentour pour peu qu'ils s'acquittent de l'achat d'une boisson au bar attenant. Parmi les maisons du quartier, quelques-unes seulement sont alors dotées d'une piscine individuelle, un luxe auquel ma mère, ma sœur et moi aspirons. Mon père, lui, ne veut pas en entendre parler. La piscine, il s'en fiche et une maison ainsi équipée est au-dessus de nos moyens.

Cet été-là, je n'ai toutefois pas trop insisté au sujet de la piscine car ma mère et lui ont accepté que Katia soit du voyage. À quinze ans, elle et moi sommes inséparables. Nous venons de passer un mois ensemble en Grèce, la colo nous a encore rapprochées. Nous sommes dans des écoles différentes, j'ai d'autres amies au collège, mais elle représente un refuge dont j'ai besoin pour supporter, en cette fin de troisième, des rapports de plus en plus conflictuels avec les garçons. Les ricanements sont permanents, les insultes fréquentes. On se fait traiter de cageots à la récré. L'écart se creuse entre les crâneuses qui sortent avec eux – pomponnées, maniérées, séduisantes – et nous autres, engluées dans l'enfance. Katia, avec son année de plus, est plus avancée que moi, elle se maquille et a des petits copains, mais au fond elle ne tient pas à grandir. Le sexe la dégoûte, elle déteste son corps et continue de jouer aux Barbies en cachette. Puisque je passe beaucoup de temps chez ses grands-parents à Meursan, il a été facile de convaincre mes parents de l'inviter à notre tour. Ils ont estimé qu'une enfant de plus ou de moins dans la voiture et à la villa ne changerait pas grand-chose. Ils ont d'autant plus raison que Katia ne mange presque rien.

Je meurs d'envie de lui montrer tout ce qui, en Espagne, nous fait vibrer, ma sœur et moi. Dès la frontière, au péage de La Junquera, l'air plus chaud et plus sec me paraît plus agréable à respirer. Le paysage plus aride est à la fois exotique et familier. J'inspire l'Espagne par tous les pores de ma peau, la chaleur m'enveloppe, le soleil me détend. Je viens de là, je retourne à mes origines, rien de mal ne peut m'arriver sur cette terre synonyme de farniente et de retrouvailles familiales.

Les vacances commencent vraiment à Barcelone, où Ramón, le cousin de ma mère, sa femme Pepita et leur fils Marc nous hébergent pour la nuit. Nous débarquons en fin de journée dans leur petit appartement de Besós Mar, un quartier calme et excentré proche de la mer. La table est chargée de victuailles ; tout le monde de ce côté de la famille a « un bon coup de fourchette », comme ma mère aime le rappeler. Pepita boite – enfant, une mauvaise chute a entraîné une série d'opérations mal réalisées –, mais elle n'admet personne dans son étroite cuisine. Comme chez Juliette, nous n'avons rien d'autre à faire que glisser nos pieds sous la lourde table en acajou verni et faire honneur à ce qu'elle nous a préparé. Son repas s'avère simple et sans surprise – quelques entrées *para picar* et une paella –, ce qui nous ravit : plutôt difficiles à table, ma sœur et moi aimons tout. Pepita a disposé des olives vertes et des tranches de jambon Serrano dans de petites assiettes. Son pain frotté à la tomate, salé et imbibé d'huile d'olive, embaume dans toute la pièce. Surtout, il y a sa tortilla : ce plat typique, que l'on retrouve sur toutes les tables, dans tous les restaurants du pays, n'est a priori rien d'autre qu'une épaisse omelette aux oignons garnie de pommes de terre, mais la sienne a une texture fondante inimitable. La tortilla de Pepita, c'est le goût de la famille, de l'Espagne et des vacances en une bouchée. Je tente de transmettre à Katia ce concentré d'émotions, mais après en avoir mâché un morceau du bout des lèvres, elle se rabat sur les rondelles de concombre, que je n'ai même pas remarquées tant je déteste ça.

Plus tard au dessert, pendant que Ramón se remémore ses jeunes années à Paris – il a longtemps vécu chez les parents de ma mère au Blanc-Mesnil, en garde une bonne maîtrise du français et une nostalgie indélébile –, je laisse fondre dans ma bouche les cubes de pastèque et de melon jaune. Pepita me presse de me resservir. Je pourrais difficilement être plus heureuse.

Je commence quand même à me demander si la venue de Katia est une bonne idée. Bien que polie, elle affiche en toutes circonstances un air circonspect qui me met mal à l'aise. Tout ce que je lui montre, qui fait pour moi le sel de notre voyage – la nourriture, *Musclor* en catalan, le filet de vin rouge que Ramón verse dans sa bouche sans toucher le bec du *porró*[1] – tout cela la laisse froide. Je voudrais qu'elle s'extasie, mais rien ni personne ne semble l'impressionner. Alors que j'ai adhéré de bon cœur à l'art de vivre à la campagne de ses grands-parents, Katia se révèle peu sensible à la magie de nos retrouvailles ritualisées à l'extrême, dont la valeur ne peut à l'évidence s'apprécier que dans la répétition.

Nous avons l'une comme l'autre commencé à apprendre l'espagnol en quatrième. En fin de troisième, nous sommes toujours incapables de tenir une conversation courante. Dans les collèges français des années 1990, bien que présenté comme une « LV2 », deuxième langue vivante après l'anglais ou l'allemand, l'espagnol est enseigné comme une langue morte. Notre prof se sent d'ailleurs plus d'affinités avec son confrère de latin qu'avec celui d'anglais. Nos cours sont si peu tournés vers la vie pratique que je saurais plus facilement commenter *Guernica* de Picasso que demander mon chemin dans la rue.

Notre mère a bien essayé de nous y initier, ma sœur et moi. Née en France de deux parents espagnols, elle parle couramment la langue sans l'avoir jamais étudiée. Peu de temps après mon entrée à l'école primaire, alors que je devais avoir sept ans, elle a acheté la méthode Assimil et s'est mis en tête de nous en faire écouter

1. Porró : pichet traditionnel en verre fonctionnant comme un arrosoir au bec très fin. On verse le vin au-dessus de sa bouche, ce qui exige une certaine dextérité.

les cassettes. Pendant quelques semaines, Véro et moi avons ânonné les premières pages du guide, mais ne sommes pas allées plus loin que la première leçon. Ma mère s'est révélée peu pédagogue et notre intérêt, limité. De toute façon, chez les cousins, même elle par moments ne comprend plus rien : s'ils font l'effort de lui parler en castillan, entre eux ils ne discutent qu'en catalan.

Ne pas pouvoir suivre les conversations des adultes ne me gêne pas. Je me laisse bercer par les accents chantants, les éclats de voix et les « *¡ Ostía !*[1] » éructés par Ramón. Au bout d'un moment, son fils Marc nous emmène dans sa chambre et nous jouons à Pacman le reste de la soirée, un langage que lui, Véro, Katia et moi comprenons sans peine.

Une fois arrivés à Calpe et installés à la villa, nous trouvons rapidement nos marques. Dès notre départ de Barcelone, Katia est sortie de son mutisme et a renoué avec son entrain habituel. Les journées se mettent à s'écouler dans une torpeur bienheureuse. Nous nous réveillons tard, petit-déjeunons de tartines de Bimbo Blanco – un pain de mie local ultra-moelleux –, puis partons en voiture à l'une des plages alentour. Nous y restons jusqu'au début de l'après-midi, puis rentrons déjeuner. Mes parents tiennent ensuite à faire les comptes et la sieste. Vers quatre heures de l'après-midi, à bout de patience derrière les volets clos, nous prenons la direction de la piscine, les bras chargés de matelas gonflables et de sacs remplis de serviettes, de livres de poche et d'Ambre solaire.

1. *¡ Ostía !* : juron de colère, de mépris, d'indignation, de surprise.

Nous nous installons à l'une des tables disposées autour du bassin. Ma mère étend sa serviette sur une chaise longue et reprend la lecture de son pavé du moment – un roman de Maurice Denuzière ou *Le Choix de Sophie* –, mon père s'assied sous le parasol en feuilles de bananier et se plonge dans un *paperback* de Jeffrey Archer ou de Ken Follett. Nous nous précipitons à l'intérieur du café pour choisir une glace sur le panneau de présentation. Ces après-midis hors du temps ont la saveur d'esquimaux qui n'existent plus, en forme de doigt rouge – *Frigo dedo* – ou de pied rose – *Frigo pie*. Nous les dégustons au son de *Comme un ouragan* de Stéphanie de Monaco, de la *Lambada* de Kaoma ou d'autres tubes déjà datés mais dont personne ne semble se lasser, surtout pas nous.

Après le goûter, nous sautons dans l'eau pendant des heures, entourées de vacanciers allemands, belges, italiens. Quand je n'en peux plus de plonger pour aller chercher des objets au fond de la piscine, je m'étends à mon tour sur une chaise longue et reprends ma lecture d'*Autant en emporte le vent*, des grains de sable crissant entre les pages de mon Folio. Ma mère me l'a conseillé. Elle et moi connaissons le film par cœur, je me repasse régulièrement des bribes de la cassette VHS enregistrée lors d'une énième rediffusion en français. Comme des générations de jeunes filles avant moi, je suis subjuguée par Scarlett, la magnificence de ses robes à crinoline, l'impétuosité de son caractère, la beauté renversante de Vivien Leigh. Archétype de la séductrice mais aussi de la femme de tête, je la range pour longtemps parmi mes modèles à suivre. Ma vie de banlieusarde n'a pas grand-chose à voir avec celle des Sudistes, mais peu m'importe. Moi aussi je veux rougir mes joues en les pinçant devant le miroir, porter un corset, faire tourner la tête des garçons, rendre Rhett Butler fou d'amour et me battre contre l'adversité. La lecture du livre de Margaret Mitchell ne fait qu'approfondir ma fascination.

Contrairement à Scarlett qui ne sort pas sans son ombrelle, j'ai décidé que je ne crains pas le soleil. Katia bronze facilement en dépit de sa blondeur. Son hâle met en valeur ses yeux myosotis. Elle en tire une grande fierté. Pour elle, être blanche comme un cachet d'aspirine, c'est la honte absolue. Ma mère, bien que blonde elle aussi, adore le soleil et s'expose seins nus sans l'ombre d'une gêne. J'ai une peau de rousse mais, ainsi entourée, j'espère quand même pouvoir, à force d'efforts, arriver moi aussi à une peau dorée. Et quand je regarde les photos d'alors, je suis étonnée de constater que cet été 1991, je n'en suis pas loin.

Je procède avec méthode, échaudée par quelques gros coups de soleil attrapés plus jeune. J'ai passé le mois précédent, en Grèce avec Katia, couverte d'écran total. Ma peau diaphane a eu le temps de s'habituer aux rayons. Le résultat ne peut rivaliser avec celui de mon amie mais mes bras sont déjà plus foncés que mon ventre. En sortant de la douche, j'admire la démarcation chaque jour plus prononcée de mon maillot de bain sur mes fesses. Ces premières semaines d'exposition me permettent de profiter pleinement du soleil catalan, sans plus me sentir à la plage comme l'étrangère qui débarque de la ville. Je remise même l'écran total dans ma valise et me mets à m'enduire d'huile solaire. Ouf, je suis comme les autres, moi aussi je peux me prendre pour la bombe de la pub Pacific qui sort de l'eau en maillot jaune.

J'ai intérêt à en profiter : dès l'été suivant, de violentes migraines et des picotements au-dessus de mon décolleté marquent la fin de mon insouciance. Mon corps, lassé de ces expositions contre-nature, a trouvé les moyens de me signifier que c'est plus qu'il n'en peut supporter. C'en était fini des bains de soleil. Le parasol devient mon compagnon de plage, jusqu'à ce qu'une fois adulte, je le prenne en grippe et décide de ne même plus partir en vacances au bord de la mer.

Au milieu du séjour, mes parents proposent une journée à l'île de Tabarca. Avec les années, cette excursion est devenue l'une des traditions les plus ancrées de nos vacances en Espagne. Nous quittons la maison tôt pour prendre le bateau à Alicante. À une heure de là, l'île d'à peine deux kilomètres de long constitue un petit paradis touristique. Repaire de pirates berbères jusqu'au XVIIIe siècle, elle a ensuite été fortifiée. Les vestiges de cette époque lui donnent des allures de citadelle, mais l'intérieur du village est essentiellement constitué de charmantes maisons blanches aux volets bleus. Nous nous promenons dans les boutiques de souvenirs des allées chargées de bougainvilliers, nous baignons sur une plage au sable foncé puis choisissons une table à l'un des restaurants du port. Nous déjeunons d'une paella aux calamars, prenons des fruits givrés en dessert, une orange pour Véro, une noix de coco pour moi – à ce stade, Katia n'a évidemment plus faim.

Les années précédentes, cette excursion constitue un moment de félicité familiale, mais cette fois les hormones et mon caractère ombrageux en décident autrement. Alors que je suis habituée à vivre dans une forme d'opposition permanente avec Véro, Katia a, peu à peu et sans le vouloir, déséquilibré notre perpétuel rapport de force. Ses conversations avec ma sœur, la bonne humeur qu'elles dégagent ensemble me plongent ce jour-là dans une jalousie inédite. Je voudrais mon amie pour moi seule, comme à Paris. Il faut aussi la partager avec mes parents. Tout cela change l'atmosphère des vacances. Je l'ai invitée pour lui faire vivre une expérience, mais sa venue transforme cette expérience. Frustrée, honteuse de sentiments que je ne parviens pas à me formuler, j'essaie de refouler ma déception jusqu'à ce qu'à table, puis durant l'après-midi et tout au long des jours suivants, les larmes reprennent le dessus. Je me mets à pleurer à tout bout de champ, sans raison apparente. Au petit-déjeuner, en voiture, sous la douche. Ma mère appelle ça : « Les grandes eaux » et attend que ça passe. Mon père répète que c'est l'âge bête. Je me fâche – « Arrête avec ça ! » – exaspérée qu'il ait raison.

Entre deux crises, la gaieté revient, mais c'est alors au tour de Katia ou de ma sœur de prendre le relais de ma mauvaise humeur. Il est rare que l'une de nous trois ne fasse pas la tête. Une photo de mon père capte bien cette morosité ambiante. Katia, Véro et moi nous tenons debout en maillots de bain devant la Ritmo poussiéreuse. J'ai le chat dans les bras. Derrière nous on aperçoit la villa entourée de pins et de palmiers. Je scrute l'objectif, l'air peu aimable derrière une frange gonflée par le sel et le vent. Ma sœur fronce les sourcils, la mine butée. Seule Katia esquisse un sourire, mais son regard semble guetter le signal qui l'autorisera à faire autre chose que prétendre s'amuser.

La plupart du temps nous dînons à la maison pour des raisons économiques, mais de temps en temps les parents acceptent de nous emmener au restaurant. Après la douche, nous enfilons un short propre, mon père troque ses espadrilles pour des loafers, ma mère se maquille, se fait un brushing et nous partons en voiture jusqu'au centre-ville de Calpe. Là-bas, les Espagnoles m'impressionnent avec leurs voix fortes, leurs robes sexy et leur peau mate. Le long des plages, les rues du centre-ville comptent beaucoup de touristes étrangers, mais je n'ai d'yeux que pour elles et leurs enfants apprêtés, leurs filles surtout, mini-princesses aux oreilles percées dès trois ans, aux tenues débordant de volants et de broderies.

Nous dînons en terrasse. Véro commande un Fanta orange, Katia un *café helado*, moi un *granizado de limón*. Nous nous régalons de *patatas bravas*, de croquettes de fromage, de *boquerones* (anchois) au vinaigre. Katia semble ailleurs. Je devine qu'elle allume discrètement des garçons alentour, mais la présence de mes parents freine ses élans.

Peu avant la fin des vacances, mon père propose de nous emmener en boîte de nuit, Katia et moi. Il a beau surveiller ses dépenses et agacer l'adolescente ingrate que je suis, il me faut bien reconnaître qu'il ne ménage pas ses efforts pour nous faire plaisir. Il connaît le goût de Katia pour la danse et sait que j'ai toujours envie de sortir, de voir du monde, de boire des pots. Je n'ai pas l'âge requis – seize ans – mais je suis grande, ce qui me garantit de pouvoir entrer sans encombre. En voiture, sur le chemin de la plage, nous passons chaque jour devant le Magma Club, un grand bâtiment nu, dépourvu de fenêtre, aux murs granuleux et ocre uniquement ponctués d'une enseigne de néon rouge. Mon père s'est renseigné, l'établissement ouvre chaque soir à onze heures.

Je ne suis encore jamais « sortie en boîte ». Dans mon esprit, le concept frôle l'absurde. J'imagine une pièce fermée, comme une vraie boîte, dans laquelle plein de gens déchaînés dansent les uns contre les autres. J'ai du mal à comprendre l'intérêt de la chose. Elle me fait même un peu peur : un jour, alors que je suis chez les grands-parents de Katia, un documentaire passe à la télévision sur l'incendie du 5-7, une discothèque en Isère, dans lequel cent quarante-six personnes ont péri, un soir de 1970. Les murs ont fondu, les portes de secours sont restées bloquées, un enfer. Une boîte de nuit n'est pas forcément un endroit où l'on va mourir, mes parents s'y rendaient quand ils étaient jeunes, mais quand même, le lieu me paraît vaguement dangereux.

Le fait que je n'aime pas danser n'arrange rien. Mon père a eu beau essayer de m'apprendre le rock, mes pas ont toujours refusé de s'accorder aux siens. De toute façon, on ne danse plus le rock que dans les mariages, ailleurs on danse seul, je le vois bien dans les boums, sauf les slows, mais j'imagine mal des slows en boîte. Et puis personne ne m'invite aux slows, il n'y a pas de raison que cela soit différent ici, surtout avec mon père à côté.

En dépit de ces réserves, j'accueille sa proposition avec joie. Katia semble contente d'y aller, je me laisse entraîner, enfouissant si profondément mes craintes et ma gaucherie que je m'y rends convaincue que j'aimerais onduler sous les spots comme les gens font dans les films.

Il y a des spots, mais il n'y a personne. Nous arrivons à l'heure de l'ouverture, ce qui est beaucoup trop tôt dans un pays où l'on n'a pas l'habitude de passer à table avant dix heures du soir. Pour patienter, mon père nous offre à boire, commente les plantes en plastique de la déco. La musique est trop forte pour tenir une conversation.

Au son de *Tell Me Bonita*, Katia n'y tient plus, pose son verre et s'élance au milieu de la piste déserte. Elle adore Dana Dawson et connaît toutes ses chorégraphies par cœur à force d'avoir scruté ses clips sur M6. Mon père finit par la rejoindre. Ses gestes me paraissent d'autant plus saccadés que ceux de Katia sont déliés. Je reste figée, le sourire crispé, seule contre un mur, mon jus de pêche à la main. Je donnerais tout pour être au fond de mon lit avec Rhett et Scarlett.

L'argent dans les arbres

Août 1991

Au fil des ans, l'argent, dans la famille, est devenu un problème. L'entreprise que mon père a fondée quelques années plus tôt ne marche pas très bien. Avant cela, il avait été commercial dans une compagnie d'import-export de pièces détachées de voiture, mais cette société l'a licencié à l'aube de ses quarante ans. Redoutant une retraite anticipée à cinquante-cinq ans, il a préféré prendre les devants et créer sa propre structure. Ça a plutôt bien démarré. Il voyage beaucoup. Nous avons l'habitude de le voir partir régulièrement plusieurs semaines pour rendre visite à ses clients au Moyen-Orient, aux Antilles ou au Canada. Mais la vente de pièces automobiles ne suffit pas. Il a alors eu l'idée de proposer à un négociant martiniquais du Freixenet, un vin pétillant espagnol qu'il juge aussi bon et moins cher que du champagne. Ça plaît. Depuis, nous vivons au rythme des ventes de cette boisson catalane. Le container devient mon unité de mesure. Je n'en ai jamais vu en vrai, mais je sais que lorsque mon père en vend un rempli de cartons de vin mousseux, cela signifie plusieurs mois de tranquillité. Ça n'arrive pas souvent.

En 1990, la guerre du Golfe et la crise économique mondiale qui s'ensuit achèvent de plonger l'activité de mon père dans le marasme. Ma mère travaille dur pour subvenir aux besoins de la famille, mais son emploi d'assistante dans un laboratoire pharmaceutique suffit tout juste à nous faire vivre. Pour partir en vacances en Espagne, mon père peut compter sur le soutien financier de ses parents, mais l'argent emprunté ne permet guère de largesses. Longtemps plus tard, ma mère m'avouera qu'elle comptait chaque *peseta* quand elle faisait les courses au *supermercado* du coin.

Ces problèmes d'argent me mettent hors de moi. Ma mère m'épargne son embarras aux caisses mais la gêne de mes parents perce au quotidien. Je ne comprends pas comment mon père, issu d'un milieu privilégié et diplômé de l'École supérieure de commerce de Paris, l'une des meilleures écoles de commerce de France, peut s'être mis dans une situation professionnelle aussi hasardeuse. Les premières années qui ont suivi sa création d'entreprise, j'ai accepté les efforts à faire, mais les difficultés financières s'éternisent. Il a beau passer chaque jour de longues heures derrière son bureau installé dans la salle à manger, à la fin de l'année sa société ne dégage qu'un maigre bénéfice. Je trouve la situation absurde : si son travail actuel ne lui rapporte pas assez d'argent, pourquoi s'entête-t-il à le garder ? Pourquoi ne va-t-il pas travailler dans un magasin, si trouver un emploi dans des bureaux est trop difficile ? Pourquoi ne réussit-il pas aussi bien que les pères de mes camarades de classe, qui emmènent leurs enfants à New York l'été, à La Clusaz l'hiver ? Il ne s'agit là que d'une poignée d'élèves, mais c'est à ceux-là que je me compare.

Mon attitude n'est pas uniquement guidée par l'égoïsme. Je suis en quête de sens. Mon père exerce une pression non négligeable sur mes résultats scolaires. Avoir la moyenne ne suffit pas, il faut figurer parmi les meilleurs élèves, viser chaque trimestre les « félicitations » sur le bulletin de notes. Il a déjà commencé à me mettre dans la tête qu'en terminale, la question ne sera pas d'avoir mon bac – « On donne son bac à tout le monde de nos jours » – mais de décrocher une mention. Je réponds docilement à ces stimulations, j'ai intégré son esprit de compétition, mais je n'atteins que les « encouragements » et ne me considère pas comme une excellente élève. Au-delà de mes résultats scolaires, au fond de moi, un doute grandit, si problématique que je préfère l'occulter : à quoi bon ces efforts continus si c'est pour ne pas gagner correctement ma vie, une fois adulte ?

J'en veux aussi à mes parents de ne pas garder leurs problèmes d'argent pour eux. À la maison, le sujet, omniprésent, génère chez moi une anxiété diffuse sur laquelle j'aurais, là encore, du mal à poser des mots. Mon stress monte d'un cran quand ma mère ou moi parlons d'acheter quelque chose. « Acheter, acheter, vous n'avez que ce mot-là à la bouche, s'emporte mon père. L'argent ne pousse pas dans les arbres. » Ça, je l'ai bien compris. Il me semble même si rare que je ne vois pas bien comment les parents des autres en gagnent.

Je ne crains pas que l'on se retrouve à la rue – en cas de difficultés, nous pouvons compter sur mes grands-parents paternels –, je ne crains même pas de manquer de l'essentiel – nous mangeons à notre faim, fréquentons une école privée payante, sommes inscrites à des cours de sport, recevons suffisamment d'argent de poche pour nous vêtir – mais je culpabilise de leur coûter autant et d'avoir envie de plus. Je rêve de mener le train de vie de Jennifer Hart dans *L'Amour du risque*, de m'habiller avec les vêtements de créateurs vus dans le magazine *Depeche Mode*, de vivre à Paris dans l'appartement de Vic dans *La Boum*. À quinze ans, je me sens à l'étroit dans ma vie de banlieusarde. J'aspire à plus de beauté, plus de luxe, plus d'insouciance. Exister, pour moi, c'est consommer.

En écrivant ces lignes aujourd'hui, je réalise à quel point mon regard était injuste et dépourvu d'empathie. Mais j'entrais dans le dur de l'adolescence. Si, avec ma mère, la complicité perdurait – j'étais de son côté, je culpabilisais qu'elle fasse autant d'heures sup' pour nous faire vivre tous –, avec mon père j'avais adopté un rapport de confrontation systématique. Lui qui jusque-là m'avait impressionnée par son érudition, sa prudence et sa drôlerie, m'inspirait désormais une aversion épidermique. Je trouvais ses jugements arrogants, son honnêteté pesante, son humour pathétique. Ses efforts pour nous satisfaire étaient toujours insuffisants. Les parents de mes copines me paraissaient plus brillants, ses propres amis avaient mieux réussi, lui-même pensait qu'il aurait dû mieux faire. Toute mon enfance, mon père avait été mon Dieu. Je ne voyais plus en lui qu'un loser, et cela me terrorisait. J'allais suivre le même chemin. Moi non plus, je n'arriverais pas à bien gagner ma vie. Moi aussi, je me tromperais de voie. Car c'était peut-être ce qui me désespérait le plus : mon père n'était pas à sa place et je ne voyais pas comment l'aider. Le sentiment d'impuissance qui en résultait attisait encore mon ressentiment. Qu'est-ce qui lui avait pris de se croire suffisamment fort pour gagner son argent tout seul ? « Je suis mon propre patron », s'enorgueillissait-il. Mais à quoi cela l'avançait-il ? Je me promis de ne jamais me mettre dans la même situation, de toujours chercher la protection d'une entreprise, la plus grande et la plus rassurante possible. Je lui en voulais d'avoir pris une direction incertaine, j'estimais que c'était au chef de famille d'assurer la sécurité financière de sa femme et de ses enfants, qu'il avait failli à cette tâche.

Je ne comprends que maintenant, en écrivant ces lignes, à quel point ma rancœur était disproportionnée et ma mémoire sélective. À l'exception d'un été, nous avons toujours pu partir en vacances. Nous allions au restaurant. Pas tous les jours comme je l'aurais rêvé, mais plus souvent que les enfants qui habitaient dans notre rue. Mes parents ne se contentaient pas de nous emmener à la plage et à la piscine. Ils nous baladaient dans la région, sans cesse à la recherche de nouveaux lieux touristiques à visiter. Tout était pensé pour nous donner le goût du voyage et de la découverte.

La peur de manquer

Février 2022

« Tu exagères, quand même. » Ma sœur se tient en face de moi, un verre de muscat à la main, assise à la grande table flambant neuve de notre salle à manger. Elle vient de terminer de lire mon chapitre précédent, sur nos difficultés financières de l'époque. Elle n'a pas le même ressenti que moi et me l'a déjà écrit dans un message privé sur Instagram, trois jours plus tôt, après avoir lu les premières pages. « Tu es vache, dis donc ! me lançait-elle. Pauvre petite fille qui n'a pas de sous mais qui a quand même une école privée, des vacances tous les ans ou presque, des fringues, etc. Ça fait un peu pourrie gâtée. Je veux ça et ça et ça. C'est bizarre parce que ça ne me semble pas correspondre à la réalité. On a l'impression qu'on n'avait pas de sous, mais qu'en fait ça allait quand même. Je te donne mon impression brute de décoffrage parce que demain j'aurai tout oublié. Désolée, j'espère que tu ne seras pas vexée. »

Non, cela ne m'a pas vexée car je me suis dit qu'elle serait peut-être la seule à interpréter les choses ainsi.

Qu'elle n'avait pas compris que c'est l'ado qui parle dans ce texte, pas la Géraldine d'aujourd'hui. Mais ce samedi soir, alors que nous prenons tranquillement l'apéro ensemble, je sens que je ne vais pas m'en tirer à si bon compte. Je me tais, elle poursuit : « Pense aux enfants qui sont confrontés à la visite des huissiers. Pense à ceux qui ne voient jamais la mer, qui vivent dans la précarité. Nous, nous n'étions pas pauvres. Les rares fois où ça a vraiment coincé, Grand-Père et Grand-Mère nous ont dépanné. Avant, on a pu compter sur l'héritage de Mamie. On n'était pas à plaindre. Que vont penser ceux qui ont vraiment grandi dans le besoin ? »

Je ne me suis pas posé la question. Je m'autocensure déjà suffisamment en me demandant ce qu'elle, Papa ou Maman penseront de chaque chapitre. C'est leur avis qui compte, celui de Véro en particulier. Au-delà de l'écriture du livre, sa vision du monde élargit la mienne. Si Mark, Gustave et moi avons quitté la région parisienne, c'est pour vivre à ses côtés. Elle a mis dix ans à nous convaincre, mais elle avait raison : nos apéritifs improvisés, nos discussions en voiture, nos dîners en famille contribuent désormais à mon équilibre de vie.

Ce soir-là, comme à chaque fois que nous nous voyons, je l'écoute donc avec attention. Elle insiste : « Ce qui me gêne le plus, c'est que l'on sent que tu crois encore maintenant que tu as eu une enfance matériellement difficile. Reconnais que, dans les faits, ça n'est pas vrai. » Cette dernière remarque achève de me déstabiliser. Soudain, ma sœur devient l'adulte qui allume la lumière dans ma chambre d'enfant et qui me force à voir que le monstre que j'imaginais tapi dans l'ombre n'était qu'une peluche. Car elle a raison : j'ai beau me raconter depuis trente ans que l'on avait des problèmes d'argent, je suis bien obligée de constater que cela ne nous empêchait pas de vivre normalement, comme des milliers d'autres familles des classes moyennes, sans honte ni crainte de se retrouver à la rue.

Mais alors, qu'est-ce qui explique nos différences de perception ? Pourquoi, de nous deux, suis-je la seule à garder une telle impression d'avoir manqué d'argent ? Pourquoi cela continue-t-il de m'obséder alors que ma sœur ne semble même pas avoir eu conscience des difficultés traversées ? Véro est plus jeune, mais l'âge n'explique pas tout. Lors des vacances en Espagne de l'été 1991, elle avait treize ans, moi quinze. Même avec presque deux ans de moins, les comptes à midi m'auraient déprimée. Elle s'en moquait.

Non. En éclairant un angle mort de ma mémoire, ma sœur m'oblige à regarder ce que je ne veux pas voir : nos souvenirs sont le reflet de la place que je nous accordais dans la famille, elle proche de notre père, moi de notre mère. Nous formions une famille très unie, mais je visualisais – et peut-être étais-je la seule à le faire – une séparation entre ma sœur et mon père d'un côté, ma mère et moi de l'autre. Cela tenait autant à nos caractères qu'à ma rancœur vis-à-vis de l'argent. Ma sœur et mon père ont le même besoin de comprendre les choses, d'argumenter, « de discutailler », dirait ma mère. Mon père, d'une grande curiosité intellectuelle, sait beaucoup de choses. En grandissant, j'ai eu besoin de m'appuyer sur les limites de son savoir pour m'affranchir de son influence. Ma sœur a continué de le vénérer plus longtemps. « Papa sait tout », constatait-elle les yeux brillants. Je soupirais. « Enfin Véro, s'il avait tout su, nous n'aurions pas de problèmes d'argent », persiflais-je.

Un souvenir plus enfoui remonte à l'instant à la surface : vers douze ou treize ans, je suis tombée sur un livre d'éducation dans la bibliothèque familiale, rangé entre

Tout se joue avant six ans, le best-seller de Fitzhugh Dodson, et un ouvrage de Françoise Dolto. Il y était question du complexe d'Œdipe. Je n'y avais pas compris grand-chose, j'avais seulement retenu qu'il était essentiel, à la puberté, de se détacher du parent de sexe opposé. Effrayée à l'idée de ne pas être normale – j'étais alors encore très proche de mon père –, je m'étais aussitôt interdit de chercher davantage sa compagnie. C'était aberrant mais il me faudrait attendre d'en parler à un psychiatre des dizaines d'années plus tard pour me rendre compte que je n'avais pas besoin de mépriser mon père pour devenir adulte.

Je vivais en revanche un amour fusionnel avec ma mère. Son intuition, sa finesse, sa vivacité me rassuraient : je comptais sur celles-ci pour assurer notre sécurité, j'espérais très fort en avoir hérité. Nous partagions par ailleurs le même goût pour le beau, nous étions toutes les deux en quête de quelque chose de plus grand que notre quotidien. « J'espère que ton père va finir par gagner plus d'argent », lâchait-elle parfois quand elle et moi partions faire un tour aux 3 Fontaines. Cela nous arrivait souvent, même quand nous n'avions rien à acheter. J'adorais me balader en voiture avec elle, l'avoir seule pour moi, devenir sa confidente. Elle avait besoin de s'épancher. Notre situation n'avait rien de tragique, elle n'enviait personne, n'aspirait même pas à un style de vie très différent du nôtre, elle aurait juste voulu être « un peu plus à l'aise », pouvoir s'offrir plus de fringues, plus de meubles, plus de jolies choses. J'écoutais tout, j'absorbais ses frustrations comme un buvard. Mon impression de manque a très bien pu naître là, dans ces trajets dans la Ritmo vers des magasins qui attiseraient notre désir d'acheter et nourriraient notre insatisfaction. Le peu de moyens était bien plus ressenti que réel : je n'ai aucun souvenir d'une carte bleue refusée à la caisse d'Auchan.

Faire ce constat me soulage mais m'effraie aussi : ai-je le droit d'en parler ? Mon père se doutait-il que sa femme aurait voulu qu'il gagne plus d'argent ? Ne sera-t-il pas peiné de lire ces lignes ? Par loyauté envers ma mère, ne devrais-je pas continuer de garder cette confidence pour moi, même trente ans après ? Sans l'aide de ma sœur, j'aurais continué de contourner soigneusement ces questions.

Coucher mon dilemme sur le papier le dissout : évidemment que mon père savait. Même sans lui avoir fait de reproches, ma mère avait dû s'arranger pour lui faire comprendre que la situation lui pesait. Ils s'aiment trop, sont trop à l'écoute l'un de l'autre pour avoir contourné un tel sujet. En somme, jusqu'à aujourd'hui, je me suis chargée d'un secret qui n'en était pas un.

J'aimerais que cette prise de conscience suffise à m'alléger l'esprit, mais il y a autre chose. Ce poids nous dépasse. Il vient de plus loin que la génération de mes parents. « C'était déjà comme ça du temps de Grand-Père, ajoute Véro, décidément plus clairvoyante que moi. Papa nous rappelle souvent qu'enfant, il entendait son père craindre de ne pas avoir assez d'argent et limiter leur train de vie. Plus tard, Papa s'est aperçu que la situation était moins grave que ce que l'attitude de son père lui avait laissé imaginer. » Depuis combien de générations la situation se répète-t-elle ?

Une phrase de Papa me revient. « On est une famille de bourgeois ruinés des deux côtés », m'a-t-il rappelé quelques mois plus tôt, quand je l'ai interrogé sur l'histoire de nos ancêtres. Dans les années 1920, Camille Rocher, son grand-père maternel, avait emprunté de l'argent pour faire un forage de pétrole à Madagascar, mais il n'avait jamais rien trouvé. À la même période, Abel Dormoy, son grand-père paternel, avait créé une banque très investie dans la culture du sisal en Côte d'Ivoire. Après la crise de 1929, les cours s'étaient effondrés, la banque avait fermé. Ces histoires font partie de la mythologie familiale : chez nous, on n'a pas le sens des affaires. C'est ce que j'ai retenu jusqu'à en faire une vérité absolue qui m'a longtemps empêchée de me mettre à mon compte. Mais aujourd'hui, en reprenant mes notes et en les juxtaposant à ce que me martèle Véro, je prends conscience que ces ruines n'ont pas pour autant jeté mes aïeux à la rue. Ils les ont peut-être vécues comme des catastrophes – et encore, qu'est-ce que j'en sais ? – mais je n'ai jamais entendu mon père évoquer des conséquences vraiment dramatiques. Pas de suicide, pas même de déclassement. Camille Rocher a fini sa vie avec un appartement à Cannes et une ferme en Isère. Abel Dormoy « vivait chichement » mais dans un appartement haussmannien. En un mot comme en cent : personne, de ce côté-là de la famille, n'a connu la misère.

Du côté de ma mère, le niveau de vie était moindre, mais ma mère n'a jamais eu l'impression de manquer. Née en 1946, elle a échappé aux privations de la guerre. Autour d'elle, ses voisins et ses camarades de classe du Blanc-Mesnil avaient le même niveau social, ça limitait comparaisons et frustrations.

Aucun de mes deux parents n'a donc connu le dénuement que je redoute tant. M'en rendre compte desserre quelque chose dans ma poitrine. Les jours qui suivent ma discussion avec Véro, je me sens étonnamment plus gaie, plus confiante, plus tranquille. À chaque fois que je me demande si je vais gagner suffisamment d'argent – ce qui m'arrive quand même plusieurs fois par jour –, j'ai un nouvel argument pour me rassurer : dans la famille, on s'en sort toujours. Quelle que soit la situation, je trouverai une solution.

Des hanches toutes neuves

Février 1992

Peu après mon entrée en seconde, ma cousine Cécile, de cinq ans mon aînée, est venue habiter quelques mois chez nous. Elle termine un BTS pour devenir assistante de direction, ma mère lui a trouvé un stage dans le laboratoire pharmaceutique où elle travaille. Cette cohabitation était inespérée. J'ai beaucoup d'admiration pour elle. Petite, j'étais dans ses jupes dès que nos parents se réunissaient – mon père et sa mère sont frère et sœur. Avec elle et Véronique, nous jouions au docteur, aux cartes, au petit bac. Elle me prêtait ses Barbies, mais l'excitation me rendait brusque : en les habillant, je finissais toujours par leur déboîter un membre ou la tête. J'avais si honte que je les cachais, les unes après les autres. Un jour, son père, colonel, découvrit une armée de bras cassés derrière le canapé de leur salon. Ils eurent la délicatesse de ne pas aborder le sujet avec moi. Je me demande encore s'ils sont parvenus à les réparer.

Entre deux dîners de famille, nous nous écrivions de longues lettres, que je n'ai malheureusement pas gardées. Nous passions aussi une partie de l'été ensemble, dans la villa des Issambres louée par nos grands-parents. Tout changea lorsqu'elle entra au collège de la Légion d'honneur. Son admission à l'internat de Saint-Denis, réservé aux filles de militaires, faisait d'elle une « grande ». Il ne fut plus question d'aller jouer ensemble dans la chambre de notre grand-mère, elle préférait discuter dans le salon avec les adultes. Je me contentais de l'observer, lui enviant ses chouchous en velours, ses pulls Benetton, ses bracelets à breloques Agatha.

Les années nous ont éloignées, jusqu'à cette occasion de venir passer trois mois à la maison. Ce trimestre a si bien resserré nos liens que, lorsqu'elle a parlé de partir aux vacances d'hiver à Montréal, où son petit ami de l'époque fait des études d'ingénieur, elle a accepté que je parte avec elle. Le Québec ne m'est pas complètement étranger : je n'y ai encore jamais mis les pieds mais je corresponds depuis l'école primaire avec Helena, une fille de mon âge qui habite dans la banlieue de Montréal. Nous avons décidé que je logerais une semaine chez ma « corres' » – ses parents ont accepté de m'accueillir – puis une semaine dans l'appartement d'Antoine, l'ami de ma cousine, qui vit en colocation dans le centre de la métropole.

L'aventure commence dès l'aéroport : notre compagnie aérienne, KLM, nous surclasse. Nous passons le trajet à rigoler comme des bossues dans nos confortables sièges business, pas mal pour un premier vol long-courrier. De quoi apaiser le tumulte d'émotions qui me traverse. J'ai quinze ans, je quitte l'Europe pour la première fois, je vais rencontrer celle à qui je raconte ma vie par écrit depuis des années, puis partager le quotidien de ma cousine chérie ; tout cela me remplit d'excitation, mais j'appréhende aussi la nouveauté : vais-je apprécier cette correspondante que je n'ai jamais vue ? Vais-je supporter le grand froid canadien en plein mois de février ? Comment vais-je m'entendre avec Antoine ?

Helena vient me chercher à l'aéroport. À la seconde où je la vois, encadrée de sa famille, je sais que tout se passera bien. Notre relation épistolaire nous a permis de bâtir une amitié solide, ses parents se révèlent d'une gentillesse à toute épreuve, sa grande sœur Alexandra d'une douceur facétieuse. Pendant une semaine, je m'immerge dans une version québécoise de l'*American way of life*. J'accompagne Helena à l'école – où les couloirs ont des casiers métalliques comme dans *Les Années collège* et où mon accent français m'attire la sympathie générale –, chez le « dépanneur » (supérette) et au vidéo-club, dix fois plus vaste que feu nos Vidéo Futur. Chez elle, nous discutons dans sa chambre, faisons des batailles de boules de neige dans son jardin, sous vingt centimètres de poudreuse (j'ai acheté pour l'occasion des Moon Boots rouges que je ne remettrai jamais), faisons voler au sous-sol le couple de tourterelles d'Alexandra. Cette dernière peut rester des heures au téléphone avec une amie, une pratique alors inimaginable en France tant les communications sont chères. Elle m'assure qu'au Québec, les appels locaux sont gratuits.

Ce n'est pas encore le printemps, j'arrive trop tôt pour la traditionnelle dégustation de sirop d'érable dans une cabane à sucre. En revanche, la découverte de la poutine est un choc gustatif. Comment aucun Français n'a-t-il pu penser à faire fondre du fromage sur des frites ? J'aime tellement ça que les parents d'Helena se mettent à m'en servir tous les jours pour me faire plaisir. Nous en mangeons aussi au Burger King, où le Coca est servi à volonté et où les tables sont tellement plus confortables qu'en France que nous y passons l'après-midi, à écouter des cassettes de Cowboy Junkies et à lire le *Elle* américain.

Après une semaine de rêve éveillé, je remercie Helena et sa famille et rejoins Cécile chez Antoine. Leur appartement est surchauffé. « J'ai besoin de vivre comme sous les tropiques », explique Antoine en tee-shirt et caleçon dans son salon. Dehors, le thermomètre affiche moins vingt degrés. Téléphone gratuit, chauffage pour tous, poutine à volonté, Montréal a de sérieux atouts.

Du premier au dernier jour, Antoine ne quitte pas les chaussettes en éponge bleu roi que KLM nous a offertes pour le vol. Elles se mettent assez vite à sentir fort, mais je semble la seule à le remarquer. Je m'en fiche. Le petit ami de ma cousine est gentil, drôle, accueillant, c'est tout ce qui compte. Il m'emmène chez le marchand de cookies acheter des sachets de gâteaux encore fumants. Le simple fait de marcher avec lui dans la rue me valorise.

Pourtant, alors même que Cécile veille à ne jamais m'exclure et que je n'ai rien à reprocher à son amoureux ni aux autres colocataires, l'écart d'âge me met mal à l'aise. Comme Sophie Marceau qui sort avec Lambert

Wilson dans *La Boum 2*, je veux jouer à la grande, mais le décalage est flagrant. À leurs côtés, je reste silencieuse, incapable de trouver un sujet de conversation à partager avec des hommes de vingt ans, moi qui, à quinze, peine à parler aux garçons de ma classe.

Lors de nos sorties tous les trois, je retrouve toutefois ma place de petite cousine. Nous visitons ensemble le stade olympique, sortons un soir écouter un groupe dans un bar. Cécile y boit tant de gin orange qu'elle a du mal à se lever. Je suis trop jeune et trop sage pour boire moi-même, mais la regarder me fait vivre par procuration l'ivresse des premières fois.

Je passe aussi du temps seule. Antoine et Cécile partent visiter Québec. Ils me proposent de les accompagner mais je préfère les laisser en amoureux et découvrir Montréal de mon côté. À l'école, on nous a raconté qu'en hiver les habitants vivent dans de gigantesques galeries marchandes souterraines. J'ai envie de vérifier si c'est vrai. Les musées, l'histoire de la ville ne m'intéressent pas. J'ai soif de shopping. Sous terre, il s'avère qu'il n'y a guère que le métro, bien plus large et récent que celui de Paris, mais la quantité de *malls* me ravit. Je m'achète une veste Levi's oversized, en denim surteint rouge. Une fois rentrée, ce voyage me paraît si insolite qu'elle devient la pièce fétiche de ma garde-robe, preuve tangible que je n'ai pas rêvé ces quinze jours loin de chez moi.

Le lendemain de mon retour, je découvre que j'ai rapporté de Montréal un souvenir plus curieux : quand j'essaie d'enfiler mon 501, un obstacle bloque en haut de mes cuisses. En me regardant dans la glace, je découvre, de part et d'autre de mes jambes, deux boules de chair qui n'étaient pas là avant mon départ. Mes fesses sont restées les mêmes, mais quelque chose de rond et de plein est venu s'ajouter à côté.

Je m'en ouvre à ma mère. « Ce sont tes hanches, m'apprend-elle. À la puberté, le corps des filles change. Elles prennent des formes. Leur taille varie en fonction de leur morphologie, mais dans la famille, on a des hanches, même quand on est mince. » Si vite ? C'est incompréhensible. « Qu'est-ce que tu as mangé au Canada ? » me demande-t-elle. Alors seulement je repense au Coca à volonté, aux poutines, aux cookies, aux burgers savourés sans l'ombre d'une arrière-pensée.

C'est donc ça aussi être une femme : prendre du plaisir à table a des conséquences directes sur son tour de hanches. Et si on n'est pas d'accord ? Si on veut retrouver son bassin étroit d'enfant ? Je ne me souviens plus de la réponse de ma mère, mais peu après, je commence mon premier régime.

Nourritures synthétiques

Avril 1992

Nous venons de dîner. Ma sœur et moi terminons de débarrasser la table de la cuisine. Avec des gestes rodés par l'habitude, ma mère passe au salon, allume le poste de télévision, s'installe dans le canapé et se remet à tricoter un jacquard compliqué devant la fin du 20 heures de Patrick Poivre d'Arvor. Mon père lui apporte son café. Comme chaque soir, elle lui reproche d'avoir mis trop de lait dedans. Je suis la seule à savoir verser la juste dose de lait en poudre Régilait dans son mug, mais elle tient à ce que ce soit son mari qui le lui prépare.

« Ça, c'est moi, Marie-Christine Barrault, avant de perdre du poids avec le nouveau programme Slim Fast. » Dès sa première diffusion, le spot publicitaire accroche le regard de ma mère. Ni ma sœur ni moi n'avons entendu parler de Marie-Christine Barrault, mais elle semble bien la connaître. Peut-être pas assez pour se souvenir de sa silhouette avant son régime – d'où l'importance de la photo présentée par l'actrice, sur laquelle un corsage peu flatteur la boudine – mais suffisamment pour capter son attention. « Efficace, non ? Et facile ! Une dose de Slim Fast mélangée à du lait écrémé, c'est nourrissant, l'équivalent d'un repas équilibré. On en prend deux fois par jour. » La dame aux cheveux poivre et sel, élégante dans sa longue robe noire, avale une gorgée de milk-shake protéiné au chocolat avant de poursuivre, extatique : « Mmm, délicieux. Et on garde un vrai repas raisonnable. » Suit le gros plan d'une assiette fumante de poisson et d'asperges. Elle conclut en tournant sur elle-même afin que l'on puisse apprécier sa taille de guêpe : « Et ça marche ! Avec Slim Fast, j'ai perdu du poids. Alors, si j'y arrive, pourquoi pas vous ? »

J'espère que son agent a correctement négocié son contrat et qu'elle s'en est mis plein les poches, parce que chez moi, cette publicité déclenche une ruée en pharmacie, où le produit est vendu. Ma mère veut l'essayer dès le lendemain, comme ses amies et les mères de mes copines. À la récré, on se met à singer l'actrice. Katia et moi décrétons que le breuvage a un goût infâme – nous avons été autorisées à en boire une gorgée – mais il continue de nous intriguer : a-t-il vraiment le pouvoir de faire maigrir ? Le résultat nous intéresse au plus haut point. J'ai mes nouvelles hanches à perdre, Katia est toujours aussi mécontente de son ventre.

Ma mère perd puis reprend ses kilos. Elle ne pouvait pas se nourrir de Slim Fast toute sa vie, mais ça, Marie-Christine Barrault s'est bien gardée de le dire dans sa pub. Dans d'autres familles, on en rirait en regardant les Nuls qui ne tardent pas à parodier le spot à coup de « Slip Fast » et de « Slim Moyen », mais ni mes parents ni moi ne les trouvons drôles.

Nous n'en avons pas fini avec la nourriture en poudre. Pourtant, ma mère aime cuisiner. Si au quotidien elle nous fait surtout des pâtes – nous n'aimons pas grand-chose d'autre –, le week-end elle nous régale de crêpes, de brioches fourrées à la béchamel, de tartes aux pommes à la pâte incroyablement fondante, qu'elle fait elle-même et dont je n'ai, adulte, jamais retrouvé la texture, même pas chez elle. De son côté, mon père, d'un naturel prudent à la limite de l'hypocondrie, surveille son taux de cholestérol et a très tôt adopté le régime méditerranéen à base de poisson, de fruits, de légumes et d'huile d'olive. Tout cela devrait constituer un socle propice à de bonnes habitudes alimentaires, mais c'est compter sans notre inconscience face à la force de frappe des industriels de l'époque. Mon père, si raisonnable pendant la semaine, ne voit ainsi aucun problème à se faire un Bolino lorsqu'il rentre d'un concert le vendredi soir. Portés par un habile marketing, ces plats instantanés, fabriqués à partir de nourriture lyophilisée, sont regardés avec amusement. Les mères trouvent pratique de ne pas avoir à cuisiner, les pères s'en contentent. Si les cosmonautes, ces héros, mangent de la nourriture en sachet, pourquoi pas nous ? À la télévision, les publicités Bolino tournent en boucle depuis le début des années 1980, nous en connaissons le refrain par cœur – « Heureusement il y a Bolino, Bolino, Bolino, des bons petits plats tout chauds. »

À partir de la classe de seconde, ce type de message exerce sur moi un pouvoir de plus en plus irrésistible. En avril 1992, je fête mes seize ans. Mes parents, confiants dans mon caractère réfléchi, me laissent sortir à ma guise. Je vais à Paris avec Katia, rentre par le dernier bus, celui de 23 h 11, affamée car nous avons préféré nous payer un ciné au Normandie sur les Champs-Élysées plutôt qu'un sandwich à emporter. Alors que mes parents partent se coucher, j'ouvre le placard de la cuisine, attrape un Bolino de hachis parmentier – mon préféré – et verse dedans juste assez d'eau bouillante pour le garder compact. Je le déguste dans l'obscurité du salon familial, devant « Culture Pub », « Boulevard des Clips » ou une cassette VHS. Le contenu est si salé qu'il excite davantage mon appétit qu'il ne le comble. J'enchaîne avec un potage à la tomate Royco, cette fois sans eau du tout. Je plonge mon index dans le sachet, le ressors chargé d'un monticule de poudre que je fais fondre dans ma bouche. La saveur aigre-douce m'apaise. Mes parents n'ont pas à craindre que je me drogue : la lecture de *L'Herbe bleue* et de *Moi Christiane F., 13 ans, droguée, prostituée* m'a vaccinée contre toutes les poudres illicites. De toute façon personne ne prend rien autour de moi, je ne saurais même pas où trouver de quoi me faire un joint. Je suis une adolescente sage et responsable. Le seul terrain où je fais un timide pas de côté, c'est celui de la nourriture. Au goûter je pars m'acheter un macaron au chocolat – ceux de la boulangerie du bout de la rue, énormes, sont fourrés d'une ganache qui ne parvient pas à m'écœurer – puis je m'enferme dans ma chambre avec quatre yaourts nature et du Canderel, autre poudre magique de ces années-là. Ma mère retrouve les pots vides sous le lit une semaine plus tard, la cuillère encore collée à la paroi. Katia aussi a trouvé sa came : Nescafé vient de sortir son Cappuccino instantané, mousseux et légèrement sucré. Il constitue son déjeuner, qu'elle savoure à petites gorgées.

Dans *Claudine à l'école*, de Colette, la grande Anaïs, amie de l'héroïne, engloutit fusain et gomme à effacer. Dans *Des cornichons au chocolat*, la narratrice se prépare des sandwiches de cornichons saupoudrés de cacao. À côté, je trouve mes tocades alimentaires bien insipides. Autre chose, au passage, à propos du livre *Des cornichons au chocolat* : quand je le lis à treize ans – l'âge de l'héroïne –, il est signé « Stéphanie ». Comme des milliers de lectrices, je m'identifie à cette autrice précoce, capable de poser sur son adolescence des mots qui chez moi n'arrivent pas à sortir. Lorsque, devenue adulte, j'apprends que Philippe Labro en est le seul auteur, la nouvelle commence par me sidérer : comment un homme de cinquante ans à l'époque a-t-il pu si bien retranscrire les états d'âme d'une toute jeune fille ? Puis la révélation de la supercherie me rassure : écrire sur son adolescence en direct et en tirer un best-seller n'est donc pas si courant, il est peut-être normal finalement que je n'aie pas réussi à retranscrire la mienne au moment où je la vivais.

Nous avons grandi à l'âge d'or de la malbouffe. Ça laisse des traces. Aujourd'hui encore, quand j'ai besoin de réconfort, c'est de pain de mie en sachet et de Coca-Cola sans sucre que j'ai envie. Mes premiers excès continuent de me coller aux doigts. Autant dire que je savoure à sa juste mesure l'ironie d'une autre campagne publicitaire qui fit parler d'elle un peu plus tard : dans un premier spot, on voyait un couple élégant se servir à table d'un nouveau produit en tube, Rapide Asperge ; dans un second spot, un couple différent se réjouissait à l'idée d'avaler du Fast'Huitre sorti de ce qui ressemblait à une bombe de chantilly. Les deux articles étaient présentés comme révolutionnaires : par la magie d'un trucage, le liquide qui en sortait se transformait aussitôt en aliment. « Vous appuyez, c'est tout, deux minutes après vous passez à table », arguait la voix off. Puis un hurlement et un tourbillon nous faisaient pousser un soupir de soulagement : ouf, il ne s'agissait que d'inventions douteuses, ces produits n'existaient pas. « Êtes-vous prêt à avaler n'importe quoi ? » interrogeait l'écran. On nous montrait alors une salade de fruits arrosée de sucre en poudre ou un expresso dans lequel glissait un morceau de sucre blanc. « Avec le sucre, vous êtes dans le vrai », assenait la voix portée par une musique guillerette. Il s'agissait en fait d'un spot financé par La Collective du sucre. Nous étions en 1997. Le séisme provoqué par la crise de la vache folle venait tout juste de fissurer notre insouciance alimentaire. Nous commencions à prendre conscience des excès d'une industrie qui nous inondait de pubs pour mieux nous mentir. Heureusement, le sucre allait nous sortir de là.

Vénérer un obscur groupe de rock

Juin 1992

« On peut passer par Virgin avant de rentrer ? » J'accompagne ma question aux parents d'un regard implorant. Nous marchons sur le boulevard Berthier en direction de la voiture, après avoir dîné en famille square du Rhône. Véro sautille à côté d'eux, guettant leur réponse, prête à insister s'ils hésitent. Mais mon père accepte dans un soupir résigné. Il accepte la plupart des demandes de ses filles, surtout lorsqu'elles touchent à l'univers musical, et le crochet par Virgin avant de reprendre l'autoroute pour Cergy est devenu un rituel fréquent.

Au volant, ma mère prend la direction de l'Étoile. La plupart des gens fuient cette place en voiture, surtout un samedi soir, mais ma mère a au contraire tendance à s'y sentir chez elle, comme partout dans Paris. Sur les Champs-Élysées, le grand magasin de musique est ouvert jusqu'à minuit. Aux environs d'onze heures du soir, les embouteillages sur l'avenue sont fréquents, les possibilités de stationner devant Virgin limitées, il y a un monde fou dehors et dedans, partout les gens vont et viennent, plus ou moins louches, plus ou moins excités, mais nos parents se dévouent avec leur gentillesse habituelle et acceptent de nous attendre une demi-heure en double-file. Nous bondissons dans les lumières de la nuit et courons jusqu'à nos rayons préférés, au sommet du grand escalier de marbre, grisées par l'immensité du lieu, l'ambiance festive et le temps limité que nos parents nous ont accordé.

À cette époque, Véro est obsédée par David Hallyday. Fan depuis son premier tube, *High*, sorti à la fin des années 1980, elle l'aime tellement qu'elle m'a même invitée à l'un de ses concerts à La Cigale. Au quotidien pourtant, elle et moi nous adressons à peine la parole, c'est dire à quel point il est important pour elle. À la fin du spectacle, il a balancé ses baguettes de batterie dans le public, ainsi que la serviette-éponge avec laquelle il s'était essuyé le visage durant le concert – il ne transpire pas autant que son père mais quand même, il y avait quelque chose de vaguement érotique à posséder ce sur quoi l'idole avait déposé sa sueur. Véro l'a bien compris : non seulement elle a réussi à intercepter une des baguettes mais elle s'est jetée sur la serviette. Comme elles étaient au moins cinq ou six jeunes filles à le faire et qu'aucune ne voulait lâcher, il a fallu attendre au milieu de la fosse que le tissu se déchire, alors que la salle se vidait et que les lumières s'étaient rallumées depuis longtemps. Je crois qu'à la fin un videur pressé de rentrer chez lui est venu les aider avec une paire de ciseaux. Depuis, Véro conserve son lambeau blanc, punaisé à un mur de sa chambre comme une relique.

Mon rapport à la musique est moins démonstratif. Pendant longtemps, je n'ai même rien aimé du tout. Je n'ai pas l'oreille musicale. À la maison pourtant, mon père passe beaucoup de vinyles. Ma mère a un faible pour Jacques Brel et Elton John, mais elle n'irait pas jusqu'à acheter leurs disques. Il n'est chez nous question ni de musique classique, ni de solfège, ni d'instrument. Les notes ne sont pas mon langage. Je n'ai aucun sens du rythme. Je chante à peu près juste, mais je peine à retenir paroles et mélodies. En primaire, des amies suivaient *Top 50*, l'émission de Canal+ que Marc Toesca ouvrait d'un légendaire « Salut les p'tits clous ». J'oubliais de la regarder, la plupart des chansons me passaient au-dessus de la tête.

Il y a quand même des exceptions. Mon premier concert, enfant, de La Compagnie créole, en famille à l'Olympia, fut un moment de communion joyeuse. Ressentir l'énergie de la salle, au moins, m'était accessible. J'écoutais aussi les 45-tours de Téléphone et me laissais entraîner dans les tocades de Katia. Mais j'aimais des chansons, pas des artistes.

Je dois encore avoir mon mange-disque en plastique orange quand, à la fin des années 1980, Niagara change la donne. Pour la première fois, je deviens fan d'un groupe. J'achète leurs cassettes, apprends les paroles de leurs chansons par cœur, développe un culte pour la voix rocailleuse et l'allure conquérante de Muriel Moreno. Je retourne à l'Olympia pour la voir, cette fois seulement accompagnée de mon père. Elle m'y paraît éblouissante de grâce et de flamboyance. Je deviens encore plus fière de ma rousseur, décide de me laisser pousser les cheveux le plus long possible pour lui ressembler. Comme tout le monde, je danse sur *Tchiki Boum* et *L'Amour à la plage*, mais c'est l'album *Religion*, sorti en 1990, qui me transporte le plus. Quand le clip de *J'ai vu* passe à la télé, le monde s'arrête. Je veux être cette fille ondulant en justaucorps, corset et gants de cuir. Sous son attirail sexy, je sens la puissance. Niagara canalise un tumulte intérieur que je me suis jusque-là contentée d'étouffer.

C'est également à ce moment que sort *Pump Up The Volume*. Je développe aussitôt une obsession quasi pathologique pour la bande originale du film. J'écoute la cassette dans mon walkman Sony Sport autoreverse. Les Pixies y côtoyent Sonic Youth, deux groupes dont l'âpreté m'aide à supporter mes accès de déprime. Mais surtout, j'y découvre Concrete Blonde. Alors que mes copines de classe n'en ont que pour Nirvana, Patrick Bruel et Phil Collins, j'ai besoin de creuser ma différence. Ce groupe de rock alternatif californien est suffisamment obscur pour embraser mon imagination.

Mon engouement naît toutefois d'un quiproquo. Le titre qu'interprète Concrete Blonde dans le film est *Everybody Knows*. Si j'avais eu la moindre culture musicale, j'aurais reconnu la chanson de Leonard Cohen. Mais à quatorze ans, je n'ai jamais entendu parler de lui. Dans le film, le héros fait de ce morceau le générique de son émission de radio, alternant l'original et la reprise. J'ai si peu d'oreille que je l'ai vu et revu sans distinguer les deux versions. Sur la bande-son, probablement pour des questions de droits, seule figure la reprise. J'ai donc zappé le maître pour m'enticher d'une artiste inconnue, sûrement aussi parce que j'ai besoin de jeter mon dévolu sur une femme ; seules les voix féminines me font vibrer à cet âge. Celle de la chanteuse du groupe, Johnette Napolitano, presque aussi grave que celle de Leonard Cohen, me donne la chair de poule.

Je voudrais mieux la connaître, mais, en ces temps pré-Internet, les informations sont limitées. Je ne comprends même pas le nom du groupe. Concrete Blonde, « blonde béton », ça n'a aucun sens mais l'aspect cryptique et vaguement intimidant renforce leur mystère. J'achète leurs albums, souscris à leur fan-club – une adresse à Hollywood est indiquée dans le livret des CD – et manque m'évanouir lorsqu'une photo signée du trio me parvient par la Poste, enroulée dans un tube en carton. Sur le cliché, Johnette Napolitano, longs cheveux bruns en désordre et nez en trompette, me fixe sans sourire, d'un œil effronté débordant de khôl, entourée de son batteur et de son guitariste, deux hommes aux cheveux longs, à la mine guère plus commode. Je l'avais imaginée plus jeune, plus jolie, plus soignée, mais on est en pleine période grunge, les pulls se portent à l'envers avec des trous et plus personne ne semble se préoccuper d'avoir les cheveux propres.

Dans l'espoir fou de les voir apparaître, je les guette à la radio et à la télé, avec la constance dont seul un adolescent peut faire preuve. Le week-end, je laisse mes parents et ma sœur aller se coucher, puis entame une veille de plusieurs heures devant *Boulevard des clips*, sur M6. La nuit, après *Culture Pub*, quand la chaîne télé n'a plus de série ou de téléfilm à diffuser, elle ouvre le robinet à vidéos musicales, dont le nombre a explosé avec le succès de MTV. J'ai presque autant de chances de gagner au loto que de voir passer une chanson de Concrete Blonde, mais j'espère quand même, me forgeant au passage, enfin, un début de culture musicale. Et parfois, le miracle se produit : entre *Smells Like Teen Spirit* de Nirvana et *Regarde les riches* de Patricia Kaas, j'ai droit à trois minutes de *Caroline*, le morceau le plus commercial de leur album *Bloodletting*. Je les savoure un Pepito à la main, fredonnant les paroles qui parlent d'adieux, de disparition, de changement d'identité, autant de thèmes qui résonnent avec mon envie récurrente de devenir quelqu'un d'autre.

Je ne peux partager ces goûts avec aucune amie. Depuis la seconde, je vois moins Katia. De toute façon, elle n'en a que pour Madonna. Aucune de mes copines de Notre-Dame n'écoute du rock alternatif. Je me sens incomprise. Cela me pèse et me flatte à parts égales. J'estime que les tubes sont pour ceux qui se contentent de la facilité. J'ai besoin de rechercher longuement le son qui me fera vibrer. Mon plaisir s'amorce dans la quête. Plus elle est tortueuse, plus l'émotion à l'écoute sera grande.

Cette recherche atteint son point culminant au Virgin Megastore. Pendant que Véro part au rayon Pop, je vais vérifier dans les bacs des imports qu'aucun nouveau disque de Concrete Blonde n'est arrivé. Puis je déambule parmi les bornes de CD en écoute, à la recherche d'autres artistes qui ne me procureront peut-être pas autant d'émotions que Johnette, mais qui me transporteront loin de ma morne banlieue.

Pour faciliter ces explorations, mon père me recommande d'écouter *L'Inrockuptible* à la radio. Chaque soir sur France Inter, à partir de neuf heures et demie, Bernard Lenoir fait découvrir au public français une « musique pas comme les autres ». Je ne peux qu'être attirée par un tel positionnement. Je me mets à l'écouter religieusement, enregistrant chaque émission sur des cassettes audio afin de me concocter mes propres playlists. Je suis toutes ses Black Sessions, des concerts privés auxquels je n'imagine même pas pouvoir assister. Concrete Blonde reste mon groupe favori, mais je deviens sensible au rock britannique de The Smiths, de Joy Division, de Pulp, de PJ Harvey.

Et puis ce samedi soir de 1992, le miracle se produit : sur le panneau de la billetterie du Virgin Megastore, j'apprends que Concrete Blonde assurera la première partie d'un concert de Nick Cave and the Bad Seeds au Zénith. Je me fiche de n'avoir jamais entendu parler de Nick Cave : je vais enfin voir et entendre mon idole chanter devant moi.

Quelques semaines plus tard, je m'y rends seule avec trois heures d'avance, vêtue de ma robe Topshop noire à roses rouges, souvenir de mon week-end à Londres avec Katia. À force d'étudier l'allure ténébreuse de ma chanteuse fétiche sur ses pochettes de disque, mon style vestimentaire s'est assombri.

Dans la fosse ce jour-là, collée à la barrière, entourée d'inconnus, je connais l'une des joies les plus intenses de mon existence. Jamais je n'ai attendu un événement avec autant de ferveur. Quand elle apparaît, je reste subjuguée : celle que j'écoute nuit et jour depuis des années se matérialise enfin devant moi, avec sa basse, sa masse de boucles brunes et sa robe en panne de velours noire. Je la scrute bouche bée, faisant un effort de concentration extrême pour mémoriser chaque détail de la scène. Je sais que le soir-même, je me la repasserai en boucle, seulement aidée de mes souvenirs. Sa voix m'enivre, les guitares m'électrisent, la foule me galvanise : je ne suis plus seule avec mes émotions, les autres vibrent avec moi et Johnette me comprend, même si elle ne sait pas qui je suis. Je chante, je crie, je pleure.

Quand Nick Cave débarque sur scène dans son costume étriqué, échalas gracile aux longs cheveux de jais qui ne cessent de lui tomber dans la figure, je ne suis pas encore redescendue. Je continue de planer sur ses interminables envolées lyriques, portée par sa voix lugubre. Encore aujourd'hui, je nourris une affection particulière pour celui qui me permit de communier sur scène avec mon groupe fétiche.

La gêne occasionnée

Juillet 1992

Un samedi après-midi, je remplis mon sac de livres et pars seule à Paris. L'année scolaire vient de s'achever, je n'ai plus besoin de mes manuels de seconde, je compte m'en débarrasser chez Gibert-Jeune, à Saint-Michel. Les grandes vacances démarrent à peine, il y a encore du monde dans le bus et le RER. Dehors le ciel est voilé, à l'intérieur du train l'air déjà étouffant – les rames ne sont pas encore climatisées. Il flotte dans celles de la ligne A une odeur indéfinissable, poussée à son paroxysme à cette époque de l'année, mélange écœurant de fibres textiles macérées, de plastique chaud et de transpiration.

Je porte un pantalon cigarette que j'adore. La toile de coton imprimée de petits motifs géométriques souligne mes formes sans les serrer, marque ma taille, met en valeur mon ventre plat et mes longues jambes. Je viens de l'acheter à Parly 2, où tout est plus cher mais plus beau qu'aux 3 Fontaines de Cergy. J'ai oublié le reste de ma tenue, probablement un tee-shirt et des tennis Bensimon, je ne porte que ça en été, mais le pantalon, je suis sûre de moi, je ne peux pas l'oublier, il me va super bien.

À la station Châtelet, je sors du RER A et attends en face, sur le même quai, l'arrivée du RER B. La foule est devenue compacte, moins familière, autant d'immigrés que sur ma ligne mais qui ne parlent pas les mêmes langues, autant de touristes mais pas les mêmes non plus, les routards en partance pour Orly ont remplacé les grappes de Japonaises cherchant les Galeries Lafayette. À l'arrivée du train, je m'engouffre dans un wagon bondé et me creuse une place, debout, au milieu des corps moites. Les portes se referment, le convoi s'ébranle. Mon sac est trop lourd pour que je le porte, je le pose à mes pieds.

Nous n'avons pas quitté la station que deux mains viennent se placer en coupes sur mes fesses, si délicatement au début que je mets plusieurs secondes à réaliser ce qui est en train de se passer. Peut-être n'est-ce que le fruit de mon imagination ? Mais à chaque secousse du RER, les mains chaudes se referment davantage. Je ne perçois aucun souffle derrière moi, aucun visage, seulement des paumes larges et pressantes sur la toile fine de mon pantalon. J'ai l'impression d'être nue. La sidération m'empêche d'agir. Comment peut-on oser faire cela, a fortiori au milieu d'autant de gens ?

Le trajet ne dure que quelques minutes mais me paraît interminable. En apnée, les muscles tendus, la main crispée sur la barre en métal, je reste figée, incapable d'essayer de me dégager.

À cette époque pourtant, je pratique déjà le karaté depuis plusieurs années. Mon père a commencé à en faire quand j'étais encore en sixième. Il trouvait important de savoir se défendre en cas d'agression. Il a fini par nous convaincre, ma sœur et moi, de nous y mettre aussi. Nous sommes allés aux cours municipaux ensemble, deux soirs par semaine, jusqu'à ce que Véronique préfère se concentrer sur l'équitation et que mon père arrête à la suite de problèmes de dos. Moi, j'ai continué. Je suis ceinture bleue. Ce jour-là, j'ai derrière moi des centaines d'heures d'entraînement. Je pourrais me dégager d'un geste, mais je ne bouge pas. L'attitude de cet inconnu ne correspond à aucun scénario vu en cours. J'ai appris à parer des coups au visage ou aux jambes, pas à protéger mes fesses d'un pervers.

Quand les portes s'ouvrent enfin et me libèrent, je sors sans me retourner. Je quitte la station et poursuis ma journée comme si rien ne s'était passé.

Le soir-même, je n'en parle à personne. J'ai trop honte de m'être laissé faire. On ne parle pas encore d'attouchements, de harcèlement de rue, de frotteurs, de culture du viol. Il n'y a pas de mots pour désigner ce qui vient d'arriver. Je pense être la seule concernée. Je me dis que le mec était tordu mais qu'au fond ça n'est pas grave, je n'ai pas été violée. Et puis ça n'a pas duré longtemps. Tout de même, mon cerveau rejoue la scène en boucle dans ma tête. J'ai besoin de changer le scénario : je m'imagine faire volte-face, hurler au type de ne pas me toucher, le repousser avec mon sac de livres. Je me promets de ne plus jamais laisser personne se placer trop près derrière moi dans les transports.

À cette époque, je me déplace seule dans le RER depuis plusieurs années. Je devais avoir treize ans quand mes parents me laissèrent pour la première fois le prendre sans être accompagnée. J'avais envie d'explorer Paris, je prenais déjà le bus pour me rendre au collège, je faisais plus que mon âge. La station de RER A la plus proche de chez nous est à une demi-heure de la station Charles de Gaulle-Étoile, c'est-à-dire des Champs-Élysées. Mon père fit un aller-retour avec moi pour que je me familiarise avec le réseau, puis me laissa partir. En fin d'après-midi, je revins à la maison sans encombre, fière de ma nouvelle indépendance. Par la suite, je pris l'habitude d'aller me balader sur les Champs ou dans les grands magasins du boulevard Haussmann. Les premières années, j'étais seule : aucune de mes amies n'avait encore l'autorisation de s'aventurer si loin de chez elles. Je me sentais grande.

Mes parents avaient à cœur que leur fille devienne autonome mais ils tenaient à s'assurer que j'étais vigilante. Les recommandations pleuvaient. Si un homme louche s'asseyait à côté de moi, mieux valait changer de place. Si la situation dégénérait, mon père était formel : je devais lui donner « un bon coup de pied dans les couilles », ça le paralyserait suffisamment pour que j'aie le temps de m'enfuir. Je ne réalise que maintenant à quel point ils devaient s'arranger avec leurs propres craintes quand ils laissaient partir la toute jeune fille que j'étais.

Peu de temps après l'incident du RER B, un film regardé en famille à la télévision achève de me faire comprendre que les transports en commun peuvent constituer un environnement dangereux pour une femme. Avant de le rechercher sur Internet, je ne me souviens plus ni du titre, ni de l'histoire, uniquement de la scène centrale : la nuit, dans un RER désert, Véronique Jannot, alors star de la série *Pause café*, est agressée par trois loubards. J'étais convaincue qu'ils la violaient, mais j'ai revu le passage sur YouTube et ce n'est pas le cas. Les trois hommes la terrorisent puis la rouent de coups – elle reconnut par la suite qu'il s'agissait de son pire souvenir de tournage – mais l'arrivée de flics dans le wagon d'à côté les empêche d'aller jusqu'au viol. Ils la tuent d'un mouvement de karaté, puis s'enfuient, la laissant gisant au sol dans sa robe en angora ivoire déchirée et maculée de sang. *Tir groupé*, de Jean-Claude Missiaen, sorti en 1982, raconte comment le petit ami de Véronique Jannot, joué par Gérard Lanvin, part à la recherche des assassins pour la venger. Le film ne marque pas l'histoire du cinéma mais me traumatise. Après l'avoir vu, à chaque fois que je monte dans un RER, je repense à Véronique Jannot, sans défense face à ses bourreaux. Derrière chaque homme à la mine patibulaire, je me mets à voir un agresseur en puissance.

Aux avertissements parentaux s'ajoutent les légendes urbaines qui courent en classe. On raconte qu'une fille a été attaquée à la gare de Pontoise par une bande de voyous qui lui ont « arraché l'utérus ». J'aurais le plus grand mal à situer mon utérus mais je sais qu'il s'agit d'un organe *interne*, comment une telle mutilation est possible ? Cette histoire me glace d'effroi, certains hommes sont capables d'une violence qui me dépasse. Une copine, qui habite loin et prend chaque jour le train pour venir en classe, nous décrit comment, en rentrant de l'école, elle s'est retrouvée dans le même wagon qu'un couple « en train de baiser ». « La meuf était assise sur le mec, tranquille, elle poussait des petits cris en nous regardant », nous explique-t-elle à la récré, l'air blasé.

Je me demande comment j'aurais réagi si cela m'était arrivé.

Tous ces éléments me conditionnent. J'intègre que le RER est un environnement hostile, exigeant de se tenir sur le qui-vive. J'ai peur, mais je sors quand même. J'ai trop de choses intéressantes à vivre à Paris. Je m'octroie « le droit de risquer d'être violée », comme l'écrira plus tard Virginie Despentes dans *King Kong théorie*. Le danger est partout, peut surgir à tout moment, mais c'est normal, c'est aux filles de s'adapter, il n'y a rien à faire d'autre, les hommes sont des sauvages.

Je m'habille en conséquence, adaptant mes tenues en fonction des réactions qu'elles déclenchent : si mon décolleté est trop profond ou ma jupe trop courte, un inconnu dans les couloirs d'une station se charge de me signifier par un frôlement que j'ai dépassé les bornes. Quand je vais à Londres ou à Barcelone, j'envie les filles que je croise : elles peuvent se permettre des tenues impensables à Paris.

L'impression de danger est permanente, mais je garde finalement peu d'autres souvenirs vraiment désagréables. Un autre épisode, tout de même, demeure inoubliable. Je suis assise à un carré de quatre places, près de la fenêtre, dans un wagon de RER peu fréquenté. Je vais à Paris, je suis seule, il fait jour, ce doit être un dimanche après-midi. En face de moi, en diagonale, un homme se tient affalé, les jambes écartées vers moi, et me scrute. Dans la rue, dans les transports publics, partout, j'ai pour règle de ne jamais créer de contact visuel avec un homme que je ne connais pas. Mais celui-ci fait de tels efforts pour attirer mon attention que je finis par le regarder. Il a les cheveux longs, bruns, bouclés, rendus brillants par le gel. Il doit avoir une trentaine d'années, ses yeux sont exorbités. Il porte un jean blanc très serré. Je ne me rends pas compte tout de suite qu'il bande, puis ne vois plus que ça. Son sexe gonflé, très long, tendu sous la toile de coton. Il est presque couché sur son siège, ses jambes me barrant le passage. Je me tiens immobile, pétrifiée, le regard perdu dans le paysage qui défile par la fenêtre pour éviter de croiser le sien, puisque c'est ça qui l'excite. Je pourrais essayer de me lever et de partir, mais ça m'obligerait à interagir avec lui, lui demander de bouger ses jambes, prendre le risque qu'il refuse. Je préfère rester là où je suis. Au fond de moi, je sens qu'il ne constitue pas une menace sérieuse : il ne me touche pas, ne me parle pas, il est dans l'exhibition pure. J'aurais simplement préféré qu'il fasse son numéro ailleurs qu'à quelques centimètres de moi. Je n'ai pas la fin de la scène. J'ai dû finir par me lever et partir sans qu'il se passe rien.

Au bout du combat

Septembre 1992

Pierre annonce les étirements. « En silence, deux par deux le long du mur, une jambe tendue en l'air à tour de rôle », hurle-t-il. Ses cours de karaté sont une succession d'ordres. Il crie pour être entendu de ses élèves – dans le gymnase de Chavières, nous sommes trente autour de lui – mais aussi par goût. Commander est sa façon d'être. J'aime lui obéir. Au moins, au karaté, je n'ai pas à penser. Je me contente d'exécuter ce que Pierre me demande.

Thomas propose que l'on fasse l'exercice ensemble. J'accepte en rougissant. Grand, brun, enjoué, les lèvres fines parfaitement ourlées, le visage barré d'une mèche souple, Thomas est le plus joli garçon que je connais. Âgé d'une vingtaine d'années, il pourrait être mannequin. Je lui trouve autant de charme qu'à Werner Schreyer, le top-modèle masculin sur lequel on fantasme toutes en classe. Christelle, une fille de mon âge devenue une copine au fil des cours, a tenté de nous rapprocher mais Thomas lui a signifié qu'il n'était pas intéressé, sans invoquer de raison à son refus. Un cuisant et incompréhensible râteau dont j'ai mis du temps à me remettre, mais qui n'a pas affecté notre relation : il continue d'apprécier ma compagnie pendant les cours, il me faut juste réussir à prendre un air détaché quand il me parle ou – pire – quand on doit s'échauffer ensemble, comme ce soir-là. On a commencé les cours au même moment, quatre ans plus tôt, mais il est plus fort que moi : alors que je suis ceinture bleue, lui a déjà décroché sa ceinture marron. Son goût pour le karaté est plus franc que le mien.

Il me laisse m'installer debout contre le mur. Je lève ma jambe gauche. Il attrape mon pied, hisse ma jambe à angle droit, me demande s'il doit la monter plus haut. Je fais non de la tête, ma raideur naturelle ne m'autorisant guère à frimer. Nous nous installons dans la posture et attendons. Pierre est parti discuter avec un couple de ceintures noires. Au bout d'un moment, il nous demande distraitement de changer de jambe. À côté de nous, les autres élèves se mettent à chuchoter. Je reste silencieuse, moins par sens de la discipline que par timidité : à seize ans passés, je suis toujours incapable de trouver le moindre sujet de conversation face à un garçon qui me plaît. Je regrette que Christelle manque à l'appel ce soir-là, puis me ravise : si elle avait été là, nous aurions fait l'échauffement ensemble et Thomas ne se tiendrait pas à quelques centimètres de moi. Je sens son haleine mentholée, il a dû mâcher un chewing-gum juste avant le cours.

Je me creuse la tête pour savoir quoi dire quand, facétieux, il se met à lever ma jambe sans mon accord, pour le simple plaisir de me provoquer. Son geste est lent, il ne veut pas me faire mal. Il s'ennuie et me propose de jouer, l'œil espiègle, le sourire en coin. Je résiste mollement, pliant le genou droit et lui soufflant d'arrêter tout en priant pour que mon pied reste le plus longtemps possible dans ses deux mains chaudes. Il s'entête. Mes orteils atteignent son épaule, je ne me pensais pas si souple. Il fait mine de continuer. Je proteste en pouffant de rire. Certaines filles ont un rire discret, cristallin, une cascade délicate. Le mien n'est rien de tout cela. Le mien, même étouffé, s'entend à l'autre bout d'un gymnase. Pierre se retourne, darde sur moi ses yeux noirs de chien de garde, s'avance vers nous sans hâte, massif et déterminé, sûr de son effet – un silence pétrifié règne de nouveau dans la salle.

« Vous vous amusez bien vous deux ? »

Nous fixons le sol avec humilité mais le mal est fait.

« Cinquante pompes ! »

Sa voix tonne, nous nous exécutons devant lui pendant que les autres finissent leurs étirements. Quand je me relève, en sueur, les joues en feu, chacun a regagné sa place. Au deuxième rang, Thomas se retourne et me sourit.

Pierre est un ancien enfant des rues. Né peu après la fin de la Seconde Guerre mondiale, il a grandi dans un bidonville près des Batignolles, dans ce qu'on appelait à cette époque « la Zone », des terrains vagues sur lesquels, à partir de la fin des années 1950, on construirait le périph', mais qui en ce temps-là étaient à l'abandon depuis la destruction des fortifications de Paris. Pierre ne m'a jamais parlé de son enfance. Je tiens ces informations de mon père, qui ne le voit plus mais qui a été son élève pendant trois ans, à la fin des années 1980.

Ils sont à peu près du même âge, ont grandi à moins de deux kilomètres l'un de l'autre et s'entendaient bien en dépit de leurs milieux sociaux opposés. Peu de gens impressionnent mon père, mais c'était le cas de Pierre, dont il louait la droiture et la force de caractère. Pierre aurait pu mal tourner, sombrer dans la délinquance. Le karaté l'a sauvé. L'admiration que mon père lui porte, mêlée à la légende de ses origines et à son autorité naturelle, font de mon professeur une figure masculine prépondérante dans ma vie d'alors. Je prends plaisir à suivre ses cours, chaque mercredi et chaque vendredi soir. Je participe avec assiduité aux stages qu'il organise à Cabourg, une à deux fois par an. Je me sens plus proche de lui que d'aucun de mes professeurs au lycée.

Il m'intimide, mais son humour et sa gouaille m'empêchent de le prendre trop au sérieux. Au début de chaque leçon, après le salut et quelques minutes de course, il crie : « Marche en canard » et nous devons poursuivre nos tours de gymnase accroupis, les mains derrière la tête et les cuisses endolories par l'effort. Il guette nos protestations avec un sourire sardonique, puis ajoute : « On n'est pas au Club Med ici ! Ça ne vous plaît pas ? Il fallait rester devant *Sacrée Soirée.* » *Sacrée Soirée* est une émission télévisée de variétés que tout le monde regarde à l'époque, présentée chaque mercredi soir sur TF1 par Jean-Pierre Foucault. Nous levons les yeux au ciel en maugréant, aussi agacés que face à un oncle qui fait toujours la même blague à table.

Après ces échauffements et les kihons (enseignement des positions, déplacements, attaques et blocages de base), nous passons aux katas, ma partie préférée (enchaînements codifiés, qui simulent un combat). J'adore mémoriser ces séries de mouvements venus de la nuit des temps, les répéter, encore et encore, jusqu'à leur intégration complète. J'assouvis là mon goût pour la beauté dans le mouvement, je recherche l'harmonie par la répétition. C'est déjà ce qui, plus jeune, m'avait menée à la GRS, mais je m'étais alors toujours sentie gauche et peu douée au milieu des autres filles. La plupart me paraissaient plus minces, plus souples, plus gracieuses. Au karaté, les corps de tous les sexes, tous les âges, toutes les corpulences sont admis sans distinction. Seule la persévérance compte. Pierre nous apprend à viser la justesse et la puissance, pas la joliesse. La grâce peut surgir mais elle n'est ni recherchée ni jugée. Mon kimono japonais est à l'avenant : de coupe ample et unisexe, taillé dans un coton épais et rigide, il me permet d'oublier mon corps de femme le temps du cours. Dans une tenue qui « porte » chaque geste, je peux me concentrer sur le coup à donner plutôt que sur mes courbes à cacher.

Les katas aiguisent aussi mon goût de l'effort. Pour les réussir, il faut tout donner, déployer dans chaque mouvement une énergie maximale, se dépasser à chaque pas. Aller puiser en soi des ressources inexplorées. J'en redoute la dureté autant que je la recherche. Je vais aux cours à reculons – après m'être lestée d'un bol de pâtes que j'ai toutes les peines du monde à digérer – mais je ne manquerais un entraînement pour rien au monde. J'ai besoin de sentir mes muscles, de transpirer, de m'oublier. De ne plus être qu'un corps en marche.

Une demi-heure avant la fin du cours, nous passons aux kumités (enchaînements codifiés pratiqués deux par deux pour apprendre à combattre). Malheureusement pour moi, je déteste les combats. Pierre a beau répéter que l'on doit contrôler ses coups, la plupart de mes adversaires m'assènent avec une telle force leurs Gyaku Tsuki (coup de poing inversé) et leurs Yoko Geri (coup de pied circulaire) que je sors des cours les bras et les cuisses couverts de bleus.

Au-delà de la douleur physique, j'ai du mal à accepter la violence. Dans les katas, elle peut être sublimée, mais face à un autre élève, je ne peux plus l'esquiver. Je ne supporte pas l'idée de devoir frapper l'autre, même pour me protéger. En plus, j'ai surtout affaire à des hommes, parfois beaucoup plus âgés que moi. Sentir leur odeur, effleurer leurs poils, heurter leurs tibias me rebute. Même avec Thomas, la proximité physique m'émoustille mais m'embarrasse. J'aspire avec lui à des rapports plus doux. Christelle est beaucoup plus à l'aise. Pour elle, les coups – portés ou parés – sont un moyen comme un autre d'entrer en contact avec des garçons et de se libérer des tensions du lycée.

Je ne vois pas comment cogner pourrait m'apaiser. Mes mauvaises expériences dans le RER ne me motivent pas davantage : j'aime les gestes du karaté, je m'exerce avec beaucoup de plaisir à l'apprentissage de sa technique, mais face à tous ces hommes, je suis une piètre combattante.

Dans la chaleur de la boulangerie

Octobre 1992

En première, quelques semaines après la rentrée, une surveillante vient nous dire qu'une boulangère de Pontoise recherche une « petite vendeuse ». Il faut servir à la boutique, chaque dimanche de huit heures du matin à huit heures du soir. Au dîner ce jour-là, j'annonce la nouvelle à mes parents sur le ton de la blague : « Vous vous rendez compte, travailler tous les dimanches, toute la journée ? La galère ! » Je me demande qui serait assez fou pour amputer ses week-ends de moitié.

Mes parents accueillent cette information avec le plus grand sérieux. Leur budget est serré. Gagner de l'argent me permettrait de m'acheter ce qu'ils ne peuvent m'offrir. Et puis ce serait une première expérience professionnelle. J'ai tout à gagner à postuler. Le magasin est situé à une demi-heure de voiture, c'est jouable, ils m'emmèneraient, me ramèneraient. En moins de cinq minutes, ils me convainquent que ce petit boulot est pour moi. Le lendemain, je rencontre la patronne et décroche le job.

Cette boulangerie devient rapidement ma seconde maison. Le couple qui la tient, M. et Mme Potel, est attachant. À leur contact, je découvre le monde des petits commerçants, l'amour du métier, l'artisanat réalisé dans les règles de l'art. Tout est fait maison. Leur boutique est rutilante. Ils travaillent comme des fous, lui une bonne partie de la nuit, elle du matin au soir. Ils me font l'effet de bien gagner leur vie. Leurs filles, plus jeunes que moi, sont mieux habillées, l'été ils partent en vacances sur la Côte d'Azur, le mercredi ils se reposent dans une maison de campagne digne de figurer dans un magazine de déco. Leur affaire prospère, ce qui me rassure : leur réussite professionnelle me montre que l'on peut aussi s'épanouir sans trop de diplômes.

Je me pose beaucoup de questions sur mon avenir professionnel. Je n'ai pas de vocation. Je m'intéresse plus au français qu'aux mathématiques, à l'économie qu'à la physique, la filière B s'est imposée naturellement, mais ensuite, rien ne m'attire. Je ne sais pas ce que je ferai après mon bac.

À la boulangerie, le monde me paraît simple. Il n'y a pas de devoirs à terminer, de bonnes notes à décrocher, de choix à faire. Il n'y a que des clients à accueillir, des gâteaux à mettre en boîte, de la monnaie à rendre. Une odeur de pain beurré flotte en permanence dans la boutique, jusqu'à imprégner mes vêtements. Selon la saison, l'horizon se limite à des rangées de galettes des rois, de bûches ou de fraisiers. Ce monde gras et sucré ralentit la roue de mes questions.

Quand les clients se font rares, M. Potel passe une tête à la boutique et annonce à sa femme et aux vendeuses qu'il va falloir « sortir les strings ». Ça nous fait rire. J'aime ses taquineries, l'humour en dessous de la ceinture des pâtissiers, leur ton badin quand je viens au fournil leur demander si une commande est prête. Je suis si peu à l'aise avec les garçons que ces rapports de séduction faciles et bon enfant m'aident à prendre confiance en moi : ouf, eux au moins me trouvent jolie, apprécient ma conversation, sont flattés que je leur parle. Aucun ne m'attire, ce qui facilite les choses. À leurs côtés, je ne risque pas de perdre mes moyens. Il n'y a pas d'agressivité sous leurs blagues graveleuses, uniquement un fond de timidité. Plaisanter n'est rien de plus qu'une marque d'affection.

Un jour, un client me demande un kilo de pâte à pizza. Je vais la chercher au fournil. Un apprenti me remet une boule enfarinée à la texture molle et légère. C'est donc pour cela que les fesses sont surnommées des miches, parce qu'elles sont aussi veloutées que ce que je tiens dans les mains ! Et un boulanger pétrit cette matière toute la journée ? Comment une telle sensualité ne pourrait-elle rejaillir sur son humour ? Et que dire de la chaleur du four, de la tendresse des viennoiseries, de l'onctuosité crémeuse des pâtisseries ? J'ai atterri dans un royaume de douceur, ce que l'on vend là amortit tous les coups possibles.

Désormais, j'ai des collègues de travail : Cindy, Marlène et Eugénie, trois vendeuses qui se relaient auprès de la patronne. Chacune m'offre une vision du monde à des années-lumière des snobismes de Notre-Dame. Cindy, la plus délurée, a les gestes brusques et la voix aiguë de Josette dans *Le père Noël est une ordure*. Un jour que nous attendons le bus ensemble après notre journée de travail, elle me raconte que son mari s'est moqué d'elle quand elle lui a demandé : « C'est qui Maastricht ? » Sa question me fait beaucoup rire. À force de lire *Le Figaro* sur les conseils de mon père – « Deux articles par jour, c'est le minimum pour se tenir informé » –, j'ai suivi les débats sur le référendum du traité européen, mais l'ignorance de Cindy est une bouffée d'air frais : elle m'apporte la preuve que l'on peut aussi vivre sans prêter la moindre attention à l'actualité.

Marlène, plus calme, aime raconter ce qu'elle cuisinera chez elle en rentrant, ce qu'elle regardera à la télévision, ce qu'elle achètera au supermarché. Toutes deux sont trentenaires et mères de famille. J'aime leurs conversations au ras des choses. Avec elles, je ne cours jamais le risque de dire la mauvaise réponse. Il n'y a aucun enjeu, aucun jugement, aucune concurrence.

Eugénie, c'est autre chose. La cinquantaine résignée, les cheveux gris, le regard morne, le visage rosi par la couperose, elle m'évoque les domestiques du XIXe siècle dont la seule perspective est de servir leurs maîtres. « On serait mieux dans le trou », déclare-t-elle certains matins d'hiver, en empilant les croissants. Eugénie trouve si peu d'intérêt à sa vie qu'elle me signifie sans détour qu'elle préférerait être morte. Elle est allée une seule fois au cinéma dans sa vie, pour voir *L'Ours*, qu'elle a détesté. Elle est si prude et si solitaire que Mme Potel laisse sous-entendre qu'elle n'a probablement « jamais vu le loup ». Ce détail me terrorise : rester vieille fille est donc une réalité. Si je ne fais pas ce qu'il faut – mais quoi ? –, je finirai comme Eugénie.

Et puis il y a les clients. Parler à des dizaines d'inconnus dans une même journée m'oblige à sortir de ma réserve. Je n'en reviens pas de si bien m'en tirer. J'adopte le ton traînant et démonstratif de Mme Potel, les mêmes expressions que j'ai entendu prononcer toute mon enfance par les boulangères de Chavières : « Bonjour Monsieuuuur, qu'est-ce que je vous seeers ? », « Et avec ceciiiiii ? », « Ça sera toouut ? », « Merci, au revoir Madaaaame. »

J'entre dans le quotidien des gens. Ce n'est pas rien de fournir le pain. Je sers une fonction nourricière ancestrale. Je m'inscris dans des générations de marchands utiles et respectés. Il y a là quelque chose de viscéral, d'essentiel, d'immuable qui me comble. J'aime la répétition. Chaque nouveau client m'offre l'occasion de peaufiner davantage mon rôle, mes gestes, mes intonations. Je joue ma partition au sein d'un ballet parfaitement rodé. J'en viens à me trouver gracieuse. Tout est à sa place. Je suis très appréciée, tant par les patrons que par mes collègues et les clients. Je me sens utile.

À Noël, tout s'accélère. Le plus gros jour de l'année se déroule dans une ambiance aussi festive que tendue. Je m'y rends comme on part au combat : excitée mais consciente de l'effort à fournir – je travaille le 24 décembre, mais également le 25, puis le dimanche et la semaine suivante, le 31 décembre et le 1er janvier. Dans une boutique débordant de bûches, de vacherins, de petits fours et de boîtes de chocolats, je m'active douze heures debout, face à des clients patients mais exigeants. Au moins, ces jours-là, je n'ai pas le temps de grignoter. Le soir, j'arrive tard et fourbue au dîner de famille, les vêtements recouverts d'une couche de farine, fière du travail accompli : j'ai bien mérité mon salaire journalier de 400 francs, une somme considérable pour une ado.

Le reste de l'année, un monde d'habitués et de personnages récurrents gravite autour de ce que, dès le départ, j'ai choisi de voir comme une scène de théâtre. À huit heures et demie du matin entre Josiane, la serveuse du bar-tabac d'en face, en blouse blanche et jupe droite noire, le dos voûté par une vie passée à servir des bières derrière le comptoir. Elle discute un quart d'heure de la pluie et des clients hargneux puis repart avec ses dix baguettes sous le bras. À dix heures, Mme Poussin, une vieille dame presque aveugle, vient chercher ses trois polonaises. Un monsieur toujours guilleret réclame un baba au rhum « bien arrosé ». « Gâteaux du dimanche » n'est pas une expression en l'air, les Français se plient à ce rituel avec un plaisir constant. Il y a aussi les pères de famille qui se dévouent pour la tournée des croissants au beurre, le petit garçon qui veut pour un franc de Malabar roses. À midi, été comme hiver, la boutique est noire de monde.

Les gens sont plus ou moins aimables. Il n'est pas rare de voir Cindy filer dans la cuisine lorsqu'elle ne veut pas servir quelqu'un. Je suis imperméable aux sautes d'humeur des clients : à la moindre contrariété, je me réfugie dans la nourriture. Il y a toujours un éclair écrasé ou un pain au chocolat abîmé à se mettre sous la dent. Je n'ai pas encore mis de mots sur mes excès alimentaires, mais, dans mon escalade vers la boulimie, ces dimanches le nez dans la pâte feuilletée embrasent mes troubles naissants.

Je redoute les erreurs de caisse. Je rends la monnaie avec application mais il y a souvent des écarts en fin de journée. Je ne peux supporter l'idée que l'on me soupçonne de vol. Un jour, celui que l'on surnomme l'homme des bois – un grand gaillard à la barbe grisonnante qui sent le bois brûlé et a une allure effrayante – vient m'acheter un pain de campagne. Troublée par sa stature, son regard fixe et son sourire édenté, je ne prête pas attention au billet de 500 francs qu'il me tend. Quand je me rends compte qu'il est faux, il a déjà filé sur sa mobylette avec la monnaie. Mme Potel ne m'en veut pas. Pragmatique, elle s'en débarrasse quelques mois plus tard, en vacances, chez un commerçant de Sologne qui ne risque pas de la connaître.

À l'heure du déjeuner, elle nous invite à prendre notre repas à tour de rôle dans la cuisine de l'arrière-boutique. J'adore ce moment d'accalmie. Elle a fait cuire une viande au fournil, me la sert en me demandant des nouvelles de mes parents et de ma sœur. Au dessert, nous pouvons choisir une pâtisserie. Je la savoure en connaisseuse – je l'ai vu fabriquer le matin même, j'en ai détaillé la composition aux clients – puis je repars passer l'après-midi debout.

Vers sept heures du soir, Mme Mistral fait son entrée. Je suis d'abord frappée par son grand âge – elle était déjà cliente du temps où la boulangerie appartenait aux parents de Mme Potel – mais sa haute taille, son regard d'aigle, sa poigne glacée et ses remarques acerbes m'incitent à garder mes distances. Elle est veuve, vit seule, frugalement, et vient chaque soir chez les Potel réchauffer son âme solitaire. Elle s'installe près du comptoir, discute avec les habitués en faisant des rouleaux de pièces de dix francs pendant qu'Eugénie nettoie la boutique et que je sers les derniers clients.

À la fermeture, une tension imperceptible monte entre elle et moi : qui va rafler les restes ? Mme Potel fait le tour des frigos, estime ce qui ne pourra être vendu le lendemain et nous invite à nous servir. Mme Mistral a le privilège de l'âge, il serait logique qu'elle se serve en premier, mais elle prétend n'avoir ni faim ni besoin de rien. Elle est d'une minceur inquiétante, les bras bleuis par des ecchymoses qui ne guérissent plus. J'ai envie de tout embarquer, les feuilletés au fromage, les gnocchis, les tartelettes aux fraises, mais je tiens à la laisser choisir ce qui sera son dîner. J'envie son appétit de moineau. Je ne veux pas que ma voracité éclate au grand jour. Quand Eugénie n'en peut plus de nos airs de ne pas y toucher, elle enveloppe une quiche aux épinards pour Mme Mistral et m'emballe le reste avec un clin d'œil.

Mal réglée

Décembre 1992

Je n'ai jamais perdu autant de sang. Le flux s'écoule de mon sexe de manière quasi continue. En temps normal j'utilise des serviettes Always, les vertes pliées en trois que mon père achète en grande quantité chaque mois pour ma mère, ma sœur et moi chez Auchan. Mais cette semaine, la nuit, elles ne suffisent plus. Le jour non plus d'ailleurs. Hier, au bout d'une heure et demie de cours de maths, je me suis levée pour aller me changer aux toilettes. J'ai bien fait, la serviette était déjà pleine. J'ai demandé à ma mère de m'en trouver d'autres, plus absorbantes. Elle est revenue du supermarché avec des serviettes pour les femmes qui viennent d'avoir un bébé, énormes, on dirait des couches, la honte. Mais au moins avec ça je dors la nuit sans craindre de transformer mon lit en mare de sang. Aujourd'hui j'ai dû prendre mon sac avec moi pour aller me changer à l'heure du déjeuner, histoire d'être sûre que personne ne voie la taille de ma protection.

Perdre autant de sang m'épuise. Je ne comprends pas ce qui m'arrive, d'habitude je n'ai pas des règles particulièrement abondantes. Et encore, quand j'en ai. Je me demande pourquoi on parle d'être « réglée », je le suis si peu que je vis dans la peur que mes « ragnagnas » surgissent au mauvais moment, en plein devoir sur table ou lorsque je n'ai pas de protection dans mon sac. J'ai la hantise de tacher mes vêtements et que les autres s'en aperçoivent avant moi. Finalement, en général, elles débarquent la nuit, maculant ma chemise de nuit, les draps, le matelas. Je déteste ce sang noir et épais, à l'odeur si tenace que je crains que mon voisin de classe ne la sente.

Enfin, l'essentiel, c'est que je les aie. Mes premières règles sont arrivées quand j'étais en quatrième, à quatorze ans, si tardivement que je les ai accueillies comme un non-événement. Toutes mes copines et ma sœur plus jeune les avaient déjà. Assise sur la cuvette des toilettes de la maison, j'ai vu du sang dans ma culotte, j'ai su ce que cela signifiait. Je suis allée piocher une serviette dans le placard familial, je l'ai disposée comme je l'avais vu faire des centaines de fois dans les pubs à la télé et suis retournée à mes devoirs. Quand ma mère est rentrée du bureau, je lui ai dit que j'avais mes règles, elle m'a félicitée pour la forme et on n'en a plus reparlé. Cela ne m'a pas fait me sentir plus « femme ». J'étais seulement rassurée d'entrer enfin dans la normalité.

J'ai mis du temps à utiliser mon premier tampon. Avec applicateur, il était réservé à « celles qui l'ont déjà fait ». Sans applicateur, je craignais de ne pas savoir le mettre, puis de ne pas savoir l'enlever. Et si cela me faisait mal ? Et si j'avais quand même une fuite ? Et si je ne retrouvais pas la ficelle ? L'objet m'intimidait et ne m'inspirait pas confiance. Quand j'avais mes règles, je préférais ne pas aller à la piscine plutôt que d'en utiliser un. Finalement, je me suis laissée entraîner par Katia. « C'est plus hygiénique », me répétait-elle. Un jour où l'on voulait aller à l'Aquaboulevard et où j'étais « indisposée », j'ai enfoncé un tampon mini à l'intérieur, assez loin pour ne plus le sentir. Au début, ça n'était pas très confortable, mais j'ai pu aller me baigner. Ça m'a convaincue de recommencer.

J'ai de la chance, mes règles ne sont pas trop douloureuses. Plusieurs copines de classe loupent l'école tellement elles ont mal. Moi, c'est plutôt que je sens mon ventre faire de drôles de choses. J'aurais du mal à dire quoi, ce qui se passe à l'intérieur de mon corps ne m'intéresse pas trop, je ne sais même pas pourquoi je saigne. J'ai dû apprendre le cycle menstruel en cours de sciences naturelles, mais j'ai oublié. Je ne connais pas mon anatomie, je ne comprends rien aux histoires d'ovulation. Je m'en préoccuperai plus tard, quand je serai en couple et que je commencerai à prendre la pilule. Pour le moment, à quoi cela m'avancerait-il de connaître mon appareil de reproduction ? Il n'y a aucune reproduction à empêcher.

Depeche Mode

Mars 1993

Un samedi après-midi, j'essaie une robe Bensimon aux Galeries Lafayette au son de *Foule sentimentale* quand une annonce interrompt le tube d'Alain Souchon : le défilé des nouvelles collections printemps-été 1993 va commencer, dans les rayons une voix d'hôtesse de l'air invite les clients à se rendre au dernier étage du magasin pour y assister. Je n'ai jamais vu un défilé ailleurs que sur TF1, je me rue hors de la cabine d'essayage et repose à regret la longue robe en madras sur le portant. Face à la glace, j'ai tout de même le temps de mémoriser le décolleté danseuse, les découpes princesse du buste, le volume ample de la jupe. À plus de mille francs, elle est trop chère pour moi, mais je compte bien demander à ma mère de m'en coudre une dans le même esprit.

Je n'ai aucun souvenir des vêtements présentés lors du défilé, ni de la musique diffusée ni du public autour de moi. Je ne me souviens que de l'auditorium rempli de chaises en plastique disposées de part et d'autre d'un podium blanc et de l'euphorie dans laquelle le spectacle me met. Une mannequin, en particulier, m'accroche. Son visage à l'ovale parfait, ses yeux en amande, sa silhouette menue, son déhanché gracieux m'hypnotisent. Je me mets à guetter ses passages. Sur elle, chaque vêtement devient désirable. La contempler, c'est annihiler la réalité, le temps, mon propre corps. Je peux me projeter dans le sien, m'évader, accéder à un monde parallèle plus beau, plus surprenant, plus harmonieux. Il s'agit d'une illusion, tout est faux, mais quelle importance ? Ce qui compte, c'est que le défilé m'offre la possibilité de plaquer sur des silhouettes stylisées tout ce qui s'agite dans ma tête : les vies que je m'invente, les personnages que je me raconte, les fantasmes dont je n'ai même pas conscience.

Des défilés, je ne connais jusque-là que les photos en pied, imprimées en tout petit dans les magazines, et ce que Patrick Poivre d'Arvor veut bien nous en montrer, quelques soirs par an, à la fin de son journal de 20 heures. Ces extraits filmés sont toujours trop courts, mais je me contente de cette brièveté : j'ai dès le départ intégré que la mode est un univers secret qui m'échappe, un luxe auquel je n'ai pas vraiment droit, un milieu à part dont je ne peux espérer saisir que des bribes. Le huitième étage des Galeries Lafayette Haussmann n'a pas le faste du Carrousel du Louvre où se tiennent alors les défilés officiels, mais ce jour-là le charme agit quand même. Assise dans la pénombre, entourée d'inconnus, j'éprouve pour la première fois ce qui ne cessera plus de me fasciner : la mode offre la possibilité d'entrer dans un film que l'on se raconte collectivement. Un défilé est la matérialisation la plus aboutie de ce film : des gens ont imaginé ensemble un autre monde, incompréhensible pour le commun des mortels, mais grisant pour ceux qui veulent y croire. Et moi, je veux y croire plus que tout.

À la sortie, on nous offre un exemplaire de *Depeche Mode*. Il date de plusieurs mois, la tranche a été bleuie – j'apprendrai plus tard qu'on passait à l'époque au bleu de méthylène les « invendus » pour éviter qu'ils ne soient de nouveau commercialisés –, mais sur le moment je ne note pas ce détail. J'ai un *Depeche Mode* rien qu'à moi, voilà l'important ! Je connais ce magazine pour l'avoir souvent feuilleté au Temps de vivre, la maison de la presse du centre commercial des 3 Fontaines. Ma mère m'y emmène et y reste des heures à étudier les modèles des revues de couture et de tricot, puis à lire *Elle* et *Marie Claire*. Elle se nourrit des pages mode et parcourt les articles, mais finit le plus souvent par les reposer. Les catalogues *Burda* et *Phildar* qu'elle choisit avec soin sont bien assez chers comme ça. J'ai déjà parlé des *Madame Figaro* de ma grand-mère Loulette, des *Femme Actuelle* de Liliane, la grand-mère de Katia. Les magazines exercent sur moi un fort pouvoir d'attraction, mais sont une denrée rare. À la maison, je dévore les *Première* et les *Télérama* auxquels mes parents sont abonnés, mais la presse mode n'arrive jusqu'à moi qu'au compte-goutte.

D'où l'importance de nos visites au Temps de vivre. Mon amour fétichiste du papier journal s'enracine dans ce magasin à l'atmosphère à la fois silencieuse et vivante, où l'on peut tout feuilleter sans être inquiété. Il suffit de se faufiler entre les piles de *Capital* et les clients absorbés dans leur lecture de *Tiercé Magazine*, de *Paris Match* et de *L'Événement du jeudi*. L'affluence, impressionnante le samedi quand nous nous y rendons, est difficile à imaginer aujourd'hui tant les kiosques se raréfient. L'air embaume l'encre. Les quotidiens s'étalent dans des bacs inclinés. Les rayonnages donnent le tournis. C'est là que je découvre *Depeche Mode*, mais aussi *Vogue, Glamour, Jardin des Modes, 20 ans*. Avec l'argent gagné à la boulangerie, je peux commencer à m'offrir un exemplaire de temps en temps. Acheter *Vogue* me rapproche de la Parisienne que je rêve de devenir.

C'est l'âge d'or des top-modèles. Elles deviennent mes héroïnes. Je lis avec avidité tout ce qui les concerne. Je connais leur taille, leur poids, leurs hobbies, comment elles ont été découvertes, les sports qu'elles pratiquent. J'ai beau savoir que je n'ai ni les mensurations ni la photogénie pour devenir mannequin, une partie de moi, irrationnelle et fantasque, se projette dans leur métier porté aux nues par la presse et la télé. Moi aussi, je veux être repérée, choisie, magnifiée sur des shootings, suivie par des caméras, habillée par les plus grands couturiers. Moi aussi, je veux voyager à travers le monde, dormir dans des palaces, gagner des millions. Moi aussi, je veux être le centre de l'attention et au cœur du système.

Mannequin me paraît un métier facile : il n'y a qu'à poser. Je saurai faire, il faut juste que les professionnels s'accordent pour me trouver belle. Cela commence par la minceur. Je dois atteindre les mensurations standards, 90-60-90. Les magazines prennent beaucoup de pages pour m'expliquer qu'elles sont à ma portée. Il n'y a qu'à mettre telle crème, suivre tel régime, faire tel sport. J'y crois, puis m'enfile un rocher Suchard devant *K2000* et reporte mon programme au lendemain.

Je ne cherche pas à savoir comment un magazine est fait. J'imagine encore moins y travailler un jour.

Ce monde de papier est et doit rester inaccessible. Je le détache si bien de la réalité que je mets beaucoup de temps à comprendre que la plupart des vêtements portés par les mannequins sont vraiment en vente. Pour moi, ils n'ont guère plus d'utilité que les costumes dont j'ai longtemps paré mes Barbies. Les prix indiqués sont si faramineux que celles qui les achètent doivent vivre dans un monde à part. Ça ne me pose pas de problème. Ces magazines n'ont qu'une fonction : me faire rêver. Je n'imagine pas non plus qu'une styliste a choisi les vêtements portés par les mannequins, ni que les fesses lisses de ces dernières ont été retouchées. Je n'ai jamais entendu parler de Photoshop. Dans le monde magique des magazines de mode, les filles se lèvent comme ça. Le seul mérite des photographes est de diriger leur appareil photo vers elles, dans la lumière poudrée du matin.

Dans ces précieux magazines, j'admire les images mais je lis aussi tous les articles. Ils constituent autant de fenêtres sur une vie parisienne géographiquement proche mais à laquelle je n'ai guère plus accès que si j'avais habité à l'autre bout de la France. Je suis avide de me familiariser avec les créateurs, les marques, les boutiques branchées du moment. Consommer m'intéresse moins que d'être au courant. Vincent Grégoire, « dénicheur de tendances » pour le bureau de style Nelly Rodi, dont le nom revient souvent dans la presse, me fait presque autant fantasmer que Kate Moss. Je veux comprendre, analyser, savoir avant les autres. La mode est un mystère à percer.

Le magazine *20 ans* occupe une place de choix dans ma galaxie imaginaire. Son esthétique de série Z me déroute, mais je suis amoureuse de Diastème, le chroniqueur qui répond aux lettres des lectrices en fin de numéro. L'humour grince à chaque page, sans que je m'en rende toujours compte. Quand un article énumère les mille et une façons de se suicider – avec le taux de réussite de chacune pour être sûre de ne pas se rater –, je glousse face à tant d'irrévérence mais retiens que sauter dans la Seine est plus efficace que se tirer une balle dans la tête.

Le métier de journaliste m'intimide. Je n'ai aucune idée de comment les mots se joignent aux images. Qui les choisit ? Qui les met en page ? Ce monde-là n'est pas renseigné, les personnes qui écrivent et présentent ces textes restent dans l'ombre. Hormis Diastème et Eugène – l'autre plume de *20 ans*, dont j'apprendrai plus tard qu'il s'agit de l'écrivain Simon Liberati –, je ne vois dans les signatures au bas des articles que des noms interchangeables aussitôt oubliés.

Après le défilé aux Galeries Lafayette, à peine assise dans le RER, je me plonge dans la lecture du *Depeche Mode* qui nous a été offert. Il s'agit d'un numéro spécial consacré aux collections de l'hiver passé. À côté des vignettes des défilés Corinne Cobson, Dries Van Noten, Jean Colonna, je lis une analyse sur l'esprit « fin de siècle » des tendances de la saison, un article sur la fondatrice d'Absinthe – le magasin de mode le plus pointu de la capitale, si avant-gardiste que je n'ose m'y rendre – et une interview de Nagui – le présentateur star de *Taratata* que je viens de voir en vrai car ma sœur a pu nous faire admettre à l'enregistrement de son émission. Je peux en parler avec précision car dernièrement, prise d'une inspiration subite, j'ai tapé

« Depeche Mode Magazine 1993 » dans Google et aussitôt la couverture du fameux numéro m'est apparue, une jeune fille au visage de Pierrot encadré d'un chapeau de rabbin Jean Paul Gaultier. Un chineur breton le vendait seize euros sur eBay. Je l'ai reçu, emballé avec précaution dans une enveloppe kraft bardée de timbres-poste de collection. Je l'ai ouvert comme on monterait dans une machine à remonter le temps. Dans un parfum de vieux papiers, j'ai redécouvert une publicité Hermès avec Helena Christensen, une autre Chanel avec Claudia Schiffer. Le ton direct, rigoureux, pédagogique des articles m'a surprise. J'ai pris conscience que non seulement il avait bien vieilli, mais que c'est ce style accessible et sans fioriture que je continue de rechercher quand j'écris aujourd'hui pour *Marie Claire*.

Parmi les séries mode, j'ai retrouvé plusieurs photos de Kirsten Owen – l'un des grands tops de l'époque – que j'avais détachées puis conservées dans de larges classeurs à levier. Car dévorer de A à Z les magazines de mode ne me suffisait pas. Pour les absorber plus complètement, il me fallait en extraire les images qui continueraient de m'accompagner des années durant. Je sélectionnais les publicités, les photos de défilés, les pages mode qui me faisaient vibrer, puis les rangeais dans des pochettes plastique ou les collais sur mes chemises de cours, dans mon agenda, sur les murs de ma chambre. Ce sont ces images qui ont le plus puissamment formé mon goût. En revoyant Kirsten lovée dans un pull en mohair, une jupe fleurie, de gros godillots, je comprends à quel point mon royaume intérieur s'est construit dans cet Éden. Encore aujourd'hui, je ne cesse d'y revenir quand je m'habille.

Écrire sans trahir

Mars 2022

Au lycée, je passais beaucoup de temps avec deux amies. Après le bac, nous avons continué de nous voir, nous formions un trio. Un jour, la première m'a violemment quittée. Un autre, c'est moi qui ai coupé les ponts avec la seconde, sans explications, ce qui, je crois, fut tout aussi violent pour elle. C'était un moment de ma vie où j'avais envie de me réinventer, cela impliquait de rompre avec mon passé. Quand, des années plus tard, j'ai voulu reprendre contact avec elle, elle m'a signifié qu'elle ne voulait plus me voir.

Aujourd'hui, je ne sais pas comment parler ici de ces deux jeunes filles. Même si nous nous voyions encore, je ne suis pas sûre qu'elles accepteraient d'apparaître dans ces pages. Je n'ai pas retrouvé leur trace sur les réseaux sociaux. Je n'ai jamais eu de discussion avec elles sur ce thème – nous nous sommes séparées avant l'arrivée de Facebook – mais je suis convaincue qu'elles sont très attachées au respect de leur vie privée.

Je me suis lancée dans l'écriture de ce livre en me disant que je ne dirai rien à leur sujet, qu'on ne peut pas tout écrire, qu'un livre c'est aussi ce à quoi on a renoncé, le hors-champ. Mais plus j'avance, plus je dois me rendre à l'évidence : certaines choses qu'elles m'ont dites ont été trop importantes dans la construction de ma personnalité pour que leurs propos n'apparaissent pas dans mon récit.

Il me faut donc recourir à la fiction. La plupart des écrivains, confrontés à ce dilemme, inventent des personnages pour échapper au réel. J'ai commencé à dessiner les contours d'une jeune fille « composite », assemblage de plusieurs personnes que j'ai connues – mes deux anciennes amies, mais aussi d'autres camarades de classe. Je ne veux pas que l'on puisse les identifier, mais je veux rester dans le vrai. Je veux les protéger, mais je veux explorer notre passé commun. Je pensais que seule ma famille me confronterait à ces questions. J'ai surmonté cette difficulté en la consultant, mais comment faire avec des personnes qui ne veulent plus me voir, qui refuseraient sûrement que je parle d'elles mais qui ont contribué à faire de moi qui je suis ? Comment me raconter sans les raconter ? Où s'arrête ma liberté d'expression, où commence le respect de leur intimité ? J'ai lu les cas d'Emmanuel Carrère, de Christine Angot, de Grégoire Delacourt. À chaque fois, au regard des juges, la personne que ces auteurs décrivent est trop identifiable. Alors je brouille les pistes. Je prête à mon personnage d'autres traits, d'autres vêtements, une autre famille. Seuls comptent ses propos, sa vision du monde, la nature de notre amitié.

J'ai du mal avec ce travestissement. Je rame sur le chapitre à venir qui introduit Anouk, ma drôle d'amie.

Elle me paraît à la fois trop vraie et trop fausse. Je crains que le lecteur n'y croie pas, ou que les principales intéressées reviennent me faire des reproches.

« Tu ne t'es pas embarrassée de tels scrupules avec le personnage de Katia », a noté Mark. C'est vrai, avec Katia, c'est différent. Notre amitié s'est éteinte sans animosité. Ni l'une ni l'autre n'avait à cœur de continuer, nos chemins se sont séparés sans à-coup. Je n'arrive pas à l'imaginer fâchée par ma démarche. Je suis convaincue qu'elle comprendra que je lui rends hommage, que je l'admirais, que je l'ai beaucoup aimée. Je parle au futur car j'espère que ce livre nous permettra de nous retrouver, qu'un jour elle apparaîtra devant moi à une séance de dédicace et que l'on tombera dans les bras l'une de l'autre. Peut-être qu'en fait elle me giflera ?

Avec mes deux amies de lycée, les séparations se sont faites dans l'amertume, sur fond d'incompréhension. Je les imagine toujours en colère contre moi. Elles me font peur. Cette peur m'empêche de déployer sur le papier la personnalité de chacune. Je veux m'en tirer en en disant le moins possible, en ne racontant que ce qui m'a marquée au fer rouge. Ça a un mal fou à sortir. Je les entends au-dessus de ma tête : « Tu ne vas quand même pas raconter ça ? » Si. Je me dois d'essayer. Au risque de déplaire.

Anouk

Avril 1993

« Ben me dit que je suis prête, que je mouille dès qu'il me touche, mais j'hésite encore. » Les mots d'Anouk tombent dans mon imagination comme des pierres au fond d'un puits. Ben est son voisin. Elle m'en parle depuis des semaines. Elle m'a raconté le jour où il a sonné à la porte sans invoquer le moindre prétexte, juste pour lui parler, à un moment où il savait que la mère d'Anouk serait absente. Le jour où il l'a embrassée, sur le canapé familial. Le jour où il est allé plus loin, dans la cuisine, alors qu'elle leur préparait des gaufres au Nutella. « Il a mis les doigts et j'ai joui tout de suite. »

Le soir dans mon lit, je repense aux doigts de Ben et moi aussi je mouille et je jouis tout de suite. J'attends la suite avec un mélange d'envie et d'incompréhension. Comment peut-elle hésiter encore ? À sa place je me serais depuis longtemps jetée dans la gueule du loup.

Je suis en première, et mon amitié avec Katia s'étiole. Je n'ai toujours pas de copain, ne sais pas ce que je veux faire plus tard et ne vois pas comment mon amie d'enfance pourrait m'aider sur ces deux fronts. Elle sort avec un garçon que je ne connais pas. Elle m'assure en être amoureuse, mais ne me le présente pas et m'en parle sans enthousiasme. Moi qui donnerais tout pour être en couple, je comprends mal son détachement. Elle prépare un bac pro puis veut faire un BTS d'action commerciale. Sa vie paraît plus simple que la mienne. Mes doutes la laissent perplexe. Nous avons de moins en moins de choses à nous dire.

En classe, Anouk a pris toute la place. Solitaire et discrète, elle regarde le monde avec un mélange de fantaisie et de détermination. Nous avons souvent été dans la même classe les années précédentes mais nous ne nous sommes jamais adressé la parole avant la dernière rentrée. Depuis, elle m'a avoué que mon air hautain l'avait freinée. Je me suis offusquée mais elle avait raison : je l'ai longtemps trouvée terne et mal habillée, je craignais tant de l'être moi-même que je fuyais les personnalités dont le caractère me paraissait trop effacé. Mais cette année, plusieurs choses ont changé. D'abord, les spécialisations ont rebattu les cartes : les scientifiques, les cracks, les ambitieux sont partis en première S, les littéraires, les rêveurs, les glandus en première A. Notre classe de première B forme un groupe disparate. Annabelle, l'élève que j'admire depuis le collège, avec qui j'ai fait ma première communion, y trace sa voie, solaire et concentrée. Elle se distingue dans la plupart des matières, vise Sciences po et forme avec ses amies aux cheveux lisses le « clan des félicitées » : le peloton de tête de la classe uniquement composé de jeunes filles de bonne famille. C'est du moins l'idée que je m'en fais. Elles viennent en cours en jean Cimarron bleu ou vert, portent un cabas en nylon Hervé Chapelier élimé et reçoivent les félicitations à chaque fin de trimestre. Elles accueillent leur bulletin – une étroite feuille volante paraphée par notre prof principal, envoyée aux parents par courrier – avec une humeur égale et même une certaine modestie – elles ne sont quand même pas en première S. Cette excellence m'intimide, je les observe mais ne leur adresse jamais la parole. Elles aussi, à coup sûr, doivent me trouver hautaine.

Je ne me sens pas plus proche de la « clique des snobs », un groupe de garçons et de filles arrogants envers les profs, méprisants vis-à-vis des autres élèves, vêtus toute l'année de Bombers noirs et chaussés de Dr Martens, qui à chaque récré disparaissent derrière le bâtiment pour fumer et se retrouvent au Flash après les cours, le café enfumé de la place du Grand-Martroy où je n'ai jamais mis les pieds.

Je m'entends mieux avec le reste de la classe, qui fait ce qu'il peut pour survivre aux poussées d'acné et aux interros surprises, mais la plupart de mes amies sont parties en première S. Mon choix de la voie B s'est fait naturellement, par goût pour l'éco et aversion pour les maths et la physique.

Anouk a senti mon isolement : dès la première semaine de septembre, elle s'est assise à côté de moi. Alors seulement j'ai pris conscience de son évolution : elle est toujours aussi mal fagotée mais a gagné en assurance. Avec son grand front, ses lèvres fines et son menton pointu, elle n'est pas jolie au sens classique mais je remarque désormais une esquisse de délicatesse dans sa manière de se tenir très droite, son teint diaphane semé de taches de rousseur, ses boucles brunes qui frémissent quand elle rit.

Cet éclat nouveau s'explique simplement : depuis plusieurs mois, un garçon s'intéresse à elle. Ben a vingt ans, du temps et de l'expérience. Il s'est inscrit en fac de droit mais n'y va plus, collectionne les petites copines, entretient chaque jour ses pectoraux à la piscine municipale. Je l'ai vu quelques fois à la sortie de l'école, il venait chercher Anouk à moto, même si leur résidence HLM n'est située qu'à quelques minutes de Notre-Dame. Je ne sais alors ce qui la rendait si incandescente. Était-ce le fait d'enfiler un casque intégral sous les ronflements puissants du moteur ? D'enfourcher la Yamaha sous les regards des gens de notre classe ? De se coller à Ben et de filer cheveux au vent vers de nouvelles explorations charnelles ? En tout cas, elle irradiait.

Tout cela aurait pu me miner, mais j'en ai pris mon parti : je sais que le lendemain Anouk me racontera au moins une partie de leurs ébats. Et puis Ben ne me fait pas beaucoup d'effet, j'ai du mal avec les garçons baraqués qui ne lisent pas de livres. Je rêve que quelqu'un m'initie à l'amour physique avec autant de patience et de dextérité que lui, mais je pressens que cela ne m'arrivera pas de sitôt. Mon cas n'est pas encore pathologique, après tout je n'ai que seize ans, statistiquement plein de filles sont encore vierges à cet âge, mais quand même, quelque chose cloche, aucun garçon ne s'intéresse à moi. Au moins, avec Anouk et Ben, je vis par procuration ce à quoi je n'ai pas accès et que je crève d'envie de découvrir. Chaque détail que ma nouvelle amie me rapporte consolide mes connaissances théoriques : le parfum que leurs jeux laissent sur ses doigts ; l'entrain qu'elle met à déboutonner le jean de Ben les jours où il ne va pas fort (« Un garçon aussi, c'est sensible, t'as pas idée ») ; les pleurs après l'amour (« Il m'a dit que c'était normal »). Le petit garçon d'en face les a surpris à sa fenêtre, cette image m'excite autant que la scène de l'avion dans le roman *Emmanuelle* trouvé chez ma grand-mère.

« Tu crois qu'elle jouit vraiment dans *L'Amant* ? » me lance un jour Anouk à la récréation. Elle a un sourire en coin, son regard pétille. Je reste interdite. Anouk sait que je n'ai jamais fait l'amour, c'est l'une des premières questions qu'elle m'a posées, si franchement que je n'ai pas cherché à déguiser mon inexpérience. Elle sait aussi que je me masturbe. À ses yeux, c'est une activité sexuelle suffisante pour avoir un avis sur le film.

Je suis allée le voir le week-end précédent avec mes parents. Ni eux ni moi ne nous attendions à autant de scènes de sexe. Ma mère avait lu le livre de Duras. Nous avons commenté la beauté de Jane March, nous sommes interrogés sur son avenir d'actrice sans nous appesantir sur son jeu. La question d'Anouk me déstabilise. Plus tard, je lirai dans une interview de Jean-Jacques Annaud, le réalisateur, que les journalistes lui demandent régulièrement si Jane March a simulé sur le tournage. Amusé, il refuse de répondre.

« Ben pense qu'elle prend son pied, ajoute Anouk sans attendre. Il faut dire que Tony Leung est sacrément sexy. » J'approuve d'un air entendu.

Mauvais genre

Mai 1993

Je porte un 501 indigo et un pull rose dragée, mon préféré, doux, fin, à col roulé, sans rien en dessous. La prof de maths m'appelle au tableau pour résoudre un problème. J'écris des équations à la craie, explique mon raisonnement, retourne m'asseoir.

Plus tard à la cantine, Anouk m'annonce qu'elle a quelque chose à me dire. Son attitude, à la fois grave et gênée, n'augure rien de bon. J'attends, mais les mots refusent de franchir ses lèvres. Elle qui arbore d'habitude un air dégagé se tortille maintenant sur sa chaise en plastique, rit pour masquer son embarras, prend son élan et se dégonfle. Son manège dure dix minutes. Je suis de plus en plus inquiète : ce doit être une sacrée méchanceté pour mettre autant de temps à sortir.

« Tu devrais mettre un soutien-gorge », finit-elle par lâcher, les joues cramoisies. Ouf, ce n'est que cela. Elle veut me rendre service, mais je ne suis pas convaincue.

« Tu crois ? » Elle fait oui de la tête. « On voit tes seins sous ton pull, ça fait mauvais genre. »

C'est vrai, on les voit. Le soir même, dans la glace de la salle de bains, je m'en rends compte pour la première fois. On voit même le relief des aréoles et des tétons se dessiner sous l'acrylique. Je n'en ai pas honte. Au contraire, je suis flattée : Anouk m'admet dans un club dont, jusque-là, ma mère m'a exclue. « Tu n'as pas assez de poitrine », me dit-elle quand j'aborde le sujet. Ses seins sont si gros comparés aux miens que je la crois. Il faut une vraie paire de « roberts » pour porter de la lingerie. Moi je n'ai « presque rien ». Mais Anouk n'est pas d'accord. À ses yeux, j'en ai beaucoup trop pour les laisser se balader devant les garçons de la classe. C'est indécent. Je ne vois pourtant là rien d'impudique. J'aime mes petits seins ronds, si fermes qu'ils tiennent tout seuls. On ne m'a pas appris à les cacher.

Le soir-même, je dis à ma mère que je veux un soutien-gorge. Je suis si déterminée qu'elle ne fait aucun commentaire. En revanche, le lendemain soir dans la boutique de lingerie des 3 Fontaines, elle ne peut s'empêcher de glousser devant la vendeuse. « Ma fille a très peu de poitrine mais elle veut un soutien-gorge », croit-elle bon de préciser. J'ai dix-sept ans, je sais acheter un vêtement seule, mais un soutien-gorge, c'est différent. Pas seulement à cause du système de tailles. Le magasin m'intimide avec sa moquette chair, ses affiches publicitaires de femmes nues aux poses lascives et ses rangées de gaines Playtex. J'ai besoin d'être initiée par ma mère à ce nouvel univers, même si elle préférerait être ailleurs.

La vendeuse me tend plusieurs modèles Princesse Tam Tam. « La forme balconnet va bien aux poitrines menues », nous informe-t-elle. Je suis ravie : c'est une nouvelle marque branchée que j'ai repérée dans la presse. J'enfile un modèle en coton blanc imprimé de petites fleurs bleues. Elle ajuste les bretelles, vérifie la taille. Mes seins ne remplissent pas complètement les bonnets mais elle m'assure que c'est normal. Elle m'annonce que je fais un 90B. Je ne sais pas à quoi cela correspond. Plus tard, dans les grands magasins, je découvrirai qu'il ne s'agit pas de la plus petite taille. Anouk avait raison : il était temps.

J'admire mon reflet dans le miroir de la cabine. Enfin, je suis une vraie fille. Je repense à Corinne, une copine de CM2, « formée » si jeune qu'en primaire déjà elle portait un soutien-gorge. Ce que ça avait pu m'intriguer, ces agrafes et ces bretelles compliquées. La sensation des élastiques sur ma peau me gêne et me ravit. On va les deviner sous mes chemisiers. Tant mieux. Je serai comme les autres. Peut-être même que l'on me trouvera sexy.

Je me sens plus femme qu'à l'arrivée de mes premières règles, mais au fond l'impression est la même : ces étapes surviennent si tardivement par rapport aux filles de mon âge que je ne vais pas en faire toute une histoire. J'entre dans la normalité, rien de plus.

Je laisse ma mère pénétrer dans la cabine. Elle me regarde, incrédule, le sourire figé. Elle ne s'est jamais imaginé sa fille ainsi.

La vendeuse nous demande si nous voulons voir d'autres modèles. La logique voudrait que je m'en achète suffisamment pour en porter tous les jours, maintenant que j'ai sauté le pas. Mais nous refusons en chœur : nous n'avons ni l'argent ni l'énergie de nous aventurer plus loin sur le chemin de ma féminité.

La voie royale

Juin 1993

Je referme le guide de *L'Étudiant* sur le métier d'étalagiste et le fourre au fond de mon sac Paquetage. Je l'ai emprunté la veille au CDI et viens de passer une partie de mon mercredi après-midi à le lire, pleine d'espoir. Une poignée d'heures plus tard, je dois me rendre à l'évidence : ce n'est pas ce que je ferai plus tard.

J'ai découvert l'existence de cette profession quelques semaines plus tôt, dans un article de *Phosphore*, le magazine des lycéens. Il s'agit d'élaborer des vitrines de magasins – aujourd'hui on appelle ça le *visual merchandising*. Ça me paraît cool, lié à ma passion pour les vêtements mais pas non plus au cœur du processus de création. Cette distance me convient. La mode, c'est trop énorme, j'en ai fait un interdit. Je ne peux pas foncer sur mon désir, ça serait trop simple, mon caractère torturé recherche des chemins plus escarpés. Mais je viens de comprendre à la lecture de l'ouvrage que le métier d'étalagiste ne correspond pas à mes aspirations. Un témoignage, en particulier, m'a fait frissonner : une jeune fille raconte avec enthousiasme comment, avec peu de moyens, elle a réussi à présenter une collection d'arts de la table en jouant avec des gants de cuisine. Je m'imagine à sa place, coincée derrière une vitre des Galeries Lafayette, me battant avec des gants Mapa sous l'œil des passants. Inventer un décor, créer une atmosphère à partir d'objets et de vêtements me paraît au-dessus de mes forces. Je ne suis pas assez manuelle pour cela. Je n'ai aucune idée de ce que je vais faire de ma vie, mais j'ai une nouvelle certitude : je ne la passerai pas à la conception de vitrines.

Non, en fait, ça ne s'est pas passé comme ça. Hier soir, après avoir écrit ces lignes, j'ai dîné avec mes parents, leur ai dit que j'étais en train d'écrire sur les difficultés que j'avais eues à choisir mon orientation. « Ah oui, je t'avais emmenée au salon de l'Étudiant, m'a alors répondu mon père. Sur un stand, on avait discuté un bon moment avec une fille. Elle t'avait presque convaincue de faire une école d'étalagiste, tu te souviens ? Ça correspondait à tes goûts, mais tu t'étais rendu compte que la formation ne durait qu'un an, tu avais craint de te fermer trop de portes en faisant ce choix. »

Ma mémoire me joue des tours. Je croyais vraiment avoir découvert le métier d'étalagiste dans un article puis dans un livre, mais mon père a raison : à son évocation du salon, des images me sont revenues. Le témoignage, les gants de cuisine, c'était lors d'une rencontre sur le stand, pas sur la page du guide. Et j'ai renoncé à ce métier non parce que je ne me sentais pas assez manuelle mais par ambition. La conscience de mon incapacité à travailler de mes mains est venue plus tard. J'écris ce livre sur des sables mouvants.

En 1993, à un an du bac, je ne connais que deux métiers dans la mode en dehors de celui d'étalagiste : mannequin et styliste. Plus jeune j'ai longtemps rêvé de devenir l'un ou l'autre, mais l'heure des choix approchant, la réalité me rattrape : j'ai beau faire la même taille qu'Helena Christensen, il me faut bien reconnaître que je ne serai jamais ni assez mince ni assez belle pour retenir l'attention d'un talent scout. Le métier de styliste me paraît tout aussi hors de portée. À l'époque, les médias encensent les couturiers. Yves Saint Laurent, le monstre sacré, présente des collections vieillissantes mais Pierre Bergé veille à asseoir sa légende. Karl Lagerfeld triomphe chez Chanel. Jean-Paul Gaultier se raconte à Laurent Boyer dans *Fréquenstar*. *Too Funky*, le clip de George Michael dans lequel défilent les plus grands top-modèles, vient de rendre Thierry Mugler mondialement célèbre. À côté de ces imposantes figures masculines, les magazines de mode mettent en avant les « jeunes créateurs », parmi lesquels de plus en plus de femmes : Agnès b, Isabel Marant, Martine Sitbon, Fred Sathal. Leur parcours me fait rêver. Comme elles, je voudrais inventer un style et être adulée par la presse. Agnès b, la plus célèbre, ne m'impressionne pas : son cardigan à pressions est un joli coup – j'en ai plusieurs copies achetées au marché – mais je ne comprends pas l'engouement pour le reste de ce qu'elle propose, des vêtements si sobres qu'ils ne méritent pas d'être vendus si cher. Je m'imagine plus douée qu'elle. Il y a juste un problème : je ne suis pas capable de faire un ourlet.

Même si ma mère sait coudre, elle a toujours refusé de m'apprendre, arguant qu'elle est peu pédagogue. J'aurais pu m'entêter, l'observer, chercher à me former autrement, prendre des cours ou lire des livres. Je n'ai rien tenté, alors pousser la porte d'une école de stylisme ! Je n'oserai jamais. La mode, c'est pour les autres. Mon rêve m'échappe.

Alors que faire ? Je serai bientôt en terminale. Je vais passer mon bac, et après ? Ne pas savoir ce que je ferai plus tard m'angoisse chaque jour davantage. Plus tard approche et je ne suis pas plus avancée.

Je lis la presse mais n'envisage pas une seconde de devenir journaliste. Ça signifierait tenter Sciences Po – je ne connais pas d'autres façons de se former à ce métier –, je n'aime pas assez la politique pour envisager de telles études. Je m'intéresse à l'économie et j'aime écouter Édouard Balladur à *7/7* – je le trouve élégant jusque dans sa diction – mais les débats d'idées et les querelles de partis m'ennuient. Sans compter que l'école a la réputation de n'admettre que les têtes de classe. Je suis une bonne élève, pas une crack.

Je ne suis pas plus tournée vers l'écriture. J'ai renoncé depuis longtemps à la rédaction d'un journal intime. Par moments me prend l'envie de déverser sur le papier les pensées qui m'assaillent, j'attrape une feuille et j'écris avec une telle rage que la pointe de mon Bic finit par transpercer la page. Je me relis et trouve mes mots sans intérêt. Je déchire aussitôt le papier en petits morceaux, afin d'être sûre que personne ne pourra le lire.

À cela s'ajoute le jugement de mes parents, pour qui journaliste est un « métier de crève-la-faim ». Ils ne se souviennent pas de me l'avoir dit, mais comment pourrais-je l'avoir inventé ? La remarque d'une camarade m'amène tout de même à nuancer cette croyance. À cette époque, Aurélia de Cazenac, l'élève hautaine au beau nez grec, continue de m'impressionner avec ses excellents résultats scolaires, sa particule, sa piété et son élégance naturelle. Nous nous connaissons depuis la sixième mais, prises dans la sédimentation des clans – avec les années, les jugements se sont figés au gré des amitiés, des histoires et des rumeurs – nous ne nous parlons pas. Un jour, alors qu'elle traverse la cour et que nous sommes plusieurs à l'admirer passer, sa jupe à volants Souleiado flottant sur ses jambes, une fille déclare : « En plus, son père fait le meilleur métier du monde, il est journaliste. » Ce commentaire, que personne ne conteste, m'éblouit. Je ne vois pas très bien ce qu'il y a d'admirable à être journaliste, mais peu importe. Ce qui compte, c'est l'effet que cette profession produit sur les autres. Mes parents peuvent bien penser ce qu'ils veulent, je décide ce jour-là que journaliste est le métier le plus chic qui soit. Si chic qu'il me serait évidemment impossible de l'exercer moi-même.

Tout cela ne m'avance pas beaucoup. Je pourrais, comme des millions de jeunes, faire le choix de la fac, mais mes parents voient cette possibilité d'un très mauvais œil : les universités françaises ne font aucune sélection, les amphis sont surchargés, les étudiants livrés à eux-mêmes, qu'irais-je faire dans une telle galère ?

Ma mère aimerait bien m'aider à « trouver ma voie ». Elle accorde beaucoup d'importance aux études de ses filles. Mais ce n'est pas son monde. Elle-même n'a pas son bac. Elle a quitté l'école à dix-sept ans avec un diplôme de secrétaire, sans trop se poser de questions. Ses parents étaient déjà heureux qu'elle soit allée plus loin que le certificat d'études.

Mon père en revanche a fait l'ESCP, après une prépa au lycée Carnot. Il ne tire aucune fierté d'avoir été admis dans une école très sélective – « Y entrer était beaucoup plus facile à mon époque, la concurrence était moins forte » – mais en garde un excellent souvenir.

Comment en arrivons-nous à évoquer l'éventualité que je fasse moi aussi une école de commerce ? Je crois que nous procédons par élimination. À force de passer en revue toutes les possibilités, je m'arrête sur celle-ci. Je suis très attirée par le marketing. Chaque lundi, j'étudie avec attention les cas d'école présentés dans *Le Figaro Économie*. J'aime les *success stories* des entreprises, comprendre comment l'idée d'un entrepreneur a rencontré le besoin des consommateurs.

Et puis, bien sûr, cela signifie marcher dans les pas de mon père. Nous sommes en terrain connu, ce qui nous rassure tous les deux. Je ne suis pas assez matheuse pour décrocher l'ESCP, mais il y a d'autres écoles possibles, à l'enseignement tout aussi généraliste, donc ouvert sur de nombreux métiers. Les établissements sont privés, très chers, mais aux yeux de mon père, ce n'est pas un problème : je ferai un emprunt, comme plein d'autres jeunes.

L'admission se fait sur concours. Avant cela, il me faudra passer par une prépa. Mon père me prévient : pendant deux ans, je vais devoir travailler d'arrache-pied, dans un environnement ultra-compétitif. Cette perspective me galvanise. J'entrevois la stimulation intellectuelle et le dépassement de soi. Je comprends aussi que je m'engage dans la « voie royale », le type d'études le plus valorisé socialement. Je choisis le chemin le plus conventionnel, le plus ouvert et le plus sûr pour quiconque est dépourvu de vocation.

Je me mets à la recherche d'une prépa. J'étudie avec application les classements des meilleurs établissements. Le lycée français de Vienne y figure en bonne place. L'espace d'un instant, j'envisage une vie d'étudiante en Autriche, puis me rappelle qu'une école proche serait plus raisonnable financièrement. Un lycée de Cergy a une section prépa, mais ses résultats sont médiocres. Mon père l'élimine sur-le-champ.

Je me concentre sur les lycées franciliens, « option économique ». Tout en haut, les mêmes noms reviennent partout – Daniélou, Saint-Louis-de-Gonzague, Henri-IV, Hoche, Janson-de-Sailly. Je les élimine aussi : ils ne prennent que les meilleurs élèves, je n'ai pas le niveau. En dessous, d'autres noms émergent : Saint-Michel-de-Picpus, Montaigne, Claude-Monet à Paris, Saint-Just à Versailles. Ils me deviennent familiers. Mon avenir est déjà lié à l'un d'entre eux.

À la rentrée de terminale, Mme Biche, ma prof de maths, vient me voir. Elle a eu vent de mes recherches. Compte tenu de mes résultats scolaires, elle me conseille d'essayer Saint-Just. Son fils a fait sa prépa là-bas. « C'était dur mais il a bien aimé », résume-t-elle dans un sourire énigmatique. J'aime beaucoup cette enseignante. Alors que les mathématiques m'ont souvent donné du fil à retordre par le passé, avec elle je comprends les cours. Mes notes, sans être exceptionnelles, me permettent d'envisager le bac et la suite dans de bonnes conditions. Mme Biche m'a déjà eue en cours en première, elle me connaît bien. Je lui fais confiance et demande Saint-Just en premier choix. Je suis sensible au fait qu'il s'agit d'un lycée privé catholique. Je vois une forme de continuité avec Notre-Dame.

Six mois plus tard, mon dossier est accepté.

Le prix de l'allure

Octobre 1993

C'est la boutique de vêtements la plus cool du département. On s'y arrête avec ma mère avant d'aller remplir le caddie chez Auchan. La vitrine forme un angle, au premier étage du centre commercial des 3 Fontaines, à Cergy. La crème de la crème des marques de l'époque y est présentée sur des mannequins au regard lointain, bouche fermée et pommettes fardées : chemise Equipment, pull Pôles, jean Cimarron, blouson Creeks, jupe Un après-midi de chien. L'ensemble forme les silhouettes du moment, composées avec un sens du style hors du commun. L'association des bons motifs, des bonnes couleurs, des bons tissus. Avec ça sur le dos, c'est sûr, je serais enfin celle que je veux être dans la cour du lycée : élégante, raffinée, à la pointe de la tendance. On me remarquerait, je lirais l'envie et le respect dans les yeux d'Emmanuelle, Magali, Caroline, toutes ces filles qui ne m'adressent jamais la parole et qui, après l'école, fument avec les garçons devant les grilles pendant que je cours prendre mon bus. Le lundi matin, je reconnais sur elles la salopette rayée Chipie ou la robe Tara qui m'a tapé dans l'œil deux jours plus tôt. Tara, ma marque favorite entre toutes. Simple, soignée, dans l'air du temps. Elle ne fait aucune publicité et Internet n'existe pas, je n'ai donc aucune information à laquelle me raccrocher pour lui tisser un imaginaire, mais son nom suffit car il évoque pour moi le domaine de Scarlett O'Hara. Bien plus tard, j'apprendrai de la fondatrice elle-même qu'au seuil des années 2000 et face au succès de Zara, elle et son mari ont dû ajouter leur nom – Jarmon – à son prénom, mais en 1993 la marque espagnole n'a pas encore explosé. La fast fashion est en gestation, le modèle en cours est celui du Sentier, un nom mystérieux dont j'entends parler dans *Capital*, l'émission de M6, et que le film *La vérité si je mens* n'a pas encore caricaturé. Je n'ai jamais mis les pieds rue d'Aboukir, je sais seulement qu'une bonne partie des marques qui me font vibrer viennent de ce quartier de Paris, à moins de quarante kilomètres de chez moi.

À Cergy, le magasin qui les vend s'appelle Guépard. Longtemps, je n'ai pas osé y entrer : tout y est hors de prix et la responsable m'effraie. En dépit de sa petite taille, elle parvient à toiser chaque cliente. « Aimable comme une porte de prison, celle-là », a l'habitude de lâcher ma mère les rares fois où l'on se risque quand même à explorer les rayons, au moment des soldes ou quand j'ai suffisamment économisé pour m'offrir une paire de baskets Bensimon ou un bandana – le vrai, avec le logo rond imprimé sur le côté, pas une copie du marché de Chavières.

Grâce à mes longues journées de travail à la boulangerie, je finis quand même par m'y offrir le vêtement-trophée de mes années lycée : mon caban bordeaux Chevignon. Il me coûte 1 500 francs – les yeux de la tête – mais c'est le prix de l'allure. Je ne me lasse pas d'admirer ses boutons roses en plastique translucide gravés du logo de la griffe, alors la plus recherchée de toutes. Je les trouve un peu trop discrets – personne à l'école ne les remarque, personne ne comprend que je porte un vêtement de luxe – mais c'est aussi ce qui me plaît : je ne suis pas comme tout le monde, je ne me contente pas d'arborer la doudoune de la marque avec le canard brodé dans le dos. Certes j'ai acheté un sac à dos Chevignon quelques années plus tôt pour faire comme la moitié de ma classe, mais il s'agissait alors de me conformer à l'uniforme en vigueur. Avec le caban, je vais plus loin : j'affirme un style personnel dont je suis la seule à savourer la subtilité. La coupe épurée, le lainage de qualité, la doublure d'un vert moiré me comblent. « Le manteau est la pièce la plus importante d'une garde-robe, déclare un jour la boulangère Mme Potel. En hiver, on vous voit tous les jours avec. » Elle parle du paletot Jacadi de sa fille, mais je suis d'accord avec elle. Mon caban Chevignon est une armure autant qu'une parure.

Aux 3 Fontaines, les autres magasins intéressants se comptent sur les doigts d'une main. La Redoute a alors son propre réseau de boutiques. J'étudie chaque page du gros catalogue avec attention – les plus beaux modèles y sont présentés sur la toute jeune Laetitia Casta – puis me rends en magasin dans l'espoir d'y retrouver mes coups de cœur. Je suis souvent déçue mais j'y acquiers tout de même des basiques.

Auchan vend des jeans Levi's 501 à prix raisonnable. Je ne porte quasiment que cela. Je veux faire comme Brenda Walsh et Kelly Taylor dans *Beverly Hills*. Je connais aussi toutes les publicités de la marque par cœur, du strip-tease dans la laverie au cowboy se baignant nu dans l'étang en passant par le dépanneur qui attache son jean au pare-chocs. En classe, les jeans de couleur Cimarron gagnent du terrain mais restent trop chers pour moi.

C'est la grande époque des tailleurs sexy La City et des tops moulants Morgan, mais je ne me reconnais pas dans ces chaînes, qui restent onéreuses et qui s'adressent au plus grand nombre. J'aime convoiter des marques plus exclusives.

Par moments, tout cela ne suffit plus à assouvir mes envies de mode. Comme un magazine parcouru cent fois, les collections présentées près de la maison me deviennent trop familières. J'ai soif de nouveauté. Je demande alors à ma mère de m'emmener à Parly 2. Elle refuse rarement.

Le samedi, après le déjeuner, nous laissons derrière nous mon père et ma sœur, guère friands de shopping, et nous engouffrons dans la Fiat pour quarante minutes de trajet. Le plaisir de l'échappée commence là, dans ce moment de transit où j'ai ma mère pour moi seule, où nous pouvons parler sans nous regarder, laisser le silence s'étirer, les confidences venir, les pensées se former sans rien en attendre.

Ce centre commercial, le plus luxueux de France et l'un des plus anciens, est situé au Chesnay, près de Versailles. Pour y accéder, nous devons quitter le Val-d'Oise et parcourir une partie des Yvelines. Le déplacement n'est pas seulement géographique. Aller à Parly 2, c'est s'extraire de la banalité du quotidien, laisser les ploucs derrière soi, se frotter à des gens plus riches et plus distingués. C'est traverser la forêt de Saint-Germain, se rapprocher du château, de la noblesse, des ors de la Cour. En chemin, j'imagine des vies plus heureuses et plus pleines que la mienne derrière les haies bien taillées des maisons. Je suis habitée par l'envie et ne vois qu'un seul moyen de combler les manques qui me consument : m'acheter de nouveaux habits. Par le vêtement, je vais littéralement me racheter, me réaliser, me métamorphoser en une personne enfin complète et respectable. Il ne me viendrait pas à l'esprit de me cultiver de l'intérieur, dans un musée ou à une expo. La fabrication de moi-même passe par la possession. Pour être, il me faut avoir. Mon salut n'est pas au Louvre, cette institution poussiéreuse où mes parents ont dû nous emmener une fois, il y a longtemps, pour cocher une case dans notre éducation. Mon salut est dans les vitrines de Max Mara, dans les allées du Printemps, sur les étagères de Tintoretto, une petite marque espagnole dont j'ignore tout mais qui a le chic pour viser juste. C'est là que je vais me gorger de beauté, former mon goût, me projeter dans ma prochaine tenue, mon futur moi.

À l'école, dans les séries ou les médias, j'entends parler de virées shopping entre copines. Par le passé, j'ai beaucoup traîné aux Quatre-Temps avec Katia. Mais je ne la vois plus beaucoup. Faire les magasins avec Anouk ne me traverse même pas l'esprit. En matière de style, je ne fais confiance qu'à ma mère. Elle seule sait me dire si un vêtement tombe correctement sur moi, s'il vaut le prix affiché, si j'ai raison de craquer. Je lui accorde le monopole du goût.

Bien que la plupart des produits présentés affichent des prix indécents, ils me paraissent plus accessibles que ceux que je vois dans les magazines. Je peux entrer dans les boutiques, les toucher, les essayer. Et puis j'ai de l'argent de poche. Aux sommes que je reçois à Noël et à mon anniversaire s'ajoute désormais ce que je gagne. Je ne peux pas m'offrir tout ce qui me fait envie, mais je peux me projeter dans mes achats à venir.

Dans le *Figaro Économie*, j'ai lu que Parly 2 est la « Rolls des centres commerciaux », le lieu stratégique où les grandes marques testent leurs nouveaux concepts de magasins. Depuis ma lecture du *Bonheur des dames*, je suis fascinée par l'évolution du commerce. Ma passion grandissante pour la mode ne se réfère pas qu'au vêtement, le lieu où il est vendu m'intéresse aussi. Je scrute les vitrines, le mobilier, l'apparence des vendeuses. À Parly 2, tout est plus rutilant et sophistiqué qu'à Cergy. Dans ce temple de la consommation, je me sens à ma place. Je ne sais pas encore ce que je veux faire plus tard, mais je sens que mon futur métier aura un rapport avec ce type d'endroit.

Notre promenade commence par un arrêt chez Bouchara, le magasin de tissus où ma mère nous emmène depuis notre plus jeune âge. Quand je couve une envie, je reste avec elle au rayon des patrons *Vogue* et *Butterick* en quête du modèle qui me permettra d'accéder à moindres frais à la tenue que j'ai en tête. J'aime le silence de l'endroit, seulement rompu par le déchirement des étoffes, l'odeur des rouleaux de tissus neufs, la variété des clientes – des Versaillaises à serre-tête, des mamies chics, des étudiantes stylées.

La plupart du temps, l'appel du prêt-à-porter est toutefois trop puissant pour que je m'éternise. Je laisse ma mère flâner seule et conviens avec elle d'une heure de rendez-vous à mon magasin préféré, La Grande Invasion, un multimarque où je peux essayer tranquillement toutes les pièces qui me plaisent.

Enfin, à côté de Parly 2 et des 3 Fontaines, des grands magasins du boulevard Haussmann et des petites boutiques dans lesquelles j'entre dès que l'occasion se présente, il y a les enseignes de déstockage. Quand je vais à Montmartre avec ma mère pour trouver du tissu, je la tanne ensuite pour qu'elle m'accompagne jusqu'aux magasins Sympa du boulevard Rochechouart. Ivre d'excitation, je plonge alors les mains dans les monticules de robes Kookaï, de sweats Naf Naf, de jupes Irié bradés quelques centaines de francs. Je passe des heures à chercher ma taille, à traquer les défauts, à me faufiler jusqu'à l'unique cabine d'essayage dans la foule bigarrée de Barbès.

Mais ces expéditions ne me suffisent pas. Mon appétit pour la sape est insatiable. Le guide *Paris pas cher* de ma grand-mère mentionne Le Mouton à cinq pattes, des boutiques rue Saint-Placide proposant des vêtements dégriffés. J'y entraîne ma mère, toujours partante pour faire les magasins, et y découvre un nouveau champ d'exploration. De nouveau il faut fouiller, jouer des coudes, essayer à la va-vite. La mode, c'est ça aussi : une quête, un inconfort, une fièvre.

La plupart des étiquettes portant le nom de la marque ont été découpées. À l'intérieur d'un duffle-coat Gloverall acheté pour ma sœur, le centre de l'étiquette a été arraché. Je m'en fiche : j'ai suffisamment épié le grand Adrien pour reconnaître au premier coup d'œil la coupe iconique de son manteau britannique.

Mes erreurs sont innombrables. Grisée par l'extravagance et l'abondance des vêtements présentés, intimidée par la foule, j'ai le plus grand mal à ne pas acheter n'importe quoi. Nos sacs et nos manteaux à la main, ma mère attend patiemment que je fasse mon choix. Elle tente bien de me dissuader d'acheter certaines trouvailles aux couleurs risquées, aux coupes approximatives, mais le besoin d'expérimenter est trop puissant. J'ai beau respecter son avis, que peut-elle savoir de celle que je veux devenir ? Je me forge une nouvelle identité à chaque achat.

Les seuls magasins qui nous rebutent sont ceux qui vendent des vêtements d'occasion. Le vintage n'est pas à la mode. Ma mère n'achète rien en seconde main, ça ne l'intéresse pas. Quand nous passons en voiture près des puces de Clignancourt, je m'imagine les vêtements proposés là-bas si douteux qu'ils doivent encore vraiment être habités par des puces. Les étalages poussiéreux de Camden Town, à Londres, ne m'inspirent pas plus confiance. Les magazines de mode ne jurent que par les surplus militaires Doursoux, j'entends ma tante parler de dépôts-ventes, mais tout cela n'est pas pour nous. Acheter des vêtements déjà portés ne peut se faire que par nécessité économique ou par goût pour le passé. J'ai assez d'argent pour échapper aux fripes et trop peu de culture mode pour saisir les références d'un vêtement ancien. L'invention de moi-même exige du neuf.

Jouir seule

Avril 1994

La virginité peut-elle se lire sur un visage ? Au lendemain de mes dix-huit ans, j'espère bien que non. Je veux faire l'amour avec un garçon, mais personne ne semble vouloir le faire avec moi. J'en deviens chaque jour plus inquiète, plus frustrée, plus honteuse. Quelques mois plus tôt, je me suis brièvement crue tirée d'affaire. Lors d'un stage de karaté, j'ai fait la connaissance de Jonathan, un jeune homme d'un autre club. Je le dépassais d'une tête mais ça m'était égal. Je le trouvais mignon, il me faisait rire et il voulait me revoir, je n'en demandais pas plus. Aucune de mes amies ne le connaissait. Ça m'arrangeait bien : je n'avais pas à craindre leur jugement. Il m'a invitée à Eurodisney. Dans une file d'attente, alors que nous nous embrassions à pleine bouche, un groupe de garçons s'est moqué de notre différence de taille. Sur le moment, nous avons prétendu ne rien avoir entendu, mais les ricanements ont eu raison de notre début de relation : ni lui ni moi n'étions suffisamment sûrs de nous pour assumer cette entorse aux conventions. Pour cette raison et pour d'autres tombées dans l'oubli, nous ne nous sommes pas revus. Depuis, aucun autre garçon n'a manifesté le moindre intérêt à mon égard.

Je veux sentir le sexe d'un homme en moi. Savoir ce que ça fait. L'éprouver dans ma chair. Je ne pense qu'à ça. L'amour m'intéresse aussi, mais je n'en demande pas tant. Baiser suffirait. Je crains de mourir sans l'avoir fait. Tout m'y ramène : mon corps en feu qui ne demande qu'à jouir sous mes doigts, le magazine *20 ans* qui raconte comment les autres filles s'y prennent, les publicités dans la rue ou à la télé, déclinant à l'infini l'archétype de la bombe sexuelle. Les affiches « 3615 Ulla » placardées sous le périph' me subjuguent. Quand nous rentrons en voiture de Paris le samedi soir, je les aperçois au feu rouge à la Porte de Clichy. Dans les lumières de la nuit, les fesses d'une inconnue photographiée en clair-obscur s'offrent à tous les regards. Qui est-elle ? Que se passe-t-il lorsqu'on se connecte à ce service depuis un Minitel ? Mystère. Tout ce que je sais, c'est que je ne dois surtout pas essayer car l'accès est hors de prix, plus de cinq francs la minute.

Je rêve de phallus, de pénétrations, de viols. Incapable d'aller jusqu'au bout de mon désir, verrouillée de l'intérieur, je joue avec l'idée qu'un homme me prenne de force. Je ne vois pas d'autre solution pour me libérer de moi-même. La réalité est plus prosaïque : je ne trouve personne pour faire l'amour avec moi. Je ne comprends pas pourquoi les hommes peuvent aller voir des prostituées et pas les femmes. Quelle injustice. Je payerais volontiers pour me débarrasser de ma pesante virginité. Je suis « pucelle » et cela me glace d'effroi. Je déteste ce mot, que je prends comme une insulte. Je ne veux pas terminer comme Jeanne d'Arc, brûlée vive sur un bûcher sans avoir fait l'amour. Ne pas avoir « couché » à dix-huit ans fait de moi quelqu'un d'anormal, de coincé, d'attardé. J'ai le droit de voter mais il me manque cette expérience charnelle pour être enfin adulte. J'ai honte mais j'ai peur aussi : l'impression que cette situation est partie pour durer se confirme de mois en mois. Mon blocage dépasse ma volonté, il est hors d'atteinte. Je ne vois pas d'issue.

Il y a encore plus inquiétant. Ces difficultés fissurent la conception du couple que je me suis construite enfant, lorsque j'écoutais *La Belle au bois dormant* sur mon mange-disque ou que je regardais *Peau d'Âne* à la télé le jour de Noël. « Ils se marièrent, vécurent heureux et eurent beaucoup d'enfants » est la fin logique et attendue de toutes les histoires que l'on m'a transmises. J'ai cru aux princes charmants. J'atteins l'âge où le mien est censé sortir du bois, une pantoufle de vair à la main. Où se cache-t-il ? La panique monte, je n'ai pas de scénario alternatif à disposition. Ou plutôt si, il y en a un, terrible : je vais finir vieille fille, comme Javotte et Anastasie, les sœurs de Cendrillon – d'ailleurs moi aussi j'ai de grands pieds – ou comme Suellen, la sœur cadette de Scarlett O'Hara que son fiancé lâche quand cette dernière décide de le séduire pour sauver Tara. Je lis également beaucoup de romans d'Edith Wharton à cette période. Ses histoires de filles à marier jouent un rôle cathartique. Le monde ne change pas, un « beau mariage » reste le Graal, comment savoir si j'y aurai droit ? Mes parents se sont mariés à trente ans passés. Leur exemple me rassure peu : certes ils ont fini par trouver l'amour, mais si tard que je ne vois pas comment j'aurais la patience d'attendre jusque-là.

À l'heure du coucher, dans mon lit, je visualise les gens ailleurs en train de s'accoupler. Je me masturbe pour trouver le sommeil et pour me prouver que j'ai moi aussi une vie sexuelle. Pour m'exciter, je repense aux doigts de Jonathan sur ma main dans les manèges. Sa chaste caresse m'a troublée mais je n'en ai rien laissé paraître, convaincue que s'il s'intéressait vraiment à moi, il percevrait mon émoi. C'est au garçon de deviner le feu sous la glace, d'entreprendre et de mener. Je n'ai qu'à me laisser faire. Les initiatives lui reviennent. À lui le premier pas, et tous les autres aussi. Pour signifier ma disponibilité, je me mets à forcer sur le rouge à lèvres. J'en ai toute une collection, du vermillon au carmin. Ma sœur trouve que ça me donne un air de Joker dans *Batman* mais je m'entête, comment espérer plaire sans cela ? J'affectionne les minijupes pour la même raison, même si cela ne fait que m'attirer des remarques de mecs louches dans les couloirs du métro.

Je repense aussi aux scènes cryptées des films pornos de Canal+. Nous n'avons pas le décodeur. Les images ont beau être brouillées, le son réduit à un cryptique « tss-tss-tss », la combinaison des deux suffit à m'exciter. Ou bien j'ouvre *La vieille qui marchait dans la mer*, de San-Antonio. Je suis tombée dessus dans une librairie. Mon père m'a encouragée : Frédéric Dard, le romancier derrière le pseudo de San-Antonio, c'est un peu olé olé, mais connaître son style ne me fera pas de mal. J'ai lu le livre d'une traite, éblouie par l'assurance de l'héroïne, l'humour de l'auteur, la crudité des scènes de sexe.

Un soir, j'en ai assez de mon hymen. La simple conscience de son existence me perturbe. Cette pellicule de peau est la preuve de mon anormalité. Je n'ai qu'à la faire disparaître pour ne plus être tout à fait vierge. Je décide de la déchirer moi-même. Personne n'en saura rien, surtout pas le garçon qui, un jour, enfin, acceptera de mettre son sexe dans le mien. Un saignement trahirait mon manque d'expérience. J'ai lu que la rupture de l'hymen n'est pas douloureuse, elle le sera encore moins si je m'y prends seule.

Je me lève sans réfléchir, vais chercher ma brosse à dents dans la salle de bains, me recouche. Je cherche le chemin si souvent emprunté par mes doigts, enfonce doucement le manche plus loin dans mon vagin, jusqu'à ce que je sente quelque chose se rompre. J'écarte la couette : une tache rouge clair macule le drap rose pâle.

Voilà, c'est fait. La preuve a disparu. Je reste ignorante, mais au moins la voie est libre. Je peux utiliser un tampon avec applicateur et enfoncer ce que je veux dans mon vagin pour me faire jouir. J'ai entendu parler de godemiché mais l'objet reste une abstraction. Pire : la matérialisation encombrante de mes pulsions et de ma solitude. Je sais à peine à quoi ça ressemble, ne saurais pas où en acheter un, craindrais que mes parents ne tombent dessus.

Ce soir-là, ma brosse à dents fera l'affaire. Uniquement mue par mes sensations, je l'introduis de nouveau dans mon sexe, tout en caressant mon clitoris avec mes doigts. Je n'ai pas grand-chose à imaginer, l'orgasme vient très vite, décuplé par la pression de l'objet.

À cet instant, le soulagement l'emporte sur la honte : en attendant ce garçon qui ne vient pas, je peux m'envoyer en l'air quand je veux, sans avoir de compte à rendre à personne. Mon corps est à ma disposition, prêt à s'ouvrir à des vagues de plaisir à la moindre de mes stimulations. Je retire de cette autonomie une forme de puissance inédite.

Le lendemain, j'ôte le drap du lit. Personne ne doit le voir. Je n'ai pas non plus envie de le laver. Je veux conserver un souvenir du moment où je me suis déflorée toute seule. Je le plie et le range au fond du placard de ma chambre, à côté des Barbies dont je ne me sers plus.

Une tendresse sans nostalgie

Juin 2022

C'est bientôt la fin. Encore deux chapitres après celui-ci et le livre sera terminé. J'arrive au bout de mon exploration, de mon grand ménage, de mon dialogue avec celle que j'ai été. Je referme la porte de mon adolescence en paix. Il n'y a plus d'animosité ni de rancœur, plus de honte surtout. Chaque humiliation a été éventée, auscultée, remise en perspective. Dire ce que j'avais maintenu caché a dégonflé les monstres. J'ai vidé mon sac de souvenirs pesants. Les regrets se sont dissous. On peut penser ce que l'on veut de mon texte, j'ai fait ma part. J'ai fouillé ma mémoire, déterré ce qui avait besoin de l'être. J'ai composé avec mes oublis et ce que je ne pouvais pas dire car cela impliquait trop d'autres personnes. J'ai visé la justesse en dépit des manques. Je me suis réapproprié mon histoire. Je l'ai réécrite, tout ne s'est pas passé exactement comme je le raconte, mais j'ai veillé à ne pas la dénaturer. Elle sonne vrai à mon oreille.

La couverture du livre est presque prête. Mon éditrice a émis l'idée de l'illustrer de plusieurs objets emblématiques de l'époque, dessinés à la main. « Il pourrait y avoir une Bensimon », a-t-elle suggéré. La vision d'une basket élastiquée rose, légèrement avachie, a ouvert une brèche dans mon imaginaire. À l'école, toutes les filles à la mode en avaient. Fascinée par l'éventail de couleurs subtiles proposé par la marque, je tenais le compte des paires que chacune possédait. Je chérissais les miennes, des kaki, puis des roses. On les portait pieds nus. L'odeur finissait par devenir infâme.

Un chapelet d'autres choses m'est venu à l'esprit. Il allait falloir une bouteille de Loulou. Comment avais-je pu écrire quarante-sept chapitres sans mentionner le parfum Cacharel de mon adolescence ? J'entends encore l'héroïne du spot publicitaire de Sarah Moon : « Loulou ? C'est moi. » Avec son long manteau sombre, son teint diaphane, ses boucles floues et son béret, la mannequin me semblait échappée d'un film des années 1920. Les Nuls l'avaient parodiée, ce qui faisait beaucoup rire les garçons de ma classe, mais à l'époque ces moqueries m'échappaient, je n'ai découvert le sketch que bien plus tard. Ma mère en avait reçu un flacon à Noël, offert par ma tante Juliette. Je le lui avais chipé, enivrée par la fragrance sucrée. Rien à voir avec Opium de Saint Laurent, qu'elle portait jusque-là. Loulou n'était pas un parfum au sens classique. Entêtant, mystérieux, mais sans le côté inquiétant des fragrances capiteuses dont elle avait l'habitude. Et ce flacon hexagonal d'un bleu opaque, ce bouchon d'un rouge profond que je faisais glisser sur mon cou comme une héroïne de film ! Loulou me rendait femme.

J'ai aussi suggéré un effaceur, évocateur de mes milliers de cours grattés au stylo-plume, le baladeur jaune Sony Sport avec lequel je frimais dans le bus, la Dr Martens que Katia avait failli s'acheter à Londres, le bandana rose de chez Guépard, dont je n'ai probablement rien fait car je n'ai jamais su porter un foulard, la barrette « chien » Agatha, acquise à prix d'or en attendant de pouvoir m'offrir le cultissime bracelet à breloques de la griffe, un chouchou en velours prune fabriqué par ma mère que j'ai porté tous les jours pendant des années, ma montre Swatch à rayures que l'on voit sur toutes mes photos de colo et la cassette de *Thelma & Louise* que j'écoutais en boucle en me promettant qu'un jour moi aussi je roulerais jusqu'au Grand Canyon – rêve que je n'ai toujours pas réalisé.

Dix objets au pouvoir d'évocation puissant, mais que je regarde sans nostalgie. Je n'éprouve ni regret ni tristesse au souvenir de cette période. La passer au tamis du présent m'a permis de me réconcilier avec mes décisions, mes hésitations, mes empêchements, mes erreurs. Celle que j'étais ne m'inspire plus que de l'affection. Elle a fait comme elle a pu. Avant, on parlait d'âge tendre pour désigner les années de jeunesse. Mais ce n'est pas l'âge qui est tendre, c'est le souvenir que l'on en garde.

J'ai pensé à Isabelle Oziol de Pignol pour dessiner les objets. J'aime son trait, on se connaît et s'apprécie – on avait toutes les deux un blog de mode dans les années 2000. Elle a vécu ces années-là. Je savais qu'elle saisirait mes références. Elle a accepté avec enthousiasme. Elle nous a fait des propositions, a colorié les objets aux crayons de couleur. Sophie m'a envoyé un essai de couverture. J'aime beaucoup. Elle invite à un voyage dans le temps.

Ai-je abattu tous les masques dans ce récit ? Bien sûr que non. Mon adolescence continue de m'échapper. J'ai extrait ce que je pouvais du magma du passé, j'ai essayé de rendre compte d'un monde révolu, mais j'ai renoncé à toute prétention d'exhaustivité ou d'analyse. Je n'ai ni tout dit, ni tout compris. Mon adolescence reste opaque. Revenir sur des dizaines d'épisodes marquants de ma jeunesse n'explique pas qui je suis devenue aussi clairement que je l'aurais souhaité. En revanche, réexaminer les paroles de mes parents, les jugements des copines, les messages des pubs m'a permis de faire le tri dans les croyances transmises. J'ai encore moins de certitudes à quarante-six ans que je n'en avais à seize. Peut-être que c'est cela devenir adulte : s'appuyer sur de moins en moins de certitudes.

Panique la veille du bac

Juin 1994

« Allô, Maman ? Ça ne va pas du tout. Je ne sais plus rien, je vais tout rater. »

Je hoquète, assise sur le lit de mes parents, la main accrochée au combiné en plastique gris. À l'autre bout du fil, je devine la perplexité de ma mère, que je dérange en plein travail.

« C'est le stress qui te fait croire ça. Ne t'inquiète pas, tout va bien se passer.

— Qu'est-ce que tu en sais ? Je passe le bac demain et j'ai la tête vide. Je ne me souviens plus d'aucune de mes fiches d'Histoire-géo. Je suis nulle, je vais redoubler, ça va être la honte absolue.

— Une bonne nuit de sommeil, et tout ce que tu sais va revenir.

— Mais non, tu ne comprends pas. Je mélange les guerres du conflit israélo-arabe, je m'emmêle dans la PAC, je ne connais plus aucune date. »

Mes sanglots se transforment en un râle si inquiétant que ma mère raccroche, quitte son bureau et vient me rejoindre à la maison, en plein après-midi.

La suite est plus floue. Ni mon père ni ma sœur ne sont à la maison, je ne visualise que ma mère me répétant : « Ça va aller », et moi lui hurlant de nouveau qu'elle ne comprend rien, tout en ayant un besoin vital qu'elle continue de me dire que je vais y arriver, ses paroles agissant comme un baume sur une plaie brûlante, même si je ne la crois pas.

À cet instant précis, je suis convaincue que mon année est fichue. Je suis désespérée. J'entends déjà les moqueries de mes camarades de classe derrière mon dos le jour des résultats. Ce n'est pas ce que je redoute le plus. Ce qui me donne des sueurs froides, ce que je ne peux supporter, c'est d'imaginer le regard de mon père à l'annonce de mon échec, lui qui me répète depuis la sixième que l'Éducation nationale donne le bac à tout le monde, que ce qui compte, c'est la mention, qu'il serait déçu si je n'obtenais que la moyenne. Pour lui, rater mon bac n'est même pas concevable, et l'idée de faillir à ses yeux m'est intolérable.

J'oublie que je peux quand même m'appuyer sur des notes de français honorables. Un an plus tôt, j'ai décroché un 15 à l'écrit, un 14 à l'oral. Le seul souvenir que je garde des épreuves est une hésitation qui aurait pu m'être fatale : le texte sur lequel nous devions plancher mentionnait un certain Rembrandt, j'avais envie de dire que l'auteur avait inventé le nom d'un peintre mais je me suis ravisée au dernier moment. Je n'avais jamais entendu parler de celui-là, mais peut-être avait-il vraiment existé ?

Jusqu'à cette crise de panique, l'année scolaire s'est plutôt bien passée. Le rythme en classe a été soutenu mais j'ai travaillé sérieusement, tant pour réussir mon bac que pour arriver confiante en prépa à Saint-Just. Les élèves de terminale jouissent d'un statut à part au lycée. Dans la cour, nous sommes désormais les plus grands. Moi qui pendant des années n'ai cessé d'admirer des filles et des garçons plus âgés, étudiant leurs tenues, imaginant leur vie, leurs goûts, leurs amours, je n'ai plus personne à scruter aux récréations. J'ignore d'ailleurs ce que ces anciens élèves sont devenus. Le monde des études supérieures me fait l'effet d'un continent étranger, peuplé de gens plus mûrs et plus sûrs d'eux, que je rêve de rejoindre.

Les élèves des classes inférieures ne présentent aucun intérêt, nous les traitons avec un dédain appuyé. La plupart d'entre nous viennent tout juste d'avoir dix-huit ans, nous ne voulons plus rien avoir à faire avec l'enfance. Ça tombe bien, notre bâtiment – un ensemble de préfabriqués sur deux niveaux qui oscille au moindre coup de vent – se situe à l'écart des autres classes, en surplomb des terrains de sport.

Je forme avec Anouk un duo studieux. Elle cravache pour être prise à Dauphine. Son goût pour les chiffres s'est imposé, les maths sont désormais son terrain de prédilection, elle est devenue meilleure que moi dans cette matière. Elle veut étudier la finance. J'ai du mal à comprendre son intérêt pour un domaine qui me rebute mais je la soutiens tant que je peux. Il est important que l'on réussisse ensemble.

Alors que je me suis toujours montrée méfiante à l'égard des profs, les considérant comme des figures d'autorité dont il valait mieux se tenir à distance, je me surprends cette année à leur parler davantage, encouragée par leur prévenance. Moins stricts sur la discipline, plus exigeants sur les résultats, ils n'ont plus qu'un seul but : nous voir réussir les épreuves du bac. Cet examen, c'est aussi le leur.

Les maths ne sont pas ma matière de prédilection mais je me suis tellement entraînée que je suis sûre de moi. Je peux aussi compter sur l'économie, discipline au plus fort coefficient, dans laquelle je me sens à l'aise grâce à ma lecture quotidienne de la presse et à mes discussions avec mon père. J'ai plus de mal avec la philosophie. Les cours ont nourri mes interrogations existentielles, je les ai abordés avec curiosité et enthousiasme, heureuse d'avoir enfin accès à la pensée de grands auteurs, mais mes capacités d'abstraction sont limitées, je peine à manipuler des idées et articuler des raisonnements. L'épreuve du bac, survenue dix jours plus tôt et dont j'ai immédiatement oublié le sujet, m'a laissé une impression mitigée.

La matière qui m'intéresse le plus, que j'ai le plus travaillée et qui m'obsède, c'est l'Histoire-géographie. Cela tient à la personnalité hors normes de notre professeur, Mme Tissot.

Mme Tissot porte un blouson de vison roux en hiver, un perfecto de cuir noir en été. Son allure de petit oiseau contraste avec sa voix grave et ses gestes amples. Elle a la main lourde sur le blush et le Shalimar, nous regarde de haut par-dessus ses lunettes loupe et dicte ses cours d'un accent traînant qui dramatise chaque événement relaté.

Mme Tissot ne sourit jamais, ne se permet aucun aparté. Elle n'est pas là pour rigoler, elle a un programme à tenir, rien ni personne ne pourra l'en détourner. Bien sûr, elle a le bac à nous faire décrocher, mais il est clair pour tout le monde que sa mission dépasse le cadre scolaire. Mme Tissot nous transmet un éclairage sur le monde. Au son de sa voix de fumeuse, le gaullisme, Mai 68, la guerre froide ne sont plus des termes vagues entendus cent fois dans des conversations entre adultes. Racontés avec des mots simples et précis, ils deviennent des phénomènes sur lesquels nous pouvons écrire une copie double. Elle offre des fondations à notre esprit critique, sans commentaires ni jugement, uniquement animée du souci de se faire bien comprendre, vérifiant l'assimilation de ses leçons à coups d'interrogations surprises. Ces dernières sont si nombreuses que nous ne protestons même plus quand elle nous les annonce, quelques minutes avant la fin du cours. Nous nous contentons d'attraper une feuille et de gratter à toute allure ce que nous avons retenu de ses explications sur les accords de Bretton Woods, la crise des fusées de Cuba ou les transports dans l'Union européenne. Nous lui sommes même reconnaissants de ces vérifications éclair, qui nous obligent à mémoriser une somme de connaissances impressionnante en un temps record. Tissot bosse avec nous, pas contre nous. Elle porte bien son nom, elle est la gardienne du temps. Se plier à ses exigences, c'est se rapprocher de la ligne d'arrivée. Autant se laisser porter.

J'ai eu 15 à l'épreuve d'Histoire-géo. Ma mère avait raison, tout est revenu le lendemain. Mon père aussi avait raison : j'ai obtenu mon bac avec la mention Bien.

Vertige des possibles à la Sagrada Família

Juillet 1994

Ça n'en finit pas de tourner. Ne pas regarder au centre, car il est creux. Se focaliser sur la marche suivante, les parois rêches et froides de la tour, le rire sonore d'un guide catalan déjà arrivé en haut. J'ai chaud dans ma robe vichy mais pour rien au monde je ne voudrais être ailleurs : depuis le début de la semaine, j'arpente Barcelone seule, avec avidité, la Sagrada Família constitue le clou de mon programme de visites.

Mon appétit culturel est inédit. Jusqu'à présent, j'étais plutôt du genre à traîner les pieds pour voir un monument ou entrer dans un musée. Mais les vacances de l'été précédent, en Andalousie avec mes parents et ma sœur, ont provoqué un déclic. L'Alcazar de Séville m'a éblouie. La magnificence de l'architecture mauresque, le raffinement des jardins, le poids de l'Histoire m'ont époustouflée. Pour la première fois, j'ai lu les explications du *Guide du Routard* jusqu'au bout. Plus mûre, plus curieuse, j'ai compris que les voyages n'étaient pas toujours qu'une succession de balades, de shopping et de restos, qu'ils pouvaient m'ouvrir à d'autres façons de vivre si je faisais l'effort de m'y intéresser. J'ai aussi pressenti que j'étais à un moment charnière, qu'il s'agissait de mes dernières vacances en famille, que l'année suivante je serais majeure, que je pourrais m'organiser autrement si j'en avais envie.

J'ai pris les choses en main. Mes parents me suggéraient depuis longtemps d'aller passer quelques jours chez Ramón et Pepita pour améliorer mon espagnol. La perspective de la prépa à la rentrée m'a décidée, une semaine d'immersion ne me ferait pas de mal. Mes cousins barcelonais m'ont accueillie à bras ouverts.

Le premier jour, leur fils Marc m'a montré les nouvelles plages artificielles, aménagées pour les Jeux olympiques de 1992, mais l'absence de vagues m'en a vite détournée. Dans un espagnol rudimentaire, je leur ai expliqué que je préférais me perdre seule dans la vieille ville et faire du tourisme à mon rythme. Depuis, je me réveille tard, déjeune de bikinis (croque-monsieur) et de melon jaune avec Pepita et Marc devant *El Principe de Bel Air* doublé en castillan pendant que Ramón travaille à l'usine, puis m'éclipse jusqu'au soir.

Je passe mes après-midis à flâner. Pour la première fois, on n'attend rien de moi. Je peux faire absolument ce que je veux. Personne ne me connaît, personne ne me juge. Anonyme dans la foule des touristes, je me laisse porter par ma liberté toute neuve. Je veux tout voir, tout comprendre, tout photographier. Pour mes dix-huit ans – fêtés deux mois avant mon bac –, j'ai demandé un appareil photo reflex. Mon père m'a emmenée au Cirque, un magasin parisien spécialisé dans le matériel d'occasion où il a ses habitudes, en face du cirque d'Hiver. Là-bas, il m'a aidée à choisir un boîtier et un objectif, m'a expliqué la vitesse de l'obturateur, l'ouverture du diaphragme. Depuis, je ne me déplace plus sans mon Olympus en bandoulière. Le bruit du mécanisme est mon nouveau son préféré. Une bonne partie de mon argent de poche passe dans l'achat de pellicule et le développement de tirages. Je repense à Victor sur les plages de Grèce. J'espère être aussi chic que lui. Mais au-delà de l'allure, mon appareil agit comme un puissant exhausteur de goût. Désormais, tout ce qui m'entoure est susceptible de m'offrir une belle image.

Séville, la photo, le passage à l'âge adulte, la poursuite de mes études : tout cela a allumé une mèche. La prise de conscience de mon ignorance m'a rendue assoiffée de connaissances. J'ai envie d'acquérir des repères historiques, sociétaux, artistiques, une grille de lecture du monde qui me permettra d'être à l'aise partout. J'ai hâte d'être en prépa. Je veux me forger un œil, un esprit critique, une culture générale. Je veux m'enrichir par la découverte, m'accomplir par le savoir, me transformer par l'apprentissage. La tâche est immense mais j'ai la vie devant moi.

Avec son histoire complexe, sa beauté architecturale, son foisonnement artistique, Barcelone est à la hauteur de mes nouvelles ambitions. Ces derniers jours, j'ai poussé la porte du musée Picasso, étudié chaque édifice remarquable du Passeig de Gràcia – l'équivalent de nos Champs-Élysées –, gravi les collines du parc de Montjuïc. Je me suis enfoncée dans le dédale de ruelles du Barrio Chino, assoupie sous les arcades de la Plaça Reial, recueillie dans le cloître de la cathédrale de la Santa Creu.

Et puis bien sûr, comme chaque touriste qui aborde Barcelone avec fougue et fraîcheur, je suis tombée amoureuse de l'œuvre d'Antoni Gaudí. J'avais déjà vaguement entendu parler de l'architecte moderniste en cours d'espagnol, mes parents m'avaient montré les tours de la Sagrada Familia en construction lorsque l'on passait dans le quartier de la basilique en voiture, mais au fond je ne connaissais ni le style ni le personnage. Beaucoup de Barcelonais le considèrent encore comme un fêlé au goût douteux. C'est précisément sa folie qui m'attire. Il y a près d'un siècle, quelqu'un a été suffisamment perché pour napper les murs de mosaïques, faire onduler les plafonds, dessiner des toits en forme de crèmes glacées. Il est aussi fantaisiste que Salvador Dalí, cela me parle davantage que ce que je connais des peintres et des architectes français. Je ne me suis jamais sentie aussi espagnole qu'au parc Güell.

Enfin, j'arrive au sommet de la tour de la Nativité, à près de cent mètres au-dessus du sol. Autour de moi, la cité catalane s'étend à perte de vue, écrasée de soleil, mais je n'ai d'yeux que pour le chantier de la cathédrale en contrebas. Il reste tant à faire et les travaux semblent avancer si lentement ! La grue est à l'arrêt, seuls trois ouvriers vont et viennent à pas de fourmi au milieu des pavés blancs. « Le Temple expiatoire est financé par les seuls dons des fidèles », ai-je lu près de l'entrée. Je ne me souviens plus de la date de fin de travaux annoncée, mais elle est alors si lointaine et hypothétique que je n'ai aucune chance de vivre assez longtemps pour voir le chef-d'œuvre de Gaudí terminé. À cette époque, l'architecte n'a rien d'une superstar, les touristes ne se pressent pas pour venir admirer ce qui n'est encore qu'un site en construction.

Pourtant, l'émotion est là. Le lieu est déjà magique. Les premières tours ressemblent au château de sable d'un enfant démiurge. Avant de m'engouffrer dans l'escalier, j'ai passé dix minutes à photographier les sculptures de la façade de la Passion, dont les arêtes tranchantes contrastent avec la douceur organique du bâtiment. Mais surtout, au centre, le chantier à ciel ouvert est une invitation à imaginer la suite. Le meilleur est à venir. Peu importe que la Sagrada Família ne soit jamais achevée. C'est l'œuvre en train de se faire qui compte.

Face au panorama, je songe à mon avenir, à la vie qui m'attend. L'horizon m'apparaît soudain dégagé. Peu importent les difficultés, les doutes, les échecs futurs, tout est possible, rien n'est figé. Un sentiment d'exaltation grandit dans ma poitrine. J'ai ma vie à construire.

Remerciements

À ma sœur pour ses encouragements, à ma mère pour sa confiance, à mon père pour son ouverture.

À Charlotte Guerpillon et à Lise Huret, mes cheerleaders chéries.

À Sophie Rouanet, tutrice en or.

À Mark Tungate, mon amour à la patience infinie.

Merci !

Table des matières

Ce livre existe grâce au travail de toute une équipe.

Communication : Caroline Babulle, Sandrine Perrier-Replein, Typhaine Maison, Inès Paulin, Adélaïde Yvert.

Coordination administrative : Martine Rivierre.

Studio : Pascaline Bressan, Barbara Cassouto-Lhenry, Joël Renaudat.

Fabrication : Muriel Le Ménez, Céline Ducournau, Bernadette Cristini, Sophia Paroussoglou, Isabelle Goulhot.

Commercial, relation libraires et marketing : Laetitia Beauvillain, Perrine Therond, Ombeline Ermeneux, Élise Iwasinta, Morgane Rissel, Arthur Rossi, Aurélie Scart.

Cessions de droits : Isabelle Votier, Benita Edzard, Lucile Besse, Sonia Guerreiro, Costanza Corri.

Gestion : Sophie Veisseyre, Chloé Hocquet, Isabelle Déxès, Camille Douin.

Services auteurs : Viviane Ouadenni, Jean-François Rechtman, Catherine Reimbold.

Ressources humaines : Mylène Bourreau.

Juridique : Laëtitia Doré, Anaïs Rebouh, Valérie Robe, Lucie Bergeras, Julia Crosnier.

Avec le soutien des équipes d'Interforum et d'Editis qui participent à la création, la diffusion et la distribution de ce livre.

Canoros Vehit Canentes

Composition et mise en pages
Nord Compo à Villeneuve-d'Ascq

MIXTE
Papier
FSC FSC® C003309

L'éditeur de cet ouvrage s'engage dans une démarche de certification FSC® qui contribue à la préservation des forêts pour les générations futures.

Pour en savoir plus :
www.editis.com/engagement-rse/

Achevé d'imprimer en octobre 2022
par Normandie Roto Impression s.a.s.
61250 Lonrai (Orne)
N° d'édition : 64434/01 – N° d'impression : 2204892

Imprimé en France